诺贝尔文学奖得主
奥尔加·托卡尔丘克 作品

PROWADZ SWÓJ PŁUG

Olga Tokarczuk

糜骨之壤

何娟　孙伟峰　译

［波兰］
奥尔加·托卡尔丘克　著

PRZEZ
KOŚCI UMARŁYCH

精彩评论

一位杰出的作家。

——2015年诺贝尔文学奖得主
S.A.阿列克谢耶维奇

一个曲折的、充满想象力的、超越类型化的故事。(《糜骨之壤》)既是犯罪悬疑小说,又是童话,更是一场关于一些物种为什么要凌驾于另一些物种之上的哲学探讨。

——《时代》杂志

托卡尔丘克是过去二十五年间为数不多的在欧洲脱颖而出的小说家之一。

——《经济学人》杂志

托卡尔丘克是欧洲最受喜爱的和最独特的作家之一,她惊人的文字表现力体现了她在文学思想方面勇敢且成功的尝试。

——《洛杉矶书评》

一个不可思议的、寓言般的神秘故事……托卡尔丘克是掌控节奏和悬念的大师,它向人类行为投去锐利的目光。这不仅仅是一部犯罪悬疑小说,更像是一部哲理童话,它试图抖落关于生与死的全部秘密。这个秘密就是:保持敏感和警觉,把你的耳朵贴在大地上,你将彻底明白一切。

——《纽约时报书评》

尽管采用了侦破谋杀案的线性结构,但(《糜骨之壤》)令人毛骨悚然的幽默感,以及时不时插入的怪异的哲思,是独属于作者的风格。托卡尔丘克是一位极具天赋和原创性的作家。

——《华尔街日报》

《糜骨之壤》以一种尖锐且个人化的方式令人感到振奋,这几乎是无法言说的;在存在主义层面,这部作品令人耳目一新,我很长时间没有读过这样的作品了。

——《纽约客》

一曲献给大自然的颂歌;一首献给威廉·布莱克的赞美诗;托卡尔丘克是否超越了布莱克?

——美国国家公共电台

奥尔加·托卡尔丘克在波兰可谓家喻户晓,她继承了欧洲的哲思文学和杂文类小说的传统,是欧洲最重要的一批具有人文主义情怀的作家之一。

——《卫报》

第一人称叙事开头的故事总是能鲜活地展现主人公的个性,你立刻就想把所有时间都投入阅读之中,《糜骨之壤》就是这样一部小说。它深具颠覆性,挑战着人类权力带来的自鸣得意。

——《波士顿环球报》

这不是一部通常意义上的犯罪小说——因为托卡尔丘克不是一位平常意义上的作家。她以非凡的才华、智识,通过这些"思想小说",她提出并思考着关于生态环境和政治的种种问题,并呼吁我们采取行动。

——《赫芬顿邮报》

令人着迷的逆时代潮流之作,它探讨的主题包括:动物的权利,预先决定性,社会对于那些被认为疯狂、怪异,或仅仅是不同的人的羞辱和边缘化。托卡尔丘克有创造奇迹的能力。

——《明尼阿波利斯明星论坛报》

杰作！托卡尔丘克的小说妙趣横生，鲜活生动，危险，又令人忐忑不安。这部作品提出了关于人类行为的尖锐问题。

——作家　安妮·普鲁

《糜骨之壤》令人坐立不安但又透露着充满诡异的友善。这部作品在表达威廉·布莱克式的浪漫、占星学的知识和中欧风光的同时，既是对人类恻隐之心的沉思，也是一个可以在你脑海中挥之不去的谋杀之谜。

——作家　马塞尔·泰鲁

我深爱这种扭曲的、充满忧郁的哲学性的神秘感。这是一部引人入胜、不断地发人深省的作品，它因本身的怪诞性而耀眼夺目。

——作家　梅根·亨特

目录

第一章
现在，注意了！ _____ 001

第二章
睾丸素自闭症 _____ 019

第三章
永恒的光 _____ 038

第四章
999 个死亡 _____ 050

第五章
雨中的光 _____ 067

第六章
琐事与平庸 _____ 089

第七章
给贵宾犬的演讲 _____ 105

第八章
天王星落在狮子座 _____ 123

第九章
小中见大 _____ 149

第十章
红翅扁甲 _____ 162

第十一章
蝙蝠的歌声 _____ 176

第十二章
卓柏卡布拉 _____ 197

第十三章
午夜射手 _____ 211

第十四章
坠落 _____ 231

第十五章
圣休伯特 _____ 249

第十六章
照片 _____ 276

第十七章
处女座 _____ 291

诺贝尔文学奖授奖辞 _____ 301

温柔的讲述者 _____ 305
在瑞典学院的
诺贝尔文学奖受奖演讲

第一章　现在,注意了!

>"某次,一个温顺、正直的人
>
>选择了一条危险的路,
>
>从此便向着死亡之谷走去。"[1]

到了这个年纪、状态,每晚睡前我都得好好洗干净脚,做好半夜随时有可能被抬上急救车的准备。

如果那晚我查了星历,知道天象,肯定不会就此睡去。然而我偏偏喝了些助睡眠的酒花茶,还吃了两片安定,睡得很沉。因此,当半夜不祥的急促敲门声将我惊醒时,我久久缓不过神来。我跳下床,站在床沿,飘忽不定,颤颤颠颠。惊魂未稳、尚未被唤醒的身体难以从纯真的梦里回到现实。我踉跄蹒跚,似乎就要

---

[1] 文前引诗均出自英国诗人威廉·布莱克的诗歌。——编辑注,其他注释如无特殊说明,均为译注。

失去意识一般。因为病情的关系，最近我常常这样。于是，我强迫自己坐下，一遍又一遍地告诉自己："我在家，现在是晚上，有人敲门。"这样才终于控制住精神状态。在黑暗中找寻拖鞋时，我听到敲门的人正绕着屋子走，嘴里还嘟囔着些什么。此时我正想着楼下的电表盒里有一罐防身喷雾，这是迪迦给我用来防偷猎者的。我在黑暗中找到了这个熟悉的冰冷瓶子，全副武装后，我打开了外面的灯。从侧面的小窗望向门廊，地上的雪嘎吱作响，被我称作"鬼怪"的邻居出现在我的视线里。他裹着一件旧羊皮大衣，双手搭在臀部，我时常看见他在屋外劳作时穿着这件衣服。羊皮大衣里面露出穿着条纹睡裤的双腿和厚重的登山鞋。

"开门。"他说。

他惊奇地看了一眼我的亚麻布睡衣（这是去年夏天教授们本想要扔掉的料子，因为它勾起了我对旧时尚和青年时代的怀念，于是拿来当作睡衣。这被我称为实用主义与情感需求的结合），毫不客气地进了屋。

"快穿上衣服，大脚死了。"

那一瞬间我竟说不出话来，默默从衣架上随手拿了件羊毛外套，穿上高筒雪地靴。外边门廊上的雪在光晕中如梦般缓慢洒落。鬼怪静静地站在我身旁，高高的个头，纤细得瘦骨嶙峋，仿佛素描里勾勒的人物。他每移动一步,身上的雪就像酥皮点心上的糖霜一样飘落。

"什么叫'死了'?"开门的同时嗓子里一紧,我终于还是开了口,鬼怪却没有回答。

他平时就沉默寡言。他的水星一定落在哪个沉默的星座上,应该是天蝎或是两宫交汇点,也有可能是土星的正对位,又或是水星逆行所产生的隐匿在他身上发挥了作用。

我们走出了门,熟悉、潮湿的冷空气迎面袭来,它似乎想在每年的冬天提醒我们,世界不是为人类所创造的,至少有半年时间对我们极不友好。严寒在野蛮地侵袭着我们的脸颊,嘴里吐着白汽。门廊上的灯自动熄灭了,我们摸黑在沙沙作响的雪地里前行,鬼怪的手电筒也指望不上,那电筒的光只能从他面前一片狭窄的区域内刺过黑暗,我跟在他身后踉跄前行。

"你没有手电筒吗?"他问。

我当然有,但是也要白天有光亮的时候才知道在哪儿啊。手电筒总是这样,只有白天才看得到。

大脚的小屋位置较偏僻,比其他房子要高出一些。他是这儿的三个常住居民之一。只有他、鬼怪和我三个不怕冷的常年居住在这儿。其他的住户一般十月份就把屋子封了,将水管里的水排空,回到城市里去。

我们从联通各家各户的主路上拐出来,路面上的雪显然有人扫过。延伸至大脚家的是雪地里一条被踩得极深的窄道,我们不得不一步一个脚印地,前后脚跟着,努力保持平衡。

"一会儿你看到的场景可能没那么令人愉悦。"鬼怪突然转过身来对我说道,电筒的光亮是如此刺眼。

我也没想过能看到什么愉悦的场景。他沉默了一会儿,又开了口,好像想解释些什么:"他厨房里的灯和母狗哀怨的嚎叫使我不安。你什么都没听到吗?"

不,我什么都没听到。我睡了,在酒花茶和安定的作用下睡得很沉。

"现在在哪儿,那只母狗?"

"我把它带回自己家了,给它喂了点吃的,现在它安静下来了。"

又是片刻沉默。

"为了省电,大脚总是早早的就关灯去睡了。今天灯却一直这样亮着,一直。雪地上有白色的线条。透过我卧室的窗子能够看到。我想他是不是喝醉了,或是又对他的狗做了什么,以至于它如此嚎叫。"

我们穿过摇摇欲坠的牛棚,两双闪烁的眼眸穿过黑暗映入鬼怪电筒的光,那是苍茫的绿色和荧光色的眼睛。

"看，是鹿，"我提高了嗓门，抓住鬼怪大衣的袖子，"它们离房子这么近，难道不害怕吗？"

鹿站在雪地里，雪已经没过了它们的肚子。它们平静地看着我们，就好像是在执行某个仪式时被我们逮到了一样，那是一种我们无法理解的仪式。天很黑，我无法判断它们是秋天从捷克来的那些"年轻女士"，还是新的来客。而且为什么只有两只？那时候来的至少有四只。

"回家去。"我冲小鹿挥了挥手。它们抖了一下身子，却没有挪动，而是平静地目送我们一直到前门。我感到背脊一阵颤抖得发凉。

而鬼怪此时正跺着脚，在这座无人打理的屋前抖落鞋子上的雪。屋子的小窗用塑料和纸板密封着，木门上贴着黑色的胶油纸。

大厅的墙壁上堆着不平整的柴火，屋内肮脏、杂乱，四处弥漫着潮湿木头和泥土的味道，湿润而贪婪。陈年的烟味已在墙壁上结成了一层油腻的沉淀。

厨房的门半开着，我一眼便看到大脚躺在地上。就在目光即将落在他身体上的那一刹那，我移开了双眼。片刻后，我才敢于回过头来直视。那是十分可怕的景象。

他躺在地上,身体扭曲。手架在脖子上,好像在挣扎着试图解开束缚他的衣领。我像是被催眠了一般,不由自主地慢慢靠近。我看到他睁着的双眼似乎盯着桌子下方的某个地方。他那肮脏的衣服在靠近喉咙的部位被撕裂。好似自我搏斗了一番,最后又败给了自己。

恐惧让我感到寒冷。血液在我的血管中冻结,流入了身体的最深处。要知道昨天我看到的还是一个鲜活的躯体。

"我的上帝,"我急促不清地说,"发生了什么事?"

鬼怪耸了耸肩。

"我的手机在这儿无法报警,收到的是捷克的信号。"

我从口袋里掏出手机,拨通了那个我从电视上看到的电话号码——997。不一会儿我的手机里传来捷克移动服务的语音自动回复。运营商不断切换的现象有时在我的厨房里长时间存在。在鬼怪的家或者露台上也出现过这样的情况。它的反复无常很难预测。

"得走到屋外地势高一点的地方去。"我的建议显然已经迟了。

"还没等他们到这儿,他就已经完全僵硬了。"鬼怪用一种我特别不喜欢的腔调说道,仿佛什么都了然于胸。

他脱下羊皮大衣搭在椅背上。"我们不能让他这么躺着,样子太吓人了,毕竟是我们的邻居。"

当我看着大脚扭曲的身体时,很难相信这竟是昨天我还在害怕的一个人。我不喜欢他。这么说可能都太轻了,我对他极为反感。应该说,我觉得这个人很讨厌、糟透了。事实上我甚至没有把他当作人类。现在他躺在肮脏的地板上,穿着脏兮兮的内衣,成了一具瘦小、无力,没有任何攻击性的躯壳。物质的碎块竟就这样在难以想象的转变中变成了与世间万物脱离的脆弱存在。这让我感到难过,就算是像他这样的坏人也不应该死去。谁又该死呢?但是等待我们每个人的都是同样的命运。

我,等待着;鬼怪,也等待着;还有外面的那些鹿。我们所有人最终不过是一具尸体而已。

我瞥了一眼鬼怪,希望得到一些安慰,但是他已经在忙着整理那张破旧得摇摇欲坠的折叠沙发上的床单了。我只能尽力安慰自己。我突然产生一种想法,从某种意义上说,大脚之死可能是一件好事,使他摆脱了这一生的困境,也从他手里拯救了那些鲜活的生命。哦,是的,突然我意识到死亡是一件好事,它是多么的公平,就像消毒剂、吸尘器。我承认这就是我的想法,现在也仍这么想。

大脚是我的邻居,我们的房子只相隔不到500米,但我与他几乎没什么交集。真是万幸。我曾远远地瞧见过他,他矮小、笨拙、摇摇晃晃的身体在山景中游走。他时常一边走着,一边在嘴里嘟囔着什么,高原的风有时会将他的喃喃自语吹到我的耳边,都是些简单的、毫无新意的话语。粗鄙不堪的句子里夹杂着专有名词。

他熟悉这里的每一寸土地,因为他出生在这里,也从来没有到过比科沃兹克更远的地方。他知道这个森林里什么能赚钱,知道该卖什么,卖给谁。蘑菇、蓝莓、偷盗的木材、柴火、捕鸟陷阱、年度越野车拉力赛、狩猎。是这片森林养活了这个"土地公"。因此,他应该尊重森林,但他并没有。有一年的八月正值旱季,他烧毁了整个蓝莓林子。当时我立刻打电话叫来了消防队,可惜已于事无补。我一直不知道他为什么要这样做。夏天的时候,他拿着锯子在周边四处游荡,锯断了很多树枝。尽管难以抑制心中的愤怒,我还是选择了礼貌地告诫他。而他却只是粗暴地喊道:"走开,你这个老太婆!"他靠着小偷小摸来赚外快。夏天来山里度假的人们时常不小心在屋外落下手电筒、钳子。大脚好像立刻嗅到了机会,将这些东西卷走,拿到城里去卖。按我说他早就应该受到惩罚,甚至该被送进监狱。我不知道他是怎样逃过这些的。也许已经有天使注意到他,只能说天使可能也会看走眼吧。

我知道他千方百计地进行非法捕猎。他把森林当作自己的私产，森林里的一切都是属于他的，一个典型的掠夺者。

他有好几晚害我无法入眠，那是怎样的无助。我好几次打电话报警，电话接通后，他们礼貌地询问我详细情况，但最终都是不了了之。大脚依旧走着他的老路，肩上扛着捕猎网，发出残暴的喊叫声，就像一个小小的、凶狠的精灵，恶毒且喜怒无常。他总是醉醺醺的，也许酒精激发了他潜在的邪恶。他会用棍子敲打树干，好像要将它们从他的道路中间推开。他似乎是在醉酒的状态下出生的。我无数次跟随他的踪迹，收集他为动物所设置的铁丝陷阱。他绑在树上的锁套会将被困的动物弹起，悬挂在空中。我时常发现死去的动物——有野兔、獾和鹿。

"我们要把他挪到沙发上去。"鬼怪说道。

我不是很喜欢这个主意，因为我不想去碰他。

"我想我们应该等警察来。"我说。

鬼怪已经在折叠沙发上腾出了空间，卷起了毛衣的袖子。他浅色的眼睛向我投来尖锐的目光。

"你也不想他以这种状态被看到吧，这是非人类的。"

是的，人的身体本来就是非人类的，何况是一具死人的尸体。我们要处理大脚的尸体。这竟然是这个从未尊重过、喜欢过、关心过邻居的人给我们找的最后一个麻烦。这难道不是一个阴暗的悖论吗？

在我看来,死后应该达到的是物质的消亡。这是尸体最正确的处理方式。消亡的身体通过这种方式直接回到来时的黑洞。灵魂将以光速回到光里,如果真的有灵魂存在。

在克服了巨大的心理阻碍后,我按照鬼怪的要求做了。我们拖着大脚的腿和手,把他挪到沙发上。令人惊讶的是,居然这么的沉,一点儿也不柔软,僵硬得像轧布机上刚刚取下的上过浆的床单。我还看到了他的袜子,或者不应该说是袜子,而是套在他脚上的脏破布。这些脚套是撕成小条的床单做成的,早已变成灰色,肮脏不堪。不知道为何,它们使我的胸部横膈膜,甚至整个身体仿佛都遭受了重重的一击,以至于我无法再忍住哭泣。鬼怪给了我一个转瞬即逝的冷漠眼神,带着一丝谴责。

"在他们来之前,我们得给他穿上衣服。"鬼怪说。我知道,看到这一人间惨剧,他的胡须也在颤抖(虽然出于某些原因,他并不想承认)。

我们尝试着脱掉他又脏又臭的背心,因为没法从头上脱下来,鬼怪从兜里掏出一把精细复杂的小刀,把胸前的布料割裂。大脚半裸着躺在我们面前的沙发上,像一个毛茸茸的怪兽,胸口和胳膊上有疤痕,上面布满了看不懂的文身,眼睛讽刺地斜视着。残破的内裤露在全新的银色运动服外面。我们要在他的身体变硬之前,在他恢复真正的物质状态之前,从敞开的衣柜里给他找一件稍微体面些的衣服。

我小心翼翼地脱下他的鞋子,看到了他的双脚。他的这双脚令我震惊。我一直把脚当作人体最私密和个人的部分,而不是生殖器、心脏,甚至大脑这些人类太过看重却没有什么重要意义的器官。脚上藏着关于人类的所有秘密,它能告诉我们身体的重要意义,即我们是谁,我们与自然的关系。它与大地接触,而正是在这个大地与人体的接触点上藏着所有的秘密——我们是由物质构成的,但是我们却不知道这一点。脚是我们的插头。现在,那双赤脚给了我揭示他的其他来源的新证据。

他的出身是不同的,他不可能是人。他一定是某种无名的形态,就像布莱克告诉我们的那样,一种熔化金属变为的无形,将秩序变成混乱。也许他是一个恶魔。他恶魔的本质从脚上就可看出来,因为它们踩在地上的印记是不同的。

他的脚又细又窄,细长的脚趾上长着黑黑的、不规则的指甲,很适合抓握。大脚趾与其余部分略微分开,就像手指一样。脚趾被浓密的黑色毛发包裹着。谁见过这样的脚?我和鬼怪交换了一下眼神。

在空荡荡的衣橱中,我们发现了一件咖啡色的西装,虽然稍有污点,但显然穿的次数很少。我从没见他穿过。一年四季总见大脚穿着格子衬衫和夹棉背心,脚上是毛毡靴子和破旧的裤子。

给死者穿衣服就像是一种爱抚。我相信他一辈子也不曾感受过如此的温暖。我们抱着他,将他手臂轻轻抬起,把衣服拉到他身上。一不小心,他的身体压在了我的胸口,令我感到恶心。但突然,我想抱住这个身体,拍拍它的背,尽力安抚:不用担心,都会变好的。因为鬼怪在,我没这么做,不然他一定会认为我很反常。

没有付诸的行动变成了思绪,我为大脚感到遗憾。也许他的母亲抛弃了他,使他一直过着悲惨的生活。长期的不幸比致命的疾病更使人堕落。我从未看到他家有访客,从没有家人或朋友来过。路过的采蘑菇的人跟他攀谈也从不曾在屋前停留。人们都害怕他,不喜欢他。看来他只和猎人有联系,但那也是极少的。我觉得他大约五十岁。如果看看他的第八宫,也许能了解到许多信息。看看海王星、冥王星以及火星是否在哪个上升点重合?他结实的手中拿着带齿锯子的样子只能让我联想起一个播种死亡和痛苦的捕食者。

为了给他穿上外套,鬼怪把他扶成了坐姿。这时我们看到他肿胀、巨大的舌头似乎在嘴里顶着什么东西。经过一番心理挣扎,我咬紧牙关,手一次次抬起又放下,最后终于在他的舌尖触碰到一个东西。一看,我手上抓着的是一根细长的骨头,锋利如匕首。从死者的喉咙里发出咯咯的声音和一团气体,似是无声的呻吟,就像呼吸一般。我和鬼怪都不自觉地退后了一步。他应该也是一样的恐惧。尤其是没过一会儿从大脚的嘴里流出了黑红色的,几乎是黑色的血。阴邪的液体向外喷出,我们当场被吓得身体僵硬,一动不动。

"好吧,"他声音颤抖着说,"他被卡住了,被刺卡住了喉咙,刺卡在他的喉咙里,他的喉咙被刺卡住了,"鬼怪一直紧张地重复着。"干活吧。"他说着,仿佛在自己安慰自己。这不是什么令人愉悦的事。对邻居履行责任也并不总是那么令人愉悦的。

他仿佛把自己当成了夜班负责人,而我则成了他的下属。我们全心全意地在完成这份艰巨的任务——把大脚塞进咖啡色的西服里,把他摆放成一个合适的姿势。我很久没有碰过陌生人的身体了,更何况是一个死人。我感到死寂正在不断注入他的体内,他的身体在片刻不停地僵化,所以我们才这么着急。当大脚穿好西服躺下时,他的脸终于失去了人的表情,他真正地成了一具尸体,没有一丝值得怀疑。只有那不肯顺从于手掌姿势的右手食指,向上翘起,试图打断我们紧张的工作,引起我们的注意,"你们现在注意了,"这个手指似乎在说,"你们该注意了,有些东西你们没有看到。整个过程中有一个初始的关键点隐藏在你们身后,值得你们注意。也正是因为它,我们所有人才会存在于这个时间与空间,在一个雪夜待在普瓦斯科维什的这个屋子里。我是一个死人,而你们只是微不足道的衰老人类。但这只是一个开头,一切才刚刚开始。"

我和鬼怪站在冰冷潮湿的空间里,在最寒冷的虚无中。这片虚无被灰暗阴沉的时间笼罩。我以为是一个离开他体内的东西在他身后吞没了世界的一角。无论他是好是坏,是有罪,还是无辜,都在身后留下了一片空白。

我望着窗外,黎明渐渐显现。这种虚无逐渐被闲散的雪花所填满。它们缓缓落下,在空气中游荡,像羽毛般在漩涡中旋转。

大脚已经走了,只剩下一个毫无生气、藏在西装里的身体。很难隐藏对他的遗憾与怜悯。现在,他看起来安详而满足,好像他的灵魂在庆幸终于从物质中逃脱,而物质也庆幸终于从灵魂中解放。它们在这短短的时间之内完成了形而上的分离。已矣。

厨房的门敞着,我们坐在门口,鬼怪去拿桌上那瓶已经打开了的伏特加。他找到了干净的高脚杯,先给我倒上,然后是他自己。窗外黎明渐醒,乳白色的光如同医院里的灯。在这昏暗的光里，我看到鬼怪没有刮胡子，他的胡楂子像我的头发一样灰白。羊皮大衣里面已褪色的条纹睡衣没有扣好，大衣因各种污迹而斑驳褴褛。

我喝了一杯伏特加，一股暖流由内向外涌出。

"我觉得我们已经尽了对他的义务了。除了我们，还有谁会这样做呢？"鬼怪说着，更像是在对他自己说，而不是对我，"他只是一个可怜的小杂种，那又怎么样呢？"

他给自己又倒了一杯伏特加，一口气喝下了。他恶心地打了个寒战，能看出来不是很习惯。

"我去打电话。"他一边说着，一边走了出去。我还以为这酒把他熏晕了。

我站起身来，开始环顾这脏乱的四周，想着是不是能找到大脚的证件，找到他的生日。我想算一算他的经历。

在一张破旧油布盖着的餐桌上，我看到一个烤盘，里面装着烤熟的某种动物。在旁边的锅子里盛着红菜汤，上面浮了一层白沫。还有油纸包着的黄油以及从整条面包上切下来的面包片。在铺着毛毡的地上还散落着几块动物碎片，是之前随着餐盘从桌上掉落下来的。玻璃杯、碎饼干都掉在污浊的地面上被踩碎。

窗台上摆着一个锡制的托盘，上面的东西在我脑子里回荡了很久,我才真正看明白是什么。也许是我的思想一直在回避。那上面放着的是砍下来的鹿头。旁边是四只鹿角。它半眯着眼睛,也许一直在警觉地观察着我们的一举一动。

对,就是那些挨饿受冻的"小姑娘们"。它们被冬天冻住的苹果所诱惑,轻而易举地被网住,被铁丝刺中活活折磨而死。当我逐渐意识到这其中经过以及之后发生了什么,我的整个身体慢慢地被恐惧所侵蚀。是大脚抓住中了圈套的鹿,杀死了它。把它屠杀了,烤了。吃掉了它的身体。一个生物吞食了另一个生物。在一片安静、沉寂的夜晚,没有反抗,没有雷电,刽子手就这样遭受了惩罚,虽然没有任何人来行刑。

我迅速地用颤抖的手拾起这些动物的骨头和碎片。我找到一个旧的塑料袋,将这些骨头一个个放进了这个塑料裹尸袋,包括那只鹿头。我很想知道大脚的出生日期。于是我开始焦急地寻找他的证件。柜子里,纸堆中,报纸和日历里,抽屉里,果然在那里找到了一个破损严重的绿皮封面,显然已经过期了。照片中的大脚大概二十来岁。长长的,不对称的脸。眼睛斜视着。就算在那时,也长得很难看。我用一支铅笔头记下了出生日期和地点。大脚出生于 1950 年 12 月 21 日。就在这儿。

我必须要补充一下,抽屉里还有一些别的东西。有一个全新的彩色相册。出于惯性我迅速地翻了一下,其中的一张照片引起了我的注意。我凑近看了一眼,就立即把它放到了一旁。过了很长一段时间,我都不明白我看到了什么。突然一片寂静,我沉浸在这片寂静里,凝视着自己的身体。它紧张起来了,准备好了去战斗。我的头一阵眩晕。耳朵里是阴郁、凄凉的嗡嗡声,就好像地平线外有几千人的军队开来。他们的叫喊声、钢铁的碰撞声、车轮子的吱吱作响从远处传来。愤怒使心灵变得明亮、清晰而锐利,使它能够洞悉更多,扫清其他一切情绪,控制住身体。毫无疑问,愤怒是一切智慧的源泉。因为愤怒可以超越所有界限。我颤抖着将照片装进兜里。我听见万物前进的声音,就像世界的引擎在发动,机器开始运转,轰隆作响。门吱啦一声,一把叉子掉落在地上。我的眼里满含泪水。

鬼怪站在门边:"他不值得你流泪。"之前他一直噘着嘴专注于拨号码,"还是捷克的信号,"他说着,"我们得再往高处走走。你跟我一块儿去吗?"我们轻轻地关上门就动身了,在雪地里蹒跚前行。山顶上,鬼怪双手举着两部手机四处寻找信号。我们的前方是沐浴在银色晨曦中的整个克沃兹科山谷。

"嗨,儿子,"鬼怪对着电话说道,"我没吵醒你吧?"

一个不是很清晰的声音回答了些什么,我没有听清。

"我们的邻居死了,可能是被什么骨头卡住了喉咙,就在半夜里。"

电话那头又说了几句。

"没有,我现在马上打,刚才没有信号,我和杜舍依科女士已经给他穿好衣服了,你知道的,咱们的邻居。"说到这时,他望了我几眼,"要不一会儿就变得很僵硬了……"

对方声音越来越着急。

"不管怎么样,已经给他穿上西服了。"

电话那头的人说了很多,语气急促。所以鬼怪把手机挪开了一些,厌恶地看着。

之后,我们一起给警察打了电话。

第二章　睾丸素自闭症

> "一只狗饿死在主人门前，
> 这预示着国家的毁灭。"

我很感激鬼怪邀请我到他的家里喝上一杯热东西。当时我真的精疲力尽，而且一想到要回到我那个冰冷、空荡的屋子里，就觉得异常沮丧。

我跟大脚的狗打了声招呼，它已经在鬼怪家待了好几个小时了。它认出了我，摇着尾巴，见到我一副很高兴的样子，似乎完全忘了自己曾经见我就逃。有些狗可能很傻，就像人一样。这只狗，一定是属于这个类型的。

我们坐在厨房里的木桌旁，这张桌子干净得可以把脸贴在上面。我于是就这么做了。

"你很累吗？"鬼怪问道。

这儿的一切都明亮、干净而温馨。拥有一个明净、温暖的厨房是多么的幸运啊。我从来没拥有过，因为不太会保持周围的秩序和整洁。我已经认命了，这不容易。

我还没来得及环顾四周，面前就已摆上了一杯茶。这杯茶由一个小碟子托着，放在带提手的金属篮里，旁边的糖罐里装着方糖。这个场景让我回忆起了愉快的童年，心中阴霾稍稍驱散。

"可能我们真不应该去动他。"鬼怪一边说着，一边打开桌下的抽屉给我拿搅拌茶的小勺。母狗在他的脚边打转，似乎不想让他离开自己那个瘦小身躯的轨道。

"你会把我推倒的。"他粗暴地对狗喊着。可以看出来，他此前从未养过狗，而且不太知道该如何与狗相处。

"你打算叫它什么？"我问道。喝下去的第一口茶慢慢从体内温暖我，嗓子里的情绪郁积一点点舒缓开来。

鬼怪耸了耸肩。

"我不知道，可能叫苍蝇或者小球吧。"

我什么都没说，但是我不喜欢这些名字。联想起它之前的经历，这并不是适合它的名字，应该给它好好想一个。

官方的那些名字——都是些老套的发明。没有人会记得它们，既平庸，又脱离本人，看到这些名字什么都联想不起来。何况，每一代人都有属于他们的取名时尚。有时候，突然所有人都开始叫玛格丽特或帕特里克，又或者——天哪，雅妮娜。所以我从来不用姓和名，而是一个绰号，是我第一次见到这些人时进入我脑子里的概念。我认为这是语言使用最正确的方式，而不是胡乱安上一些没有任何含义的单词。例如鬼怪姓Świerszczynski，他的门牌上是这么写着的，前面还有一个字母Ś，有以Ś开头的名字吗？他总是自我介绍为Świerszczynski，但他应该不会期待我们绕着舌头去发这个音。我一直认为，每个人看待他人的方式不同，因此我们有权利给别人起一个我们自认为与之相宜，同时又适用的名字。因此，我们都是有很多名字的人，我们跟多少人发生多少段关系，就有多少个名字。我叫Świerszczynski鬼怪，是因为我认为这个名字很好地反映了他的个人特点。

当我看着这条狗，脑子里突然回想起一个人类的名字——玛丽莎。也许是因为童话故事里的孤儿常常叫这个名字，而这条狗又是如此的消瘦。

"它有时候是不是被叫作玛丽莎？"我问道。

"有可能，"他回答道，"是的，应该是的，它就叫玛丽莎。"

大脚也是如此得名。很简单，当我看见他在雪地里留下的脚印时，自然而然就想到了这个名字。鬼怪一开始叫他"长毛"，后来也开始跟着我叫"大脚"。这只能说明，这个名字的确起得好。

可惜的是我没能给自己想一个好名字。雅妮娜——这个被写在各种证件上的名字，我认为极不合适，害人不浅。我应该被叫作艾米利亚或是乔安娜，有时候我又觉得自己更贴近依勒姆特鲁德或者波热哥涅娃，又或娜沃亚。

鬼怪像躲避火一样回避以我的名字来称呼我，这可能也能说明问题。他从一开始就这么自然而然地跟我以"你我"相称了。①

"你跟我一块儿等他们来吗？"他问道。

"当然啦。"我欣然同意。我觉得我不敢当面叫他鬼怪，通常这么熟的邻居在互相交流时是不需要再叫名字的。每当我经过，看到他在小花园里除草，便会上前去跟他打招呼，但不需要叫名字，这体现了一种熟悉的程度。

我们的村子是坐落在普瓦斯科维什的几幢小房子，远离这个世界。普瓦斯科维什是桌山在地理上的远亲，是它遥远的

---

① 按照波兰的风俗习惯，不熟悉的人一般称呼对方为"先生、女士"，直至足够熟悉后才以"你我"相称。

"源头"。二战前这个小地方叫做卢弗茨格,意为"流动",现在我们仍这么叫,因为这儿没有官方的地名。在地图上只能看到一条路和几栋小房子,没有任何的文字标注。这儿一年四季刮风,气流由西向东涌过大山,从捷克到达这里。冬天长风猛烈如涛,在烟囱里呼啸。夏天则是簌簌风吹叶,这儿从来没安静过。许多人都想在城市里拥有一个长期固定的居所,同时在农村再买一个休闲的、童话般的小屋。这里的房屋看起来也是如此——稚嫩。它们娇小地蜷缩着,屋顶倾斜,窗户小巧。小屋都是二战前建的,格局类似。东西两面长长的墙,一堵矮墙朝南,另一堵墙向北,旁边是谷仓。只有女作家的房子比较特殊,她在每一面都加盖了露台和阳台。

人们在冬天来临时离开普瓦斯科维什不足为奇。从十月到来年四月,在这儿居住异常艰难,这我最清楚。每年这里都会下很大的雪,风努力地把雪塑成沙丘和岸滩。一年中的最后一次气候变换会使一切温暖起来,普瓦斯科维什除外。这里正好相反,特别是二月的时候,雪反而更大一些,停留的时间也更久。冬天常常达到零下20多度,一年的冬天要到四月才结束。这里道路状况很差,虽然乡镇用有限的支出进行了维护,道路仍遭冰雪损毁严重。想要到达沥青大马路,必须沿着满是坑洼的土路再向西行驶四公里。然而,即使到了也是徒劳，因为去往科多瓦的大巴早上就启程了，下午才往回走。夏天，这里本就为数不多的孩子们放暑假，大巴却停止运行。村里有一条高速路，像魔法师的魔杖一般在不经意间把这个村子变成了一个小镇的郊区。如果你想的话，可以走这条路去弗罗茨瓦夫，甚至到捷克。

然而，有的人就是喜欢这个地方。乐意玩这类追踪游戏的人，可以在这儿设置很多可能。心理学和社会学研究可以在这儿找到很多条线索，只是我对这样的主题不感兴趣。

我和鬼怪就不会向冬天低头。"不向冬天低头。"这个形容似乎也不是那么的贴切。我们就像那些农村里站在桥上的男人一样，当有人粗鲁地对他们进行挑衅时，他们会好战地扬起下巴，横眉怒目："想怎么样？想怎么样？"从某种程度上来说，我们也会惹恼冬天，但是它会像世界上的其他万物一样忽略我们——两个古怪老人，可悲的嬉皮士。

冬天把这里所有的东西都包裹成一个白色的棉球，尽可能地缩短了日照。如果晚上不小心熬了夜，有可能到第二天傍晚才醒过来。坦白地说，从去年开始我也常常这样。这里的天笼罩得又沉又低，就像一块脏屏幕，云朵在上面上演激战。这就是我们的房子存在的原因，保护我们免受这片天空的侵害。否则，它将弥漫侵蚀我们的身体内部，就像一个小的玻璃瓶，装进我们的灵魂。如果灵魂真的存在的话。

　　我不知道在那些漆黑的月份鬼怪是怎么过的？我们没有很密切的联系，虽然我不否认我希望能有更多的联系。我们好几天才见一次面，见面也只是互道问候的话语，毕竟我们搬到这儿来也不是为了经常约在一起喝茶。鬼怪是在我来这儿一年后买的这个房子，看起来像是想重新开始新的生活，就像许多人一样，原来的生活已经失去了新意。他之前好像是在马戏团工作的，不知道是做会计还是杂技演员。我更愿意相信他是一个杂技演员，每当我看到他一瘸一拐的时候，就会想象很久以前，美好的七十年代，一次特殊的表演中他的手没能抓住杆子，整个人从高处摔在了布满木屑的地板上。长时间思考过后，我也相信会计的工作并不是那么的糟糕。他们对秩序的热爱使我产生了敬意、羡慕和无法言说的尊重。鬼怪对秩序的热爱从他的前院就可看出来：冬天的柴火整齐地摆放着，他用绳子将它们巧妙地绑好，好像螺旋一样码放成一个个黄金比例的小堆。他的这些绳子可以当作当地的艺术品了。我很难抗拒这美丽的螺旋秩序。每当我经过时，都会在那儿驻足一会儿，欣赏这手和脑的完美合作。他用木头这么平凡无奇的东西实现了宇宙最精妙的运动。

　　鬼怪家门前的小路铺着平整的砾石，每颗都一模一样，就好像在精灵开的地下沙石加工厂里经过手工筛选一般。窗子上挂着干净的窗帘,上面的每一个褶皱宽度都相同,他一定是用了某种特殊的工具。院子里的花洁净整齐,又长又直地站立着,好像去健身过一样。

鬼怪现在一边给我递茶匙,一边在厨房里忙忙碌碌。我可以看到他碗柜里的玻璃杯摆放得是多么的整齐,放在缝纫机上的桌布是多么的一尘不染。他竟然有一台缝纫机。我羞愧地把手夹在两个膝盖中间,我很久没有特别注意过我的指甲了,我必须勇敢地承认,它们很脏。

打开抽屉拿茶匙时,他的抽屉有那么一瞬间展示在我眼前,令我无法挪动视线。抽屉又宽又浅,像一个托盘。在抽屉的一个个小格子里整齐地摆放着各式各样的餐具和厨房用具,虽然他们中的大部分我都不认识。他慎重地用骨瘦如柴的手指给我挑了两个茶匙,不一会儿就放到了我茶杯旁的翠绿色餐巾纸上。遗憾的是,还是晚了,因为我已经把那杯茶喝完了。

跟鬼怪交流十分困难,他是一个话非常少的人。因为难于交谈,这会儿只能沉默了。有的人的确是很难交流的,尤其是男性。我在这方面有一些自己的见解。很多男性随着年龄的增长会患上睾丸素自闭症,它的症状是社会功能和社交能力的逐渐丧失以及思想塑造障碍。被这种疾病困扰的人通常会变得沉默寡言,似乎在沉思中自我迷失。他们会对工具和机械更感兴趣。吸引他们的只有二战和名人传记,尤其是那些政治家和恶棍的。他们阅读小说的能力几乎已完全丧失。睾丸素自闭症会打乱人的心理理解,我觉得鬼怪就患有这个病。

但是在那个清晨,要求任何人拥有怎样的口才都是奢侈的,我们完全沉浸在沮丧的情绪里。

从另一个方面来说,我也感到这是一种很大的解脱。有时候当我们想得太宽泛,忽略了平时的精神偏好,而只考虑一个人的行为总和,就极有可能会得出这样一个结论:他们活着对别人不是什么好事。我想每个人都会认同我说的这一点。

我又问他要了一杯茶,憧憬着可以用这精美的茶匙再搅拌一下。

"我曾经去警察局举报过大脚。"我说道。

鬼怪放下了手中正在擦拭的点心盘。

"是因为那只狗?"他问道。

"对,还有偷猎。我还写过投诉信。"

"然后呢?"

"没有任何回音。"

"你想说,他死了挺好,对吗?"

去年的圣诞节前,我还去了一趟乡里,想要亲自去报告这件事。之前我一直写信,却没收到任何答复,尽管回应公民诉求是法律规定的义务。警察局很小,看起来像是共产主义时期用四处搜集而来的材料建造而成的,只属于那个时代的产物,粗制滥造,萎靡消沉。那儿也弥漫着这么一股氛围。他们在涂了油漆的墙上挂了许多的海报,这些都被称之为"公告"。顺便说一句,这是多么可怕的字眼。警察总是喜欢用很多特别吓人的词汇,比方说"死尸""同居者"。

在这座冥王星的神殿里,首先出现的是一个坐在木栅栏后面的年轻人,他想要摆脱我。最后,他年长的上司也想这么做。我想跟局长见面,也一直坚持这一点。我相信,最后这两个人总会失去耐心,把我带到局长面前。我预计得等很长时间,怕到时候商店都关门了,因为我还要去买一些东西。夜幕已经降临,这意味着已经下午四点左右,我已经等了快两个钟头了。快到下班时间,总算走廊上的一个年轻女人喊道:"请,您可以进来了。"

我的思想已经分散了,所以我现在必须集中一下精力。我整理着思绪,跟着这个女人上楼,到地方警察局一把手的办公室面谈。

警察局局长是一个跟我年纪差不多的胖男人。但他跟我说话的语气如同我是他的妈妈,甚至是奶奶一般。他瞥了我一眼说:"你们坐下吧,请。"

这个复数形式揭露了他的农村出身①,当意识到这一点时,他清了清嗓子又纠正道:"这位女士,请坐。"

我几乎能听见他的内心想法,在他眼里,我绝对是一个小老太太。当我的控诉开始振振有词,我也逐渐变成了老太婆、疯老太婆、疯子。我能够想象,当他看着我的动作,(负面地)评判我的品味时,是带着怎样一种厌恶。他不喜欢我的发型、穿着和我不谄媚的态度。他看着我的脸,愈发的讨厌。但我也看到了许多,他一定是一个脾气暴躁的人,喜欢喝酒,对脂肪含量高的食品没有抵抗能力。在我述说的过程中,他的大秃头从脖子一直红到鼻尖,脸颊上明显的血管扩张连成了一整片红晕,像不同寻常的战时文身。他一定已经习惯了领导别人,习惯了其他人的卑躬屈膝,所以极易发火,是典型的木星人格。

我也看出来,他不太明白我在说什么。首先,很明显的一点,我的举报理由他是闻所未闻、完全陌生。再者,他词汇量不

---

① 波兰语的人称代词有"数"的变化。一般情况下,受过良好教育的人不会犯语法错误。

多,会鄙视任何他无法理解的事情,他就是这种人。

"他对很多生物都构成威胁,人类的和非人类的。"我对大脚的控诉结束了,其中主要描述了我的观察和怀疑。

他不知道我是在跟他开玩笑,还是他自己遇到了疯子,因为没有第三种可能。我看见血涌上他的脸颊。他一看就是矮胖型人,这类人一般会因中风而死。

"我们不知道他是否在从事偷猎,但是我们会处理这个案子的。"他牙关紧咬,"请回家吧,不要再担心这件事了,我已经了解情况了。"

"好的。"我以和解的语气说道。

他已经站起来了,两手撑在桌上,这是一个明显的信号,代表这次谈话已经结束了。

人一旦到了一定年纪,就必须接受其他人经常性地对自己不耐烦。过去我从未意识到这些姿势的存在和它们所表达的含义。例如快速地表示赞同,躲避眼神,重复地回答"是,是"。还有看时间,摸鼻子。这些姿势就如同时钟一样在提醒着对方。现在我可以充分理解这出戏剧背后想要表达的简单句子:"安生会儿吧,你这个老太婆。"我不止一次在想,如果换作一个英俊、年轻、健壮的男士说出同样的话,又或者是一位模样俊俏的棕发女士呢?他还会这样对她吗?

他一定希望我立即从椅子上起身,转身离开。但我还有一件重要的事情要说。

"那个人整天把狗关在棚子里,狗不停地嚎叫,冻得不行,棚子里也没有暖气。警察能不能处理一下这个事情?把狗带走,相应的给他一些惩罚?"

他沉默地望着我,我一开始形容他的那种轻蔑的神态,现在清楚地挂在他脸上。他嘴角耷拉着,嘴唇微微下垂,看得出来,他在努力地控制自己的表情,用他毫无说服力的笑容极力掩盖,正好露出了他那被尼古丁染黄的大牙齿,他说道:

"不好意思,女士。这不是警察的职责。狗就是狗,农村就是农村。您还想怎么样?狗就应该被锁上铁链,关在狗棚里。"

"我向警察局报案,是举报恶行。如果不找警察,我该找谁?"

他从喉咙里发出了笑声。

"恶行?你这么说,那去找神父吧!"他说道,似乎对自己的幽默感到很满意,但他明显看出来,他的这个玩笑并没有让我觉得有趣。因为他的表情立刻严肃起来了:"一定有动物保护协会或者是这种类型的机构,您可以在电话簿里面找到。'动物保护联盟',去那儿吧。我们是警察局,只负责人的案件。你给弗罗茨瓦夫打电话吧,他们那儿有动物保护局。"

"去弗罗茨瓦夫!"我大喊道,"你不能这样说,我懂法律知识,这是地方警察职责范围内的事。"

"噢!"他讽刺地笑了一下,"现在是你来告诉我我该做什么,不该做什么吗?"

我的眼睛仿佛看到我们的军队在平原上集结,准备去战斗。

"行,我非常愿意去。"我正准备开始更长的演讲,他慌乱地看了一眼钟,竭力忍住对我的反感。

"好,好的,我们会调查的。"他冷漠地说道,然后开始把办公桌上的文件放进公文包,逃离了我。我当时就想,我不喜欢这个人。不仅如此,我感到了一股对他强烈的憎恨,就像刀一样锋利。

他迅速地从办公桌下起身,我注意到他的大肚腩,制服上的皮带都快兜不住了。出于羞愧,他的肚子使劲儿地藏在下面,靠近生殖器的那个被遗忘的角落,极不舒服。他没系鞋带,肯定是在办公桌下脱了鞋子,现在得赶紧挤进鞋子里。

"我能问一下你的生日吗?"我在门边有礼貌地问道。

他伫立在那儿,一脸愕然。

"您要这个来干吗呢?"他怀疑地问道,为我扶着通往走廊的门。

"我会算星盘,"我答道,"您想算吗? 可以给您算算。"

他的脸上闪过一个略带消遣的微笑。

"不,谢谢,我对占星术不感兴趣。"

"能知道这辈子会发生什么,您不想吗?"

他给前台的警察使了一个眼色,那讽刺的笑容就好像刚刚做完一个欢乐的儿童游戏。他告诉了我所有的个人信息。我记了下来,说了声谢谢,拿上我的帽子就离开了。在门口,我听见他们哄然大笑,说出了那个我意料之中的词:"一个疯女人。"

当晚夜幕降临之后,大脚的狗又开始嚎叫了。空气开始变得霭蓝,像剃刀一样锋利,被低沉不安的嘶喊填满。死亡总是等在我们的门口,白昼和黑夜里的每一个时辰都有可能发生,我这么告诉自己。自言自语是最好的交流。我躺在厨房的沙发上,什么都干不了,只能听着哀号声。几天前,我去大脚家里试图进行干预,他甚至都不让我进屋,让我不要干涉别人的事情。实际上,这个残暴的男人也让这条狗出去了几个小时,之后又把它锁在了黑暗里,所以它又开始在夜里哀鸣。

我躺在厨房的沙发上,试图分散注意力,但却收效甚微。我感到一股强有力的能量正注入我的肌肉里,由内而外使我的腿脱离身体。我从沙发上跳起来,穿上鞋和外套,拿起锤子、金属棍,还有我手边能拿到的所有工具。不一会儿,我已经气喘吁吁地站在了大脚的棚子前。他不在家,屋子没开灯,黑色的烟囱里也没有烟出来。他把狗关起来就消失了,也不知道什么时候回来。几分钟后,我已汗流浃背,门锁两侧的木板松动了,这样我就能滑动门闩。他在里面扔了一些老旧生锈的自行车、一些塑料桶和其他的一些垃圾,阴暗又潮湿。狗被拴在木板上,脖子上的绳子系在墙上,更让我动容的是旁边的一撮排泄物。可以看出来,它一直被关在同一个地方。它犹疑地摆尾,湿润的眼眶中带着一丝喜悦。我把绳子剪断,用手抱起它,一起回了家。

我还不知道接下来该怎么办。当人处于愤怒中时,所有事情也会随之变得清晰、简单。愤怒建立秩序,使世界变得简单纯粹。直觉的天赋在愤怒中得以回归,这是其他状态下难以实现的。

我把狗放在厨房的地板上,令我惊讶的是,它看起来是如此的瘦小。以前听着那凄惨的哀号声,还以为它至少是一只像西班牙猎犬一样的大型犬。但它实际上只是一只土狗,这儿的人叫这种狗——苏台德杂种犬,因为样子不太好看。它们一般体型小,瘦瘦的脚经常弯曲着,灰棕色的毛。这种狗的体型会不断增大,且明显食量很大。不管怎么样,这个夜间的"歌手"模样并不俊俏。

它很不安,浑身颤抖。喝了半升温牛奶后,它的肚子变得像一个圆圆的球。我还给了它一些黄油面包。我不曾想到会有客人来访,冰箱空空荡荡。我一直在安抚它,给它解释我的每一个动作。它疑惑地望着我,我把它放在沙发上,同时暗示它,它也可以找一个合适的地方休息。最后,它走到暖气旁,在那儿睡着了。我不想让它独自在厨房过夜,所以我决定也留在厨房的沙发上。

我睡得十分不安,身体里有一股很明显的涌动。我梦到熊熊燃烧的火焰,迸发灰烬的火炉,永无止境的锅炉房咆哮着,墙壁被烤得火热、通红。火炉中的火焰正寻求被释放,一旦成功,它将变成巨大的爆炸向世界扑面而来,将一切烧成灰烬。我觉得这可能是我夜里发烧的症状,跟我的病有关。

天还没亮我就醒了,不舒服的姿势使我的脖子变得僵硬。大脚的狗站在我的枕头旁,悲哀的身影,目不转睛地看着我。我起身放它出去,它喝下的这么多牛奶还得想办法排掉。我打开门,风吹进潮湿、凉爽并带着泥土和腐烂味道的空气,就像坟墓里释放出来的一样。那条狗跑到房子前的台阶上撒尿,它可笑地抬起了后面的一条腿,分不清自己是母狗还是公狗。之后,它悲伤地看着我,我可以肯定地说,它向我投来了深深的目光,之后迅速地往大脚家的方向跑去了。

它就这样回到了自己的监狱。

这是我最后一次见到它。我呼喊过它,气自己这么轻易地就被带到了如此境地,却又无力改变那些奴役。当我开始穿鞋,那可怕的灰色清晨却使我感到恐惧。我有时感觉我们活在墓地里,一个埋葬了许多人的巨大、冷清的墓地。灰色雾霭笼罩着冰凉、悲戚的黎明。我看着这个世界,监狱不在外面,而是在我们每个人的心里。要是没了它,有可能我们根本不知道应该如何活下去。

几天后,在大雪降临之前,我看到一辆警察局的波罗乃兹牌轿车停在了大脚家门前。我得承认,这个场景令我感到愉悦、欣慰。是的,我非常满意警察终于来找他了。我以为他们会逮捕他,给他的手戴上手铐,没收他的铁丝,拿走他的锯子(这些工具完全应该像武器一样发放使用许可,因为它们的存在只会给树木、植物带来严重破坏)。但那辆车很快就绕过了大脚的房子。夜幕降临,开始飘雪,回去后又被关起来的母狗嚎叫了一整夜。我早上醒来看到的第一个景象,是美丽、洁白的雪地上大脚颤颤颠颠的脚印,以及我银色的云杉周围那些黄色的尿迹。

这是我坐在鬼怪的厨房里所想到的,我还想到了我的"小姑娘们"。

鬼怪一边听着这个故事,一边煮了鸡蛋放在瓷杯里给我递了过来。

"我不像你对权力机构如此信任,"他说,"一切都只能靠自己。"

当时,我并不知道他想的是什么。

第三章　永恒的光

> "无论是什么诞生于肉身,
>
> 就必然被尘世消磨殆尽。"

当我回到家时,天已经亮了。我完全放松了警惕,似乎又听见"小姑娘们"在家里大厅地板上轻轻的脚步声,似乎看到它们好奇的目光,皱着的眉头。它们微笑着,我的身体也已准备好进行我们亲热的日常见面礼。

然而家里空无一人,冬日的纯白如柔软的浪花般透过窗户流入室内,普瓦斯科维什巨大的开放空间强行侵入屋里。我把鹿头存放在车库里,里面很冷,于是我又给火炉加满了燃木。接着我去睡了,就像我起来时一样,睡得像个死人。

"雅妮娜女士。"

过了一会儿,声音更大了。

"雅妮娜女士。"

大厅里传来的声音把我叫醒了,是男性低沉、胆怯的声音。有个人站在那儿,喊着令我憎恨的名字。我十分生气,因为睡眠又一次被打扰,而且还叫了一个我不喜欢,也无法接受的名字。父母取名字时完全是随意的,也没经过思考。有的人就是这样,不考虑词语的意思,特别是名字的意思,就盲目地使用。我从不允许别人叫我"雅妮娜女士"。

我起身整了整衣服,因为它看起来不是那么的美观,我已经连续第二个晚上穿着它睡觉了。我走出了房间,在门厅雪融化的泥潭里站着两个村里来的男人。这两个人都很高,宽肩膀、小胡子。他们就这么走了进来,因为我没有关门。也可能是出于这个原因,他们流露出一丝该有的愧疚。

"我们想请您去一趟。"其中一个人用浑厚的声音说着。

他们露出抱歉的微笑,我注意到他们有着一模一样的牙齿。我想起来,他们是伐木工人。我在村里的商店里见过他们。

"我刚从那儿回来。"我喃喃地说道。

他们告诉我警察还没到,现在正在等神父。还说夜里大雪封了路,连去捷克和弗罗茨瓦夫的路也都无法通行,集装箱卡车堵了一路。然而消息传得很快,很多大脚的熟人步行赶来。很高兴听到他至少还有一些朋友。在我看来,糟糕的天气缓和了他们的心情,应对暴风雪总比应对死亡来得容易。

我跟随他们穿越蓬松、纯净的白雪。雪是刚下的,冬天低矮的阳光照射使它们泛起了红色。两个男人给我开道,他们都穿着厚厚的胶鞋,鞋面上带着毛毡。这是这里的男性唯一的冬日时尚。他们宽大的鞋底给我踩出了一条小道。

大家都在屋外站着,几个男人在门口抽烟。他们犹疑地相互致意,尽量避免眼神接触。身边朋友的死足够带走任何一个人的自信。他们的脸上都是同一个表情,庄重、严肃和仪式性的悲伤。他们都在压低声音说话,抽完烟的会先进屋里。

他们每个人都无一例外的留着两撇小胡子,愁云满面地站在尸体躺在的折叠床边。门时不时地打开,进来一些新人,把雪和严寒天气的金属味带了进来。他们中大多数是前国有农场的工人,现在乡里时不时给他们一些福利,雇佣他们在森林里砍伐树木。他们中有些人曾去英国务工,后来因为害怕异乡生活很快又回来了。还有一些人顽强地经营着规模小,又没有什么收入的农场,通过欧盟的补贴得以维持。屋里全是男人,他们的呼吸在房间里冒着水汽。我能闻到淡淡的酒精、烟草和潮湿衣服的味道。他们偷偷地快速瞥了一眼尸体。我能听到吸鼻子的声音,但不知道是因为冷的缘故,还是这些大男人的眼中真的涌出了泪水,因为找不到地方排解,只能流进鼻子。鬼怪不在,没有一个我认识的人。

一个男人从兜里掏出一盒金属底座的蜡烛,自然而然地递给我。我毫无意识,不知不觉就顺手接了过来。然而,我并不十分清楚他到底想干什么。过了很长一段时间我才知道他的意图。需要有人把这些蜡烛放在遗体周围,一个个点燃,这样能够使氛围变得庄重、肃穆、神圣。也许烛光能够渗入他们浓密的胡子里,给所有人带来宽慰和解脱。于是我开始忙着点那些蜡烛。我想,一定有很多人对我的行为充满误解,他们应该把我当成了仪式主持人或葬礼召集人。蜡烛点燃的那一刻,他们突然沉默了,向我投来悲痛的目光。

"请开始吧。"一个我觉得好像在哪儿见过的男人小声地跟我说。

我没明白他的意思。

"请您开始唱歌吧。"

"我要唱什么歌呢?"我被他的这句玩笑话搅得越发不安了,"我不会唱歌呀。"

"唱什么都可以，"他说，"最好是《永久的安息》。"

"为什么是我唱呢？"我不耐烦地小声嘟囔道。

这时站得离我最近的一个人坚定地说道：

"因为你是女人。"

我懂了，这就是今天的日程。我不知道我的性别跟唱歌有什么关系，但我不想在这种场合站起来反对传统。《永久的安息》，我还记得儿时参加的葬礼上唱过的这首赞美诗。成年以后，我就再也没参加过葬礼了。但我已经不记得歌词了。事实证明，我只要会唱一个开头就行，粗犷声线的和声会立刻加入，与我微弱的声音融合在一起，迟疑的跑调声此起彼伏，但每一次的重复会重新充满力量。我也瞬间觉得解脱了。我的声音开始变得自信，我很快便记住了关于"永恒的光"的歌词，我们相信光会笼罩着大脚。

我们就这样唱了一个小时，一遍又一遍地重复，直到歌词不再具有任何意义，就像海里的石头被无尽翻滚的海浪打磨成圆形，每一个都很相似，就像沙漠中的沙粒。毫无疑问这给了我们喘息的机会，躺在那里的尸体变得越来越虚幻，这场仪式也逐渐变成了在普瓦斯科维什艰辛劳动的人们一次聚会的借口。我们的歌声歌颂遥远的光，这光只存在于很远的地方，以至于无法抵达，只有在我们死的时候才能看见。现在，我们透过玻璃在弯曲的镜子里看到了这个光,它环绕着我们,因为它是我们的母亲,也是我们来的地方。也许我们每个人身上都带着它的一个碎片,包括大脚。因此,死亡应该是一件令我们高兴的事。我一边想一边唱着,但实际上,我并不相信永恒的光会分配到每个人的身上,因为没有一个神或天上的会计在具体负责。要一个个体去承受那么多的痛楚着实不易,尤其对无所不知的神来说,我觉得他们一定会瓦解、崩溃,除非他们事先装备好了一些抵御机制。只有机器才能承担世界所有的痛,只有机器是简单、有效、公平的。然而,如果所有的一切都机械化地发生,那我们的祷告就没有什么必要了。

当我走出去的时候,正好看见叫来神父的那些留着小胡子的男人在门口迎接他。神父没能顺利把车开到这里,他的车陷在雪地里了,所以他们不得不用拖拉机把他拉到这儿来。舍雷斯特神父(我自己是这么叫他的)抖了抖长袍上的雪,迅速地从拖拉机上跳了下来。他没有看任何人,而是快速地走进了屋。他越走越近,身上古龙水和火炉的烟味扑面而来。

我看到鬼怪组织得很好,他穿着羊皮大衣,十足像个仪式主持人。他从一个中国生产的保温壶里倒出咖啡,倒在塑料杯里,然后分给每一个前来悼念的人。于是我们站在门前,喝着热的甜咖啡。

过了一会儿警察来了。他们没开车,而是走过来的。他们的车只能在柏油马路上开,因为没有换冬胎。

来了两个穿着制服和一个穿着朴素黑色大衣的警察。他们的靴子上沾满了雪,喘着粗气走到屋前。我们所有人都已站在外面,在我看来,这是在展现对权贵的尊重和礼貌。两个穿制服的警察都很傲慢和形式化。看得出来他们因为这个事本身,再加上冒着风雪长途跋涉,积了一肚子怨气。他们倒了倒鞋子上的雪,一句话没说就走进屋里消失了。与此同时,那个穿黑色大衣的男人竟朝我和鬼怪走来。

"您好啊,女士。嗨,爸爸!"

他说:"嗨,爸爸。"而且还是对鬼怪说。

我从来没想过,鬼怪竟然还有一个在警局工作的儿子,而且还穿着这么滑稽的黑大衣。

惊慌失措的鬼怪笨拙地给我们互相介绍,但是我甚至都没来得及记住"黑大衣"的名字,因为他们马上就走到了另一旁,我听到儿子正在数落父亲。

"上帝宽恕!爸爸,你为什么要动尸体?你没看过电影吗,爸爸?所有人都知道,无论发生了什么,在警察来之前尸体是不能动的。"

鬼怪无力地自我辩护,看上去跟儿子的交谈使他彻底被制服。我原以为会正好相反，跟儿子的交谈应该给他带来更多的力量才对。

"他看上去很糟糕，儿子。如果是你的话也会这么做的。他被什么东西卡住窒息了，整个身体扭曲，又脏得很。要知道这是我们的邻居啊，我们不能把他就这样留在地上，像，像……"他在寻找合适的词语。

"动物。"我补充道，同时向他们走近。我无法忍受"黑大衣"这样训斥他的父亲。"他被自己偷猎的鹿的骨头给卡住了，这是跳出坟墓的复仇……"

黑大衣扫了我一眼，对父亲说道：

"你有可能会被指控妨碍搜证，这位女士，您也是……"

"你开玩笑的吧，这不可能，我还有一个当地方检察官的儿子。"

对方决定结束这尴尬的对话："好吧，爸爸，一会儿你们俩都必须进行陈述。他们有可能会对他进行尸检……"

他把手搭在鬼怪的肩上，充满了主导和支配的意味，好像在说：行了，亲爱的老头，现在我用自己的手段来接手这件事。

之后，他就消失在了死者的家里。而我，不想等待任何决议，自己先回了家。我冻坏了，喉咙也疼，我受够了。

透过窗户我看到朝村子的方向开来一辆铲雪车。这种铲雪车在我们这儿被叫作"白俄罗斯人"。多亏了这辆车,傍晚时分一辆又长又矮又黑、四周窗户被黑窗帘遮得严严实实的灵车才能开到大脚屋前。但是只能开进来。黎明前,大约四点左右,我走到露台上,看见远处的路上黑影闪动。是那群留着小胡子的男人,他们勇敢地推着朋友的灵车回村子,送他去往"永恒之光"里安息。

※

一般我从早到晚都开着电视,从吃早餐开始,这样能够使我舒缓、平静。无论窗外笼罩着冬雾,还是黎明才刚到没几个小时又在不经意间变成了黄昏,我都可以当作外面什么都没发生。当透过窗子看向外面时,玻璃只反射出厨房的内部——这小而混乱的宇宙中心。

这就是这个电视机存在的原因。

我有很多节目可以选择。有一次迪迦给我拿了一个像搪瓷碗一样的天线装置,能收到十几个台。这对我来说也太多了,就算是十个,对我来说也多了,两个都多。其实我只看天气预报。我找到了这个频道,非常幸运,我已经找到了我所需要的全部。所以我甚至都忘了遥控器在哪儿。

因此，每天从清晨开始，我就被气象云图和图上美丽、抽象的线条所吸引，这些线条有蓝色的、红色的。它们从西面而来，从捷克和德国逐渐向这儿靠近，无法阻挡、不可逆转。它们会带来布拉格或是柏林刚刚呼吸过的空气。它们漂洋过海，穿越了大西洋和整个欧洲。可以说，这就是山里的海洋空气。我尤其喜欢看气压图，这也许能解释我为什么会莫名其妙的抗拒起床，或是膝盖疼，或者其他难以解释的悲伤。这悲伤一定具有大气锋的特征，在大气层里变幻无常。

卫星云图和倾斜的地球时常打动我。可以认为，我们生活在一个暴露于行星凝视中的球体表面，被丢弃在巨大的虚无缝隙中。坠落之后，光会解体成小碎片被吹散，是这样吗？是的，我们应该进行每日提醒，因为时常会遗忘。我们认为自己是自由的，神会宽恕我们。但我不这么认为，我们最终都会变成微小、颤动的光子。我们的每一个动作、每一个行为都会进入太空。在那里，行星会继续观察，就像看电影一样，直到世界的尽头。

当我给自己煮咖啡的时候，电视里通常会播给滑雪爱好者的天气预报，展现着一个高山、滑道、山谷、大雪笼罩着的、变化无常、崎岖不平的世界。地表的粗糙皮肤只会在这里变白。到处都是雪地。春天，滑雪爱好者的福利会让渡给过敏者，图片也变得有色彩起来。温柔的线条画出危险区域。在那些标注红色的地方，大自然的攻击最为猛烈。冬天，大自然处于休眠状态，等着攻击人类像银丝一样脆弱的免疫系统。有一天，它终将以这种方式完全摆脱我们。每到周五就会出现给司机们的天气预报。在他们的世界里只有有限的线条标记出这个国家的高速公路。我发现人们就这样被分成三类——滑雪爱好者、过敏者和司机，这种分类方法很能说服我，很好，也很简单。滑雪爱好者是享乐主义者，他们顺势滑下山坡。司机喜欢把命运掌握在自己手中。虽然脊柱的问题经常困扰他们，但我们都知道，生活是艰难的。而过敏者总是处于战斗状态，我肯定是一个过敏患者。

我还想拥有关于星星和行星的频道，或许能有叫《宇宙的影响》的节目。这种节目最好也由地图构成，展示影响曲线、行星撞击区域。"大家请注意看，火星已上升到黄道之上，今晚将越过冥王星影响带。请将车留在车库或者有遮盖的停车场。小心存放刀具。小心走入地窖。行星穿过巨蟹座之前，请不要沐浴，停止与家人的争吵。"这档节目的女主持一定苗条而空灵。我们会知道，为什么火车今天会晚点？为什么邮递员的菲亚特会陷在雪地里？为什么蛋黄酱挤不好？为什么突如其来的头痛不服药却自然消失了？我们会知道什么时候可以开始染头发，何时可以举办婚礼。

晚上我观察着金星,仔细观察着这个美丽少女的变化。我喜欢以它作为我"夜晚的星星"。它好像魔术一样从天而降,然后又落在了太阳的后面。它是永恒光芒的火花。黄昏时分会发生最有趣的事情,因为细微的差异那时会消失。我可以永远地活在暮色当中。

第四章　999个死亡

"那个怀疑自己所见的人，
将怀疑一切，请随心而行。
如果太阳和月亮也这样怀疑，
它们会立即从天空陨落。"

第二天，我把鹿头埋在我家旁边的墓园里。我把所有从大脚家拿回来的东西都放进了那个坑里。至于沾满血迹的塑料袋，我把它挂在李树的树枝上，作为纪念。大雪纷然而至，雪花落在袋子里，夜里的寒冷将它们变成了冰。我花了很长时间才在冻住的石土里挖了一个这样的坑。冰冷的泪水冻住了我的脸颊。

像往常一样，我在坟头上盖了一块石头。在我的墓园里已有许多这样的石头。这里埋葬着：一只老猫。我买下这个房子时，在地窖里发现了它的尸体；一只野猫，在分娩时它与它的孩子一同死去；还有一只被伐木工人杀死的狐狸，他们认为这只狐狸疯了；还有几只去年冬天被狗打伤的鼹鼠和鹿。这只是其中一部分，还有我在森林里找到的、死在大脚捕猎陷阱里的其他一些动物。我把他们带到了另外一个地方，在那儿至少有人可以喂喂它们。

这块小墓园位于池塘旁，在一个非常平缓的坡上，地理位置极佳。从那儿可以瞭望整个普瓦斯科维什。我也想在这儿安歇，永远地照顾好这里的一切。

我每天争取绕着自己这块领地走两圈，既然已经承担了这个责任，就必须让卢弗茨格一直处于我的视线范围内。我会挨个察看每一个我负责看管的房子，最后爬到山上，眺望我们的普瓦斯科维什。

从这个角度可以看到平时近距离看不到的东西。冬天，雪地里留下的痕迹记录了每一个动作，什么都无法躲过大自然的"登记造册"。大雪像编年史学家一样记录了人和动物的每一步，使为数不多的车轮印记变得永恒。我会仔细地观察房子的屋顶，以免形成雪檐后造成排水槽不胜负荷而掉落。更糟糕的情况是，积雪会堵住烟囱，慢慢融化后，水滴从屋檐下流到屋里。我会检查窗户是否完好无损，上次检查的时候是否有疏忽遗漏？是否忘了关灯？同时，我还会查看院子、房间的门、大门、棚子以及堆放木材的地方。

我是邻居财产的看守人。当他们忙于冬天的工作和城市娱乐生活时，我在这儿替他们过冬，帮他们看守房子，使这些小屋免受寒潮侵袭，保护他们的脆弱财产。我用这种方式使他们得以从冬日的黑暗中解脱。

可惜的是，我的疾病再次宣告了它们的存在。以前也发生过类似的情况，当出现压力和不寻常的事件时，病情就会加剧。有时一夜没睡好就足以折磨我。我的手会发抖，好像有电流流过我的四肢。仿佛我的身体被包裹了一层看不见的电网，而有人正随机地在给我施以惩戒。每当那时，突如其来的、痛苦的抽筋会钳住我的肩膀和腿。正如现在，我能感觉到我的双脚是完全麻木的，僵硬且刺痛，走路时完全是一瘸一拐地拖着它们在走。此外，一个月以来我的眼睛一直是湿润的，泪水会毫无原因地突然流下来。

我决定，今天即使忍着疼痛，也要爬上山坡，从高处看一看世界，世界一定还在原地。这也许能使我平静，让我的喉咙放松，让我能感觉好一些。我一点也没有为大脚的死感到遗憾。但每当我从远处路过他的小屋时，就会回想起他那穿在咖啡色西服里妖怪般的尸体。之后，所有活着的朋友的身体会浮现在我的脑海里，它们都幸福地待在自己的小屋里。我自己、我的双脚、鬼怪瘦弱纤细的身体，一切都被巨大的悲伤裹挟，变得难以承受。我看着普瓦斯科维什的黑白景色，终于明白，悲伤是定义世界的重要词语，它是一切的基础，是第五元素，是精髓。

在我眼前展开的这道风景由黑白阴影构成，树木沿着田间的道路编织成排。在那些草还没有被修剪过的地方，积雪未能用统一的白色平面覆盖田野。草尖刺穿了白雪的覆盖，从远处看，就好像一只大手想要通过一些细微的笔触绘出草稿，然后才开始勾勒抽象的图案。我能看到田野美丽的几何形状，条形、矩形，每个都有自己的结构、独特的阴影，以不一样的方式向快速降临的冬夜倾斜。我们的七座小房子散落在这里，与溪流、小桥一样，就像是大自然的一部分。这里的一切似乎都经过精心的设计，可能就是那双练习素描的手。

如果我照着记忆绘制一张地图，在那张图上，普瓦斯科维什是一弯月亮，一侧被银山包围，群山小而矮，构成了我们与捷克的国界。这个高地上只有一块聚居区，那就是我们的村子。村子和小镇坐落在地图东北部的下方。普瓦斯科维什与科沃兹克山谷其他地方的海拔相近，但只要从高处看，就能看出这儿的地势还是稍高。道路艰难地向上蜿蜒，从北边开始稍显平缓。而东侧从普瓦斯科维什下山的道路异常陡峭，冬天行车颇具危险。严冬时分，道路管理局，还是那个叫什么别的名字的机构，会封闭这条道路。每到那个时候，我们就会冒着风险，在这条道上非法行驶。当然，条件是必须拥有一辆好车。其实我指的是我自己，鬼怪只有一辆电动助力车。大脚有他自己的双脚。路段陡峭的部分我们称之为"山隘"。附近还有一个石崖，如果你认为它是自然的产物，那么你就错了。这是一个旧采石场的废墟。采石场一点一点地侵蚀了这个地方，最后用自己的铲子将普瓦斯科维什吞没。好像曾经还有计划要重启采石场，也许那时，我们已消失在被机器吞蚀的地球表面。

经过山隘有一条田间小路通往村庄，这条路只能在夏天通行。在西面，我们这条路与一条更大的路交会，但那条路仍不是主路。在路边坐落着一个村庄，那儿笼罩着一种特殊氛围，我称之为"森林之外的国家"。那儿有教堂、商店、废弃的滑雪缆车和一个青年俱乐部。那儿的海拔很高，所以常年伴随着黑夜。这是它留给我的印象。在村子的尽头还有一条小路通往"狐狸"农场，但我从未往那个方向走过。

过了"森林之外的国家"，在进入高速路前有一个急转弯，那儿经常发生交通事故。迪迦称之为"牛心角"，因为他曾看到一个装满动物内脏的箱子从卡车上掉下来。当时，卡车正从当地一位大佬的屠宰场驶出来,牛心洒落了一地,至少他是这么说的。但我个人认为,这个故事太过于毛骨悚然,不知道他是不是真的见过。迪迦在某些问题的某些点上会过于敏感。一条柏油马路连接着山谷里的小城镇。天气好的时候,从我们普瓦斯科维什望去,可以看见一条条道路以及它们穿行而过的科多瓦、莱文、甚至是北面远处的新鲁德、科沃兹克、宗布科维采。这些地方二战前被统称为"弗朗克斯坦因"①。

那已经是很遥远的世界了。我经常开着我的"武士"车经过山隘到城里去。翻过山隘,可以向左拐,也可以开到国境线上。这里蜿蜒曲折,一不小心就有可能跨过国界。在我进行日常的散步视察时,总是在不经意间就越过了国界。有时候我也喜欢特意跨过国界,专门绕过去又折回来。可能有过十几次、几十次,用差不多半小时特意感受跨越国界的快感。这一切曾经都是不可能的,我还记得那些时候。因此,我喜欢跨越国界。

通常我会先检查教授夫妇家,这是我最喜欢的一个屋子。这是一座安静、孤独的白房子,它是那么的精致而简单。教授夫妇很少在这儿居住,但是他们的孩子经常会跟朋友们一起出现

---

① 二战前该地区被德国占领,遂此处为德语地名。

在这里。那时，风会吹来他们喧闹的声音。百叶窗敞开着，屋内灯火通明。嘈杂的音乐使小屋变得令人头晕目眩。那些张大的窗户孔使屋子看起来萧索空洞。待他们离开，小屋又恢复了原样。这个房子的缺陷是它倾斜的屋顶，雪会沿着屋顶滑落。每年年初直到五月，雪一直积在北面的墙上，湿气从墙面渗透到室内。因此，我不得不费劲铲雪，这是一个艰难、吃力的活儿。到了春天，我的任务就变成看管园子——栽花，并看护门前的那一小块花圃。我很乐于做这些事情。有时候一些东西需要维修，我就会打电话到弗罗茨瓦夫给教授夫妇，他们会给我转账，之后我得去找工人，盯着他们干活。

今年冬天，我在他们的地窖里发现了许多蝙蝠，有一大家子。有一次，我必须进到地窖里，因为我听见滴水的声音。如果水管爆裂，就会出大问题。我看见它们聚在一起，睡在石天花板上。它们挂在那儿一动不动，但我却总感觉它们似乎是在梦中看着我。灯光反射在它们张开的眼睛里。直到春天，我才与它们轻声地告了别，没看到什么损坏的迹象，于是我踮着脚尖上了楼。

在女作家的房子里则住着一些貂。我没给它们起任何名字，因为我既不会分辨它们，也无法数清数量。很难被发现——是它们主要的特征。就像幽灵一样，它们一会儿出现，一会儿又消失了，使人难以相信自己看到的东西。貂是很漂亮的动物，如果有需要，我愿意将它们戴在胸前作为我的徽章。它们看起来轻盈无邪，但这只是表象。实际上，它们是狡猾、邪恶的生物。它们与猫、老鼠和鸟互相打斗。它们挤进女作家屋顶和阁楼的隔热层之间，我怀疑它们造成了严重的破坏，损坏了矿棉，还在木板上啃出了小洞。

女作家每年五月会开车过来，我会帮她把东西都卸下，因为她的脊椎不太好。车里装满了书和异国食品。女作家脖子上戴着矫正器，好像是出过一次什么事故。也有可能她的脊椎问题是长期写作造成的。她看起来就像庞贝古城的幸存者，好像被火山灰完全掩盖过一样，脸是灰色的，嘴也是。灰色的眼睛，长长的头发在头顶紧紧盘成一个小髻。如果我对她不是那么熟悉的话，肯定会阅读她的作品。但正因为我太熟悉她了，所以害怕打开她的书。也许在她的作品中，我会发现用别的方式塑造的，我所不能接受的自己。还有那些我爱的，但有可能对她来说却是完全不一样的地方。从某种程度上来说，像她这样挥毫洒墨的人很危险，会令人产生一种假象，怀疑眼前的这个人也许不是她自己，而是一双持续观察的眼睛。而她所看到的东西会变成语句，她以这种方式夺走了事物最重要的、难以言说的本质。

女作家会在这儿一直待到九月，也不怎么出门。虽然有风，酷暑依然黏湿难耐，只有那时她灰色的身体会躺在躺椅上。她一动不动地盯着太阳，晒得越来越灰。如果我能看见她的脚，可能会发现她也不是人类，而是另一种生命形态，也许是逻各斯水中女仙又或西尔芙空气精灵。有时她的朋友会到这儿来，那是一个强壮的深色头发女人，涂着亮色的口红。她的脸上有一个胎记，是一颗棕色的痣。这意味着她出生时金星正好降临在第一宫。她们会一起做饭，好像突然想起了复古的家庭仪式。去年我和她们一起吃过几次，椰奶辛辣汤、土豆玉米煎饼。她们做得不错，十分可口。这位朋友对"灰女士"很好，一直照顾她，像是将她当作自己的孩子。她清楚地知道自己在做什么。

靠近潮湿的森林有一座最小的房子。不久前，它被弗罗茨瓦夫一户很吵闹的人家买下。他们在克舍基区开了一家食品店，有两个肥胖的、被娇宠惯了的十几岁孩子。这座房子本来是他们要重新修葺成典型的波兰庄园的，似乎计划给它加盖围栏和门廊，在后面建一个泳池，他们的父亲是这么告诉我的。但最先被砌起来的却是围着花园的一圈混凝土围墙。他们给我付了丰厚的酬金，希望我能每天到里边看一看有没有人闯入。房子本身很老，损坏严重，感觉它所期望的是任其在平静中自我腐烂。然而，今年有一场变革正等待着它——沙堆已经送达并堆积在大门外。风老是把盖在它上面的塑料膜吹走,重新罩上费了我很大的力气。这儿有一个小泉眼,他们准备建一个鱼塘,用砖砌一个烧烤灶。这家人姓司徒杰尼①。我想了很久是否该给他们取一个自己的名字。后来我意识到这是我遇到的姓氏与人正好相匹配的两个个例中的一个。他们真的是生活在井里的人,很早以前就掉了进去,现在住在井底,他们以为这口井就是全世界。

最后一个房子就在路边,是一个出租屋。最常在这儿租住的是一对带着孩子的年轻夫妇,他们周末时常来这儿寻找大自然。有时租住的是一些情侣。偶尔也会有整夜饮酒作乐,然后一直睡到中午的人。他们所有人都像影子一样穿过我们的村庄。一个周末,片刻停留。这座刚刚翻新过的小房子,属于这附近最富有的一个人。他在每一个山谷和平原都拥有自己的私产。这个人叫福南特沙克,这是姓氏与本人匹配的又一个例子。据说他买这个房子是看中了这块地。他买下这块地,大概是想把它改造成采石场。整个普瓦斯科维什都适合开办采石场。也许我们住在一个"金矿"上,这金矿就是花岗岩。

为了照看好这一切,我付出了许多艰辛。还有那座小桥,我

---

① 该姓氏在波兰语中意为"井"。

得时常检查它的状况,看看水是不是淹没了去年洪水来袭时给它加建的托架？是不是冲出了什么裂缝？绕完这一大圈,我还会环顾一下四周。我应该感到非常的幸运,因为一切都还在。要知道,这一切有可能并不存在。存在的可能就是一片草地——风吹过成片层层叠叠的草丛和玫瑰花蓟。这也许就是这里本来的样子。也有可能什么都没有,只是宇宙空间里的一片空旷。也许这才是对一切最好的安排呢。

在田间或野地徘徊时,我喜欢想象这里百万年后的样子：还会有一样的植物吗？天空的颜色还是这样吗？地壳板块会移动而形成山脉吗？是否会出现海洋？在海浪的缓慢移动中"地点"一词将不再被使用？但有一点是可以确定的,那就是这些房子一定不在了。我的努力像针头一样渺小而微不足道,正如我的生命。这一点需要记住。

之后,当我走出这片区域,眼前的景色开始变幻。到处都是惊叹号,探出如刺的针尖。每当我的双眼注视着它们,眼皮都会开始颤抖。眼睛被森林边缘矗立着的那些木建筑所伤。在整个普瓦斯科维什有八个这样的木建筑,我知道得很清楚,因为我和它们有关联,是堂吉诃德与风车的关系。建筑物的下半部分是木质横梁钉成的十字形,呈四个面。这怪诞的造型还有四个脚。上半部分则是一个带有狩猎窗子的小屋,这叫讲道坛。这个名字总是令我感到惊讶和震惊。能从讲道中学会什么？《福音书》讲的是什么道？一个用于杀戮的地方叫做讲道坛，难道不是一个傲慢至极、最为邪恶的想法吗？

我仍然可以看到它们。我斜视一下，以此模糊它们的形状，使它们从我眼前消失。我这样做，是因为无法接受它们的存在。但事实的情况是，一个人感到愤怒，却不采取实际行动，就等于是在传播病毒，我们的布莱克是这么说的。

每当站在那儿看着讲道坛，我宁可随时转身去抓住那如锯齿般锋利，又轻柔得像一根头发丝的水平线。我远眺了一下水平线的后面，那里是捷克，是太阳逃离的地方，因为它已看够这里的可怕。我的处女座从那儿降临夜空，金星也到捷克睡觉去了。

晚上我一般是这么度过的，坐在厨房的长桌前，做我最喜欢做的事。迪迦送我的电脑放在厨房桌上。电脑里这么多的程序当中，我只用过一个。桌上还有我的星历书、便笺纸和几本书、我工作时吃的干麦片和一壶红茶。别的我都不喝。

我本可以自己动手完成所有计算，我甚至有些遗憾自己没有这么做。但是现在谁还会用计算尺①呢？但如果需要在沙漠里计算星座，没有电脑，没有电，没有任何的工具，我还是能应付

---

① 一种模拟计算机，20世纪70年代之前广泛使用，后被电子计算机取代。——编辑注

的。我需要的只有我的星历书。所以,如果有人突然问我(虽然不会有人这么做)要带什么书去无人岛,我会回答:《1920—2020行星星历书》。

我很好奇,在人的星历书里是否可以看到他们的死亡日期。星象学中的死亡会是什么样的?会以什么样的方式呈现?哪些行星扮演着命运的角色?在地上这个乌里森①的世界里,法律支配着一切,从繁星点点的天空到道德质朴的良心。只有严格的法律,没有同情,没有例外。既然有出生的顺序,为什么不能有死亡的顺序呢?

这些年来,我搜集了1042个出生日期和999个死亡日期。我还在进行自己的小小研究。这个项目没有欧盟的资金援助,只是一个在厨房里进行的项目而已。

我一向认为星象学要通过实践来学习,这是一种扎实的知识,就像心理学一样,是一门经验科学。做这个研究,要细致地观察身边的人,把他们生活中的时刻与行星系统相连。还要仔细地审视、分析不同人参与的同一事件。很快便可以发现,相似的星象描述的是相似的事件。到达那个阶段,就能算是启蒙了,

---

① 英国诗人、画家威廉·布莱克建构的神话体系中代表理性与律法的人物。——编辑注

你会得出一个结论：秩序确实存在，并且触手可及。恒星和行星建立了这个秩序，天空则是设定我们生活模式的模板。经过更深入的研究，便能从地球上的微小细节猜测天空中行星的排列。午后的雷雨、邮递员塞进门缝的信、浴室里坏掉的灯泡，没有什么能逃避这个秩序。它在我身上的作用如同酒精或是某种新型毒品，使我充满了纯粹的愉悦感。

人必须睁大眼睛和耳朵来关联事实，从别人看到的不同之中找到相似。必须记住，一些事件有可能发生在不同的层面上。换而言之，许多事情有可能是同一事件的不同方面。整个世界是一张巨大的网，一个整体，没有任何事物是孤零零的存在。世界上每一个最小的碎片都与其他的一切经由复杂的通信宇宙联系在一起，而这个宇宙很难渗透进平庸的心灵。这就是它的运作方式，就像日本的小汽车一样简单。

对于布莱克说过的"奇怪的象征"，我能谈出很多离题的想法，迪迦总是会聚精会神地听。但我对星象学的热爱，他却无法感同身受，因为他出生得太晚了。他们这一代赶上冥王星正好在天秤座上，这在某种程度上削弱了他们的警惕性。他们试图平衡地狱，但我不认为他们能够成功。他们可能善于设计项目，编写应用程序，但他们大多没有警惕心。

我成长于一个美好的时代，遗憾的是，这个时代已经过去。

那个时代为变革做好了准备,有形成革命视野的能力。如今,没人有勇气去思考任何新的事物,只能不停地说着业已存在的事实,继续发扬陈旧的想法。现实变得朽迈而苍老,毕竟它遵守着与每一个生命同样的法则。像人体细胞一样,也会凋亡。凋亡是物质的疲倦和消耗造成的自然死亡。在古希腊语里,这个词的意思是"花瓣的凋落"。世界的花瓣已经凋落。

但是新的事物总会来临,世界一直按照这样的规律运行着,这难道不是一个可笑的悖论吗?天王星正处在双鱼座,当它进入白羊座时,新的周期就将开始,在两年后的春天,现实将得到重生。

研究占星给我带来快乐,甚至在我发现死亡规律的时候,亦是如此。行星的运行总是美丽的,无法停止,也无法加速。这种规则已经远远超越了雅妮娜·杜舍依科身处的时间和地点——能这么想想很好。人有所依是一种幸福。

也就是说:要确定是否自然死亡,首先要观察生命主的位置。生命主——就是为我们吸收宇宙生命能量的身体。如果出生在白天,那么生命主就是太阳。如果出生在夜里,生命主就是月亮。在某些情况下,生命主可以是上升点的主宰星。当生命主与第八宫的主宰星,或与存在于其中的行星达到某种极不和谐的状态时,就会出现死亡。

考虑到暴力死亡威胁的可能，我不得不注意生命主和它所在的宫以及那个宫里的行星。我同时会注意火星、土星、天王星这些有害的行星里，哪一个比生命主更强，哪个将要与之构成坏的状态。

那天我坐下来工作，从兜里抽出一张很皱的纸。我在那上面记了大脚的信息，是想查一查他的死是否在正确的时间来临。当我输入他的出生日期时。我注视着这张记有他资料的纸。我看到，我把他的资料记载在了一个狩猎日历上，这一页是"三月"。在日历的一个个小格里画着三月可狩猎的动物形象。

星盘从屏幕里朝我跳了出来，使我足足凝视了一个小时。首先我看到土星，土星在固定的星象里通常作为窒息、上吊死亡的主要表征。

我整整研究了两晚大脚的星盘运势，直到迪迦打电话来，我不得不劝说他放弃来看望我的想法，跟他说他那辆英勇的"老伙计"会陷入泥泞的雪地里。让这个男孩儿在他的员工宿舍里自己翻译布莱克吧。让他在自己的思想暗房里用英语的消极词汇构造波兰语句子吧。他最好周五过来，这样我可以告诉他一切，展示星象规则精确的证据。

我必须非常小心。现在我敢这么说：很遗憾，我不是一个好的占星师。在我的性格里有一个缺陷，它会模糊行星分布的图像。我用自己的恐惧看着它们,尽管人们天真单纯地认为我有着平和的表面。我仿佛在一面黑镜里透过烟熏的玻璃看着一切。我看到的世界就像别人看到的日食时的世界一样。因此,我看到了地球食。我看到我们在永恒的黑暗中盲目移动,像一只被暴戾的孩子抓进盒子里的金龟子。伤害我们很容易,粉碎我们错综复杂、奇怪的存在很容易。我将一切解释为不道德、可怕和威胁。我只能看见灾难。如果坠落是开始,还能坠得更低吗?不管怎么样,我知道自己的死亡日期,并因此而感到自由。

第五章　雨中的光

"监狱用法律之石建造，
妓院是用宗教之砖砌成。"

敲击，远远地传来砰砰声，好像有人在隔壁房间猛击吹起来的纸袋。

我坐在床上，有一种可怕的感觉，好像有什么坏事在发生，这个声音仿佛是对某个人生命的审判。声音又出现了，我急忙穿上衣服。还没有完全恢复意识的我站在屋子中央，被毛衣缠住，突然感到无助——我该怎么办？往常的这些日子，天气总是很晴朗，掌管天气之神显然偏袒猎人。太阳耀眼的光芒才刚刚升起，它努力攀爬涨得通红，投射出长长的、困倦的阴影。我走到屋外，又产生了错觉：我的"小姑娘们"走在我的前面，它们朝雪地奔去,享受着这日光的来临。它们如此毫无顾忌地表达自己的喜悦,把我都给传染了。我朝它们扔雪球,它们把这当作我对一切疯狂行为的应允,立即开始疯狂地追逐。追逐者可以突然变成逃跑者。追逐的原因也一会儿一个变。最后,他们的欢乐到达顶点,除了像疯了一样绕着屋子转圈以外,没有别的方式可以表达。

我又一次感觉到脸颊上的泪,也许我应该去一趟阿里大夫那儿。他虽是一个皮肤科医生,但却什么都懂,什么都能理解。我的眼睛肯定有很大的问题。

我快速走向"武士",并从李子树上取下满是冰的袋子,在手上掂量它的重量。"Die kalte Teufelshand"①让我回想起遥远的记忆。是浮士德吗?恶魔冷冷的拳头。"武士"一次就点燃了,它好像知道我的心理状态,温顺地在雪地里驰骋。铁锹和备用轮胎在后面嘎吱作响。开枪的地方很难定位,射击声穿过森林,又从墙一般的林子里反弹回来,威力翻倍。

我往小路的方向开。距离悬崖还有两公里的时候,我看见了他们的车。是一辆时尚的吉普和一辆小卡车。一个人站在车边抽着烟。我踩了一脚油门,径直驶过这个营地。"武士"明显

---

① 德语,意为:魔鬼冰冷的手。

懂我的意思，因为它激情澎湃地向各个方向飞溅着湿雪。一个人在我的几米后追着我跑，挥着双手，试图让我停下来。但我没有注意到他。

我看到他们正以松散的队形行走。他们是二三十个穿着绿制服、迷彩服的男人，头上愚蠢的帽子还带着根羽毛。我把车停下，朝他们的方向跑去。很快我就认出了他们中的几个人。他们也看见了我，一脸吃惊，互相交换着饶有趣味的眼神。

"这到底是在干什么？"我喊道。

其中一个来帮忙的人走到我身边，就是大脚死后第二天到我这儿来的那个留着小胡子的男人。

"杜舍依科女士，请不要靠近这里，很危险。请离开这里，我们在射击。"

我在他的面前挥挥手："该离开的是你们，否则我马上报警。"

他们其中一人脱离队伍走到我跟前。我不认识他。他穿着典型的狩猎装备，戴着帽子。队伍还在前行，猎枪举在胸前。

"女士，没这个必要。"他有礼貌地说道，"警察就在这儿。"他自以为是地笑着说。的确，远远的我看到了警察局长大腹便便的身影。

"怎么了？"一个人喊道。

"没什么,没什么,是那个卢弗茨格的老太太。她想报警。"他的语气充满讽刺的意味。

我对他感到厌恶。

"杜舍依科女士,请别犯傻了。"小胡子男人好心地说道,"我们真的在打猎。"

"不许你们向鲜活的生命开枪。"我用尽全力大喊,风把话语从我的嘴里掏出,吹向了整个高原。

"没事,请回家吧,我们只是在打野鸡。"小胡子男人试图安抚我,似乎完全不理解我的抗议。另一个人用一种甜腻的声音说:"别跟她吵了,这是个疯子。"

我顿感愤怒,是真正的、如天神一般的震怒,仿佛一股热浪从内心淹没了我。这股能量让我感觉好极了,它将我升上天空,身体的宇宙经历了巨大的爆发,里面是熊熊燃烧的火焰,像一颗中子星。我向前扑过去,猛地推了一下那个戴着愚蠢帽子的男人。他倒在雪地里,满是惊讶。留着小胡子的男人试图去扶他们,于是我又上前攻击了他,用尽浑身力气撞了他的肩膀,他痛苦得呻吟。我不是一个弱女子。

"嘿,嘿,你个女人,这是什么行径?"他疼得歪着嘴,想抓住我的手。那个之前明目张胆跟着我,后来站在车边的男人从后面跑来,像老虎钳一样抓住我。"我送您回车里。"他凑着我的耳边说。他其实根本不想送我,而是把我往回拽,使我摔倒在地上。

留小胡子的男人试图把我扶起来,我厌恶地一把将他推开,绝不让他得逞。

"您就别操心了,我们这完全是在法律允许的范围内。"

他说"法律允许"。我拍了拍身上的雪,走向我的车。我浑身因愤怒而颤抖,跌跌撞撞地往前走。与此同时,猎人的队伍已经消失在这崎岖山林的低矮草丛和青青柳树中。没过多久我又听见了枪声,他们在向鸟儿开枪。我在车里坐下,手握着方向盘一动不动。也许要过一段时间,才能使我恢复力气。

我朝家驶去,无力地哭泣,两手发抖。我已预料到这件事将以最糟糕的方式结束。"武士"停在屋外,它松了一口气。我知道,无论什么事情它都会站在我这一边。我用脸贴着方向盘,喇叭响了,像是在喊叫,像哀悼的怒吼。

我的病痛很叛逆,永远不知道它什么时候会到来。每当它来临,我的身体就会发生些什么,骨头也会开始疼。这是一种非人的疼痛,令人作呕。如果让我来形容,我会说这是一种持续的痛,短时间内不会消失,有时候接连好几天。没有什么方式能逃避这种痛苦,没有特效药,也无吊瓶可打。它必须疼,就像河水必须流淌，火焰必须燃烧。它满怀恶意地提醒我，我是由随时可消散的物质碎片组成的。也许只能去适应它？就像生活在奥斯维辛集中营和广岛的人一样，与它共处，完全不去思考正在发生什么，只是活着。

但是骨头的疼痛过后会迎来腹、肠、肝和身体里所有五脏六腑的疼痛，毫无休止。只有葡萄糖能够稍稍缓解，所以我总用保鲜袋装一些放在兜里。我不知道它什么时候会给我致命一击，让我更加痛苦。有时我感觉现实的我实际上由疾病的症状组成，是痛苦塑造的幻影。我不知道该怎么办好，我会想象在我的肚子上，从脖子到腹股沟有一根拉链，我慢慢地拉开它，从上到下。我从手臂中伸出手，从双腿中伸出腿，从头中拉出头。我从自己的身体中解脱出来，而身体像旧衣服一样掉落在地上。我变得更小更轻盈，几乎完全透明。身体像水母一样，奶白色的，泛着磷光。

这种幻想是唯一能够给我带来慰藉的方式。是的，那时我是自由的。

※

一周结束，周五的那天，我跟迪迦约得比平日都晚。我觉得自己的身体状况有些糟糕,必须立刻去看医生。我坐在候诊室排着队,想起了我是怎么认识阿里医生的。去年,太阳又一次"蒸透"了我,我一定看起来十分可怜,分诊台的护士直接把我送到了候诊区,让我在那儿稍等一会儿。我太饿了,于是从包里拿出椰蓉饼干一把塞进嘴里。过了一会儿医生来了,他的头发是像核桃一样的浅棕色。他看着我说道:

"我也喜欢椰蓉饼干。"

这使我立刻觉得跟他很亲近。后来我发现,原来他也有自己的"特点",就像每一个成年以后才开始学波兰语的人一样,有时他会表达不准确,词不达意。

"让我来看看您哪儿不舒服。"这次他说道。

他对我的病痛检查得很彻底,不仅仅是看皮肤上的这些。他深沉的脸庞总是很冷静。他沉着地给我检查脉搏和血压,同时给我讲一些奇闻异事,显然已经超越了一个皮肤科大夫的职责。来自中东的阿里医生对治疗皮肤病很有自己的一套办法。他会让药房的女士准备好精心制作、工艺复杂、成分颇多的药膏和乳液。我猜想周边的药剂师一定不喜欢他。他的这种混合药膏色泽奇异,气味惊人。也许他认为过敏性皮疹的治疗应该与皮疹本身一样壮观。

今天,他主要检查了一下我手臂上的瘀伤。

"这是怎么弄的?"

我轻描淡写地回应,不小心撞了一下,有一个月的瘀伤也很正常。他低头看了看我的喉咙,摸摸淋巴结,听听肺音。

"请问您能给我一些麻醉药吗?"我说道,"一定有这样的药吧。我想要这样的药。能让我睡觉的时候没有什么感觉,什么都不用担心。有可能吗?"

他开始写处方,啃着手里的笔,每写一个字都要进行长时间的斟酌。最后,他给了我一大摞药方,其中的每种药都需要进行单独配制。

※

我回来晚了,天已经黑了很久,从昨天开始刮起一阵焚风①,雪在眼前迅速融化。又下起了可怕的雨夹雪。幸运的是,炉子里的火还没熄灭。迪迦也来迟了,大雪路滑,车实在是很难开进来。他把菲亚特停在柏油马路边,自己步行而来,浑身湿透,冻至骨髓。

迪迦每周五都会来我这儿。因为他是下了班直接过来的,

---

① 山区特有的一种干热风,由于气流越过高山后下沉造成。——编辑注

所以我总是会为他准备好午餐。每周只有这么一次。对于我个人来说，周日煮一大锅汤，每天热一热，就已经足够我撑到周三了。周四我吃橱柜里的干粮或者到城里去吃一个玛格丽特披萨。

迪迦有着严重的过敏症，所以我无法完全释放烹饪的想象力。给他做饭，不能放乳制品、坚果、辣椒、鸡蛋、小麦面粉。这极大地限制了我们的菜单，尤其是我们还都不吃肉。有时，他实在控制不住，被一些不能吃的东西所吸引，他的皮肤就会长满湿痒的皮疹，起着水泡。他会不自觉地开始挠起来，挠过的皮肤变成溃烂的伤口。因此，最好不要做这样的尝试。就连阿里医生自己调配的药都无法止住迪迦的过敏。这种过敏的本质深奥而隐秘——症状复杂多变，任何测试都无法将其捕获。

迪迦从他破旧的书包里拿出一本练习册和一堆彩色笔。吃饭的时候，他一直不耐烦地看着它们。等我们吃完饭，喝过红茶（别的不会做），他会向我诉说这一周干了些什么。迪迦在翻译布莱克的作品。他自从做了这个决定，到目前为止，一直严格地向着这一目标努力。很久以前他曾是我的学生，虽已经年过30，但和当年高考英语时被锁在厕所里羞于求助、造成考试失利的那个迪迦并没有什么不同。他一直是个小男孩，甚至像一个小女孩，有着小小的手，软软的头发。

奇怪的是,在那次不幸的高考过去很多年后,命运又一次将我们联系在一起。就在这儿,小镇的广场上。有一天,我从邮局出来正好看见他。他来取从网上订购的书。也许是我的变化太大,他没有立即认出我,只是张着嘴,眨着眼睛,盯着我看。

"是您吗?"他终于小声说道,看起来着实惊讶。

"迪迦?"

"您怎么在这儿?"

"我住在这附近,你呢?"

"我也是,教授。"

之后,我们自然而然地攀起了肩。我这才知道,他在弗罗茨瓦夫的警察局里做信息管理员时没能成功重组信息,于是他们把他派到乡下来工作,还给他在酒店里安排了临时住房,直到他找到合适的住处为止。但是迪迦一直没有找到合适的公寓,就一直住在这个工人旅馆里。这是一栋巨大、丑陋的水泥建筑,所有去捷克的嘈杂旅游团都会在这儿停留。有的公司会在这儿组织一直喝到黎明时分的传统派对活动。这栋楼里面有一些带门厅的房间,走廊上还有公用的厨房。

这段时间他正在翻译《尤里曾之书》。在我看来,这本书比我之前帮助他完成的《地狱谚语》和《无罪魔法》还要难得多。我真觉得这不容易,因为我完全看不明白布莱克用言语勾勒的那些美丽而悲伤的画面。他真是这么想的吗？他描述了什么？这是哪儿？是在哪儿发生的？什么时候发生的？这是童话还是神话？我问迪迦。

"这无时无刻不在发生。"他说着，眼睛里闪着光。

他每翻完一段，就一行行认真地给我读，等着我的意见。有时我觉得可以理解每个词语的意思，连起来却不知道想表达什么。我不知道该怎么帮助他，因为我不喜欢诗歌，世界上所有的诗在我看来都是没有必要的复杂晦涩。我不明白为什么这些启示不能用人的语言——散文来记录。每当这时，迪迦就会不耐烦生气起来。我喜欢这样戏弄他。

我不认为我对他有什么特殊的帮助。他比我优秀太多了。我必须承认，他的"智能"比我快，比我更"数字化"，而我还处在"模拟信号"阶段。他往往很快就能想到，而且能完全从另一个角度看已经翻译好的句子。把一些不必要的但又相关联的词语放在一边，从中抽离出来，之后又带着新的、更美的词语回来。我总是给他递盐罐，因为我有一套自己的理论：盐对突触之间神经脉动的传递过程极为有益。而他也学会了用沾有唾液的手指插进盐罐来舔盐。我的英文已经忘得差不多了，即使有整个维利奇卡盐矿的盐也帮不上忙了。况且如此烦琐的工作只会让我觉得无聊而不知所措。

该怎么翻译孩子们开始做游戏时唱的童谣呢？总不能无休止地重复"点兵点将，点到谁……"①吧：

> 每一个夜晚，每一个清晨
>
> 有人生来就为不幸伤神
>
> 每一个清晨，每一个夜晚
>
> 有人生来就被幸福拥抱
>
> 有人生来就被长夜围绕

这是布莱克最有名的诗句，却无法翻译成波兰语。因为既要不失韵律，又不能丢掉了儿童的天真。迪迦尝试了很多次，就像在解一道难题。

现在他喝了汤，这汤使他温暖，脸上泛起了红润。帽子边缘的头发起了静电，在他的头上形成了一个微小的、有趣的光环。

那天晚上我们难以集中精力进行翻译。我很累，也感到十分焦虑，完全无法思考。

"你怎么了？今天总是心不在焉。"他说道。

---

① 此处为波兰童谣，通常为儿童玩游戏时，分边或者选人的时候唱出。只是重复拟声词，没有实际含义。

他说的有道理。疼痛虽然减轻了,但还没有完全消除,加上天气糟糕,刮风下雨。扬起焚风的时候尤其难以集中注意力。

"为什么恶魔要创造令人憎恶的虚无?"迪迦问道。

布莱克的诗句很符合那晚我们的心境。天空压得很低,它留给地球上所有的生物生活的空间和空气都不多了。现在,深夜里,它又用潮湿的肚子摩擦着山坡。

我劝他留下来过夜,以前也曾有过。我在小书房给他铺了一张沙发床,我的房门开着,这样我们能够听见对方的呼吸。但是今天他不行。他瞌睡地摸着额头向我解释是因为警局正在更换电脑。我也不想知道更多的细节,但我知道这很重要,因为这件事给他添了很多的活儿,一早就得赶回警局去,还得跟这泥泞的路做斗争。

"你怎么回去呢?"我担心地问道。

"只要能到大马路上就行。"

我不太赞同他自己一个人走到大马路。我穿上两件抓绒衣,戴上帽子。我们俩都穿上了橡胶雨衣,看起来像两个小矮人。我送他走到小路上。实际上,我很愿意送他到大马路上。迪迦在大衣里穿了一件寒酸的夹克,松松垮垮地挂在他的身上。我们的鞋子虽然在暖气上烘了一下,却还是全湿的。他不想我跟他一块儿走,于是我们在小路上告了别,我就往家的方向走了。突然,我听到他在叫我。

他的手指着山隘的方向。那儿隐隐约约有什么在闪?很是奇怪。

我转过身。

"那会是什么呢?"他问道。

我耸了耸肩。

"难道有人拿着电筒在那儿瞎晃?"

"走,我们去看看。"他抓住我的手,像发现神秘踪迹的童子军一样拉着我。

"现在?晚上?算了吧,地上那么湿。"我喊道,惊讶于他的固执,"有可能是鬼怪丢了手电筒,落在那儿正亮着呢。"

"这不是手电筒的光。"迪迦一边说一边往上走。

我试图阻止他,抓住他的手,但最后留在我手里的只有他的手套。

"迪迦,我们别去那儿,我求你了。"一定有什么令他心神不宁,因为他对于我说的话完全没有反应。

"我不去。"我想以此来威胁他。

"好吧,你回去吧,我自己去看看。有可能发生了什么呢?你走吧。"

"迪迦!"我生气地大喊。

他没有回答。

我只能跟着他走,用手电筒给我们照亮前方。电筒的光在黑暗中变成一个个发亮的斑块,其他一切都失去了颜色。云层压得很低,低到仿佛可以在上面挂一个钩子,让它把我们带到遥远的南方热带国度。在那儿可以从高处直接跳入橄榄树丛里,跳进盛产美味绿葡萄酒的摩拉维亚酒庄。

就在这时,我们的双脚陷入了雪地的泥泞。雨滴越过帽子,不停地使劲往我们脸上拍。我们终于看见了。在山隘口停着一辆车。这是一辆大型越野车,车门都敞开着,里面散发出微弱的光。我留在几米外不敢靠近。出于害怕和恐惧,我感觉自己随时有可能像个孩子一样哭出来。迪迦从我这儿拿走电筒,慢慢地靠近汽车。它照亮了车内,车里是空的。后座上有一个黑色公文包,还有一些塑料袋,里面大概是采购的东西。

"你知道吗?"迪迦拉长了音节轻声说道,"我认识这辆车。这是我们局长的那辆丰田。"

他用电筒扫了一扫车的周围。车停在道路向左拐的地方,右边是茂密的灌木丛。二战前德国人占领这里的时候,这个地方还有房子和风车。现在只剩一个杂草丛生的废墟和一棵大核桃树。秋天的时候周围所有的松鼠都会跑到这儿来。

"看,"我说道,"看雪地里是什么?"

手电筒的光捕捉到一些奇怪的痕迹,大量的像硬币大小的圆形斑点。每个斑点都很完整,散布在汽车周围的路面上。还有男士鞋印清晰可见。雪逐渐融化,深色的水渗入每一个脚印。

"那是蹄印。"我跪下来仔细检查这些小小的圆形斑点,"这是鹿的足迹,看到了吗?"

但是迪迦正看着另一个方向,那儿潮湿的雪被完全踏平。电筒的光朝着灌木丛移去。过了一会儿,我听见迪迦哭泣的声音。他靠在路边灌木丛中的一口老井旁。

"我的上帝,我的上帝,我的上帝……"他机械地重复着,使我完全失去了平衡。我们都知道,任何上帝都不会来,也不会处理这里的事情。

"上帝啊,有个人在这儿。"他哀泣着。

我体内开始发热,于是走到他的身边,把电筒从他的手里拿了过来。我照了照井口,看见了令人毛骨悚然的景象。

一个人躺在这口很浅的井里,头朝下,身体扭曲着。肩膀后能看见脸的一小部分,眼睛惊恐地挣扎着,满是鲜血。现场还有一双大码的鞋,厚厚的鞋底。这口井在好几年前就被填上了,很浅,只是一个坑而已。我自己也曾经在井里盖上过树枝,以防牙医的羊掉进去。

迪迦跪下,无助地摸着这些鞋子,抚摸着鞋帮。

"别碰。"我小声说道。我的心脏像疯了似的猛烈跳动,我觉得这个流着血的头会突然转向我们的方向。鲜血像溪流般流淌,眼睛在血水里发亮。嘴微微动着,似乎想说些什么。之后整个魁梧的身体慢慢爬起来,重新复活,被自己的死亡激怒,怒不可遏地掐住我的脖子。

"也许他还活着。"迪迦哭泣着说。

我祈祷最好不是。

迪迦和我,我们两个人都站着,浑身冰冷,惊恐万分。迪迦颤抖着,好像抽搐一般。我很担心他,他的牙齿在打战。我们抱在一起,迪迦开始哭泣。

水从天上倾泻而下,又从地里缓缓流出,地球仿佛是一块被冷水浸透的巨大海绵。

"这样下去,我们会得肺炎的。"迪迦轻声说。

"我们离开这儿去,去鬼怪家,他应该知道怎么做。走吧,别站着了。"我建议道。

我们起身回去,像两个受伤的士兵一样互相搀扶着。我感觉到我的头因为一个急切不安的想法在燃烧。我甚至看到了这些想法如何在雨中冒着蒸汽,变成了排云,又涌向黑云。当我们走在大雪融化后湿滑的雪地上,我的嘴里挤出一些话,让我十分想立即与迪迦分享。我渴望大声地说出来。但它们暂时还是没能从我的嘴里喷涌而出,而是选择了逃走。我不知道应该怎么开口。

"上帝啊,上帝!"迪迦抽泣着,"是局长,我看见他的脸了,是他。"

我一直很依赖迪迦,所以我不想他认为我是一个疯子。不能是他。当我们到达鬼怪家时,我鼓起了所有勇气,准备进行下一步——告诉他我的想法:

"迪迦,"我说道,"是动物在报复人类。"

迪迦总是很信任我,但这次他根本不听。

"这不是什么了不得的事,"我继续说,"动物很强大,也很聪明。我们甚至意识不到它们有多聪明。动物曾站在法庭上接受审判,甚至还被定罪。"

"你在说什么?你在说什么?"他毫无意识地咕哝着。

"我曾读到过一个关于老鼠造成大量损失被法庭起诉的事。这个案件最终被推迟裁决了,因为老鼠们没有参加庭审。法院后来为它们指定了一个辩护律师。"

"上帝啊,你到底在说什么?"

"这是确有其事的,发生在 16 世纪的法国。"我继续回答道,"但我不知道最后怎么样了,也不知道后来它们有没有被定罪。"

他突然停下来,用力地摇晃我的肩膀。"你一定是受刺激了,你在胡说些什么?"

我很清楚自己在说什么。我一定会去查证的,等有机会的时候。

鬼怪的身影在篱笆后隐约可见,他头上戴着电筒,脸庞在电筒的光下显得古怪、惨白。

"怎么了?你们怎么大晚上在这儿走?"他用哨兵的口吻问道。

"警察局长死了,在车旁。"迪迦一边颤抖着牙齿,一边指向他的身后。

鬼怪张开嘴,微微地动了动嘴唇,没有出声。我以为他已经什么都说不出来了。过了很长时间,他说:

"我今天看见他的大车了,注定要以这种方式终结的,他是酒后驾驶。你们报警了吗?"

"我们应该报警吗?"我问道,心里担心着迪迦的颤抖。

"你们找到了尸体,你们是证人。"鬼怪走向电话。过了一会儿,我们听到他用冷静的声音报告了一个人的死亡。

"我不想再回到那儿去。"我说。而且我知道迪迦也不想再去。

"他躺在井里,倒挂着,浑身是血。到处都是脚印,小小的像是鹿蹄。"迪迦喃喃地说道。

"这一定会成为一桩丑闻,因为他是一个警察。"鬼怪冷淡地说,"你们没破坏那些脚印吧。你们总看过侦探片吧?"

我们走进他温暖明亮的厨房,他则在屋外等警察。我们互相都不再说话,只是坐在椅子上一动不动,像两尊蜡像。我的思绪如暴雨前般风起云涌。

一个小时以后警察乘的吉普车抵达,最后一个下车的是"黑大衣"。

"爸爸,我就想到你会在这儿。"他讽刺地说道。可怜的鬼怪十分尴尬。

"黑大衣"与我们三个士兵握手,就好像我们是童子军。他是我们的队长。我们正做了一件好事,他来感谢我们。他用怀疑的眼光瞥了一眼迪迦,问道:

"我们是不是认识?"

"是的,我在警察局工作。我们应该见过。"

"这是我的朋友,他每周五都来看我,因为我们在一起翻译布莱克的作品。"我急忙解释道。

他一脸厌恶地看着我,又礼貌地邀请我们跟他一块儿上车。当我们到达山隘,警察已经在那口井周围布上了警戒线,打上了探照灯。大雨滂沱,在探照灯灯光的映照下,雨滴形成长长的银丝线,像圣诞树上天使的头发。

我们三个人整个清晨都是在警局里度过的。虽然鬼怪根本不应该在那里,吓坏了。把他卷入这一切,我感到十分内疚。

他们审问了我们,就好像是我们用自己的双手杀死了警察局长一样。幸运的是,警局里有一个极不寻常的咖啡机,咖啡机里还能点热巧克力。我非常喜欢这个味道,它使我终于可以用自己的双脚站起来了,虽然鉴于我的疾病,我应该更注意一些。

他们送我们回家的时候已经是下午了。炉子灭了,因此我又得费劲把它重新点燃。

我坐在沙发上睡着了,穿着衣服,没刷牙,睡得像个死人一样。黎明到来以前,窗外的黑暗还在全力地挣扎。我突然听到奇怪的声音,还以为是中央加热炉停止了工作,因为没了它轻柔的嗡嗡声。我披上一件外套到楼下去,打开了锅炉房的门。我的母亲站在那儿,穿着夏天的花连衣裙,肩上背着一个包。她看起来十分焦虑、困惑。

"看在上帝的分上,妈妈,你在这里做什么?"我惊讶地喊道。

她张开嘴好像要回答,又动了动嘴唇,却没发出声音。之后,她放弃了,不安地环顾着锅炉房的墙壁和天花板。她不知道自己在哪里。后来又想说些什么,还是没成功。

"妈妈。"我轻声地说,试图捕捉她逃避的目光。

我以前生过她的气,因为她很久以前就离开了。这不是已经去世许久的母亲应该做的。

"你是怎么来这儿的?这不是你应该来的地方。"我开始责怪她,但是悲伤始终占据了我。母亲用恐惧的眼神看着我。之后,她的眼睛又在墙壁上徘徊,看起来不知所措。

我幡然醒悟,是自己在毫无意识的情况下把她带到这儿来的。是我的错。

"妈妈,你走吧。"我温柔地说着。

但是她没有听我的,可能完全听不见我在说什么。她的眼神不想停留在我的身上。我生气地关上了锅炉房的门,然后站在另一边听。我只能听到沙沙的声响,像老鼠或树上的木虫在刮擦。

我回到沙发上。早上醒来时,我想起了这一切。

第六章　琐事与平庸

"野鹿四处游荡，

给人类的灵魂带来不安。"

鬼怪像是为独居而生的，跟我很像。但我们各自的孤独无法以任何方式结合。这些悲剧事件过后，一切又回到了原来的轨道。春天来了，鬼怪开始打扫整理，待在他的工作室中准备制作各种夏天要用到的工具。每到夏天，这些工具就成了我的噩梦，例如电锯、枝叶修剪器，还有我最讨厌的——割草机。

有时我在日常散步过后能看到他纤细、苗条的身影，但却总是遥不可及。有一次我甚至从山顶向他招手，但他没有回答。也许没注意到我。

三月初，我的病又急性发作了一次，情况很严重。我甚至想过给鬼怪打电话，或者硬撑着走到他家敲他的门。炉子里的火也熄灭了，我甚至没有力气下楼。走到楼下的锅炉房从来都不是一种乐趣。我暗下决心，等客户夏天回来的时候，我一定告诉他们，从明年开始我不再做这个工作。这也将是我在这儿住的最后一年。明年冬天来临之前，我可能要回到自己在弗洛茨瓦夫监狱街的小公寓。那公寓就在大学旁，在那儿可以用几个小时的时间来观赏奥得河如何用催眠术使自己的河水奔涌向北。

幸运的是，迪迦来了，给我把那个旧炉子点燃了。他用手推车从树林里推来一车木头。这些木头在三月里受了潮，烧起来烟很大，然而却没有一丝温暖。他还用罐子里的酸黄瓜和仅剩的蔬菜做了一锅美味的汤。

我躺了很多天，以此平息身体的反抗，耐心地忍受着难熬的双腿麻木和腿内灼烧。我的尿开始变红。我敢跟每个人说，当马桶被红色的液体所占据时，那是一种多么令人恐惧的景象。我拉上了窗帘，因为我无法忍受三月雪反射过来的刺眼光线。病痛猛击了我的大脑。

我有一套自己的理论，当我们的小脑没有正确地连接大脑时，就会发生很可怕的事。这可能是给我们编写的程序中最严重的错误，是创造我们的人没有设计好。这就是我们这个型号要被替换的原因。如果我们的小脑与大脑正确相连，我们就对自己的身体有全面的认知，就会知道在我们的身体里正在发生些什么。我们就会对自己说，看，我们的血钾水平降低了，颈椎第三节有一些突出。今天的血压有一些偏低，需要活动活动。昨天蛋黄酱吃多了，胆固醇有些超标。该注意一下今天的饮食。

我们的身体就像一件麻烦的行李，我们对它一无所知。我们需要很多的工具来了解其最自然的过程。上次医生想检查我的胃里有什么，让我去做胃镜。这难道不令人愤慨吗？我不得不吞下一根粗粗的管子，才能在镜头的帮助下，把我的胃的内部展现在大家眼前。病痛，这一粗糙、原始的工具竟成了赋予我们唯一的安慰。如果天使真的存在，它们一定在一旁偷着笑。我们得到了身体，却对它一无所知，没有任何使用说明。

遗憾的是，这个错误从一开始就发生了，就像别的错误一样。

幸运的是我的睡眠生物钟在改变。每天快到黎明时分我才睡着，醒来已是下午。这有可能是对于日照，对于白天，对于白日里所发生的一切的一种自我保护。有时我会醒来，听见"小姑娘们"上楼的脚步声。也有可能这一切都是在梦里。也许最近所发生的一切，只是发烧所带来的疲惫幻觉。但却都是美好的时刻。

半梦半醒之间，我会想到捷克，看到国界，以及在它之后美丽、柔软的国家。那儿的一切都沐浴在阳光下，散发着金色的光芒。田地在桌山脚下呼吸，它们的存在只是为了释放美丽。那里道路笔直、溪流清澈，家家户户的小院里都养着摩弗伦羊、黇鹿，小野兔在谷物堆里嬉戏。

他们把小铃铛绑在收割机上，以此用温和的方式把小动物们吓到安全距离以外的地方。人们不紧不慢、互不争抢、不会白日做梦，满足于自身和自己所拥有的东西。

不久前迪迦曾告诉我，他在捷克纳霍德的一家小书店里找到了一个不错的布莱克译本。我能够想象，在国境线的另一端，那些美好的人夜晚围坐在火炉旁，互相用柔软而充满童真的语言读着布莱克的书。布莱克本人要是还活着，看到这一切也许会说："宇宙中有一个地方，还没有毁灭，那里的世界还没有颠倒，伊甸园仍然存在。"在这里，人类不受愚蠢和僵化的理性规则所支配，而是遵从于内心和直觉。人们不会沉迷于徒劳的闲扯，炫耀自己的所知，而是通过发挥自己的想象力，创造出非凡的事物。国家不会施加日常的压迫与束缚，而是帮助人们实现自己的希望和梦想。人类也不是系统中的某一种模式，不是一个角色，而是自由的生物。这就是我脑海中的景象。也正因如此，长时间卧床才能变得愉快起来。

有时我认为只有病人才拥有真正的健康。

刚感觉稍好一些,我就穿上衣服,在责任心的驱使之下开始了我的日常巡查。我虚弱得如同在地窖的黑暗中生长的马铃薯芽。

然而,我发现积雪压断了作家屋顶上的引水槽,所以水直接从木墙上滴了下来。墙上长了霉。我给她打电话,但是她肯定不在家,甚至都不在国内。这意味着我不得不自己修排水槽了。

每一次挑战都能激发我们内心里真实而巨大的力量。我真的感觉好多了,只有左脚还是有电流感,所以我走路总是很僵硬,像假肢一样。但每当我不得不移动梯子时,就会自觉忽略病痛,忘掉痛楚。

我站在梯子上大约一小时,一直举着双手试图把防水槽装在半圆形的手柄上。然而却是徒劳无功,其中的一个防水槽已经折断了,这会儿肯定已经深埋在屋前的雪地里。我本来可以等一等迪迦的,他通常会在晚上带来新的四行诗和采购的物品。但迪迦很瘦弱,他有着如女性般小小的手掌。若说得直白些,头脑还有些凌乱。我这么说完全是带着对他的爱与尊重。这不是他的缺点。这世上有足够多的特点与特质能让我们每个人都拥有丰富的才华,我是这么想的。

在梯子上,我看到了雪的消融给普瓦斯科维什带来的变化。这儿,那儿,特别是在南边和东边的山坡上,已经出现了深色的斑块。冬天正将它的部队撤离。然而在田野和森林的附近仍然保存着它的实力,整个山隘仍是白色的。为什么耕地比草地温暖?为什么雪在森林中融化得更快?为什么在树干周围的雪地上出现了一个个圆环?树木是温暖的吗?

我去请鬼怪帮助修理女作家的排水槽时也问了他这些问题,他困惑地看着我,什么都没说。在等他的过程中我看到了他参加采摘蘑菇比赛获得的证书。每年牛肝菌采摘协会都会组织这样的比赛。

"我不知道原来你采蘑菇这么厉害。"

他像往常一样没有说话,只是抿嘴笑了一笑。

他带着我去了工作室。里面就像一个外科手术室,有着许许多多的抽屉和架子,还有专门用来制作某些精细物件的各式各样的工具。他在架子上翻箱倒柜地找了很久,最后拔出了一条扁平的铝线,拧成了一个不太闭合的环。

"软管夹。"他说道。

他逐字逐句地慢慢讲解,好像在与渐进性的舌头残疾做斗争。他向我承认,自己已经好几个星期没有与任何人交谈了,语言表达能力已经明显减弱。最后他清了清嗓子,告诉我,大脚是被骨头卡住窒息而死的。这是一次不幸的事故。这是验尸的结果。他从儿子那儿听说的。

我大笑起来。

"我还以为警察能有什么更高明的发现呢。被卡住噎死,这第一眼就看出来了。"

"第一眼什么都看不出来。"他说道。相对于他的脾气秉性,他说这句话的强烈语气深深地映入了我的脑海。

"你知道我的想法不是吗?"

"什么?"

"你记得当时站在他屋子外的鹿吗?是它们杀了他。"

他沉默地注视着手中的软管夹。

"怎么杀?"

"怎么杀?怎么杀具体我不太清楚。他如此野蛮地吃了它们的姐妹,可能它们就是想吓吓他。"

"你不会想说这是一个阴谋吧?是这些鹿设计陷害他?"

过了许久,我没有再说话。他似乎需要很长一段时间来整理自己的思绪,之后再慢慢吸收。他应该多吃盐,正如我说的,盐能够帮助人们快速思考。他穿靴子和羊皮大衣的速度也很慢。

当我们走在湿湿的雪地上时,我问道:

"那井里的警察局长呢?"

"你想问什么？是想知道他的死因吗？我不知道，他没有告诉我。"

当然，他指的是"黑大衣"。

"不，我知道他的死因。"

"是什么？"他问道，一副事不关己的样子。

我没有立刻回答，而是等我们穿过去女作家屋子必经的那座桥。

"一样的原因。"

"你的意思是他也卡住了喉咙？"

"别开玩笑了，是鹿杀了他们。"

"扶着梯子。"他如此回应。

他爬上梯子，修着引水槽。我则继续阐述我的理论。我引出一个证人——迪迦。迪迦和我，我们两个知道得最清楚，因为我们是第一个到达案发现场的。我们看到了警察后来没有看到的东西。当警察赶到时，又黑暗又潮湿，雪在我们的眼前融化，销毁了所有重要的信息——那就是井边那些奇怪的脚印。很多很多，成百上千个，甚至更多——小小的圆圆的，好像一群鹿围着一个人。

鬼怪听着，默不作声，因为他嘴里衔着螺丝。于是我继续说道："情况有可能是这样。他开着车，不知出于什么原因停了下来。有可能是杀手之一的鹿伪装成受伤的样子。他一定暗暗高兴,以为又找到了猎物。等他下车时,它们围住他,把他推到井里。"

"他的头满是鲜血。"拧上最后一颗螺丝,鬼怪这才出声。

"是的,因为他撞到了那口井,掉了进去。"

"就这样?"经过长时间沉默以后,他一边说着一边走下了梯子。

排水槽被牢牢地固定在铝制软管夹上。原来的那个等一个月后雪完全化了一定也能找到。

"把你的理论藏在心里。这不大可能,而且有可能会害了你。"鬼怪说完就径直离开了,甚至都没有看我一眼。我想他一定像其他所有人一样,以为我是个疯子,为我感到难过。

太难了。正如布莱克写道的:"反对是真正的友谊。"

※

邮递员带来了一封挂号信,要求我再次接受问询。他为了送这封信不得不从镇上一直爬到这个高原上来,因此非常生气,且丝毫没有掩饰。

"就不应该让人住在这么远的地方。"他刚到门口就开始说,"你们这么逃避世界,最后会得到什么?无论如何,它都会追上你们。"他的语气里带有一种恶毒的满足。"请在这儿签字。检察院来的信。"

嗯,他从来就不是我家"小姑娘们"的朋友。它们向来总是很明确地表示对他的厌恶。

"住在象牙塔里,在那些渺小凡人的头顶上,鼻子都能够到星星。这是什么感觉呀?"他问。

这是人性中我最不喜欢的地方——冷冷的嘲弄。嘲笑、贬低一切,从不热衷于任何事情,没有任何寄托。就像一个无能之人,自己无法体验快乐,却会竭尽所能地毁坏他人的快乐。冷冷的嘲弄是尤里曾最基本的武器,是无能之人的装备。同时,喜爱嘲讽之人总喜欢高傲地宣扬自己的一套世界观,当人们开始探究质疑其中的细节,却发现内里虚无,只有琐碎与平庸。我绝不会冒昧地就称呼别人为愚蠢之人,也不想一上来就谴责邮递员。我让他坐下,给他煮咖啡,就是他喜欢的那种浓烈的、未经过滤装在杯子里咖啡。我还给他递上了一些姜饼。那是我圣诞节前烤的,但愿还没有变得很硬,不会伤到他的牙齿。

他脱下外套坐在桌边。

"最近我送了很多的邀请函。这一定与警察局长的死有关。"他说着。

我很好奇检察院还传唤了谁?但我没有表露出来。邮递员在等着我提问,最后却还是没有等到。他在椅子上坐立不安,大口喝着咖啡。然而我却是一个很懂得如何处理沉默的人。

他还是开了口:"这么说吧,我已经给他所有的朋友们都送去了邀请函。"

"哦,这样啊。"我冷漠地说。

"一丘之貉,"他迟疑着慢慢托出,但看得出来,他已经上好了发条,很难停下来了,"他们都手握权力。他们从哪里弄到的这些豪车和房子?像福南特沙克这样的人,您相信他是靠屠宰场发了大财吗?"他下意识地拉下眼睑,露出黏膜,"靠狐狸?这一切都只是掩护,杜舍依科女士。"

又沉默了一阵。

"有人说,他们都是一个圈子的人。他掉进那口井里,少不了有人帮忙。我早就知道了。"他说着,带着一种满足感。

此人说邻居坏话的需求如此之大,以至于根本不用诱导。

"人人都知道他玩扑克玩得很大。还有他那家新开的卡萨布兰卡餐厅,根本就是一个妓院兼活体动物交易所。"

我认为他有些夸大其词。

"他们在做豪车走私的生意,那些车都是在国外被盗的。这是别人跟我说的,我不说是谁,他在黎明时分看到一辆漂亮的宝马在泥泞的道路上行驶。这是哪儿来的?"他反问道。他肯定以为在听了他给的这些提示后,我会露出一个惊讶的表情。

他所说的这些大部分肯定纯属虚构。

"他们收受了大量贿赂。就说警察局长那辆车好了。一个警察的工资,能买得起这辆车吗?如果您说,这是权力以邪恶的方式令他们上了头,那么您是有道理的。这些人已经失去了自己的羞耻心,为了一点点小钱,就把波兰给卖了。我认识警察局长很多年了,他以前就是一个普普通通的民警。他和其他人一样,为了逃避去玻璃厂才去警局的。20年前我就跟他踢过球,现在他竟然都不认识我了。人生轨迹就这样走向了岔路,我成了一个普普通通的邮递员,他呢,变成警察局长了。我开着一辆菲亚特,他却开始大切诺基。"

"是丰田,"我说道,"丰田霸道。"

邮递员沉重地叹了一口气,突然间我为他感到难过。以前他一定也是一个无辜的人,而今他的内心已被胆汁淹没。他的生活肯定很艰难,这样的困苦才使他变得如今这般坏。

"上帝使人幸福、富有,但狡猾使无辜之人变得贫穷。"我引用了一句布莱克的话。不过我自己也是这么想的,只是上帝这个词我必须加一个引号。

那天下午迪迦来了。他感冒了。我们一起翻译《心灵旅行者》。才刚刚开始,我们就产生了争议,mental 一词应该译为心

灵,还是精神。迪迦打着喷嚏读道:

I travel'd through a Land of Men,

A land of Men & Women too,

And heard & saw such dreadful things

As cold Earth wanderers never knew.

一开始我们各自翻译自己的版本,之后再拿出来做比较,然后慢慢将我们的想法融合在一起。这有点像逻辑游戏——拼字游戏的复杂版。

我穿越了人的领地,

男人和女人的国家,

听到、看到可怕的事情。

他们永远也不会知道是什么。

或者是:

我丈量着人间的领地,

男人和女人的国度。

听见看见这可怕的事情。

迄今为止,没有一个人知道。

又或者:

我在这片土地漫步,

丈量着男人和女人的土地。

看见听见可怕的事情。

至今无人知晓。

"我们在结尾为什么一定要坚持用女人这个词?"我问,"如果这样呢?'男人和女人的国家。'最后,韵脚就在'国家'这个词上了。比方说 raj、maj。①"

我不喜欢"领地"这个词,但我们立刻进入了状态,晚上十点已经完成了整首诗。之后,我们吃了橄榄欧芹烤饼和苹果肉桂饭。

这顿丰盛的晚餐过后,我们没有继续探寻诗的奥妙,而是回到了警察局长这个案子。迪迦清楚地了解警察所掌握的信

---

① 波兰语中"国家"一词为"kraj",此处韵脚为音节"aj"。

息,他能够访问整个警察局网络。但他也不知道全部,警察局长死亡案件的调查是由上级部门进行的。此外,迪迦要遵守严格的职业保密协议,只是不是对我。即使我知道了最重要的机密又能怎么样呢?我连嚼舌根都不会。所以他通常会向我吐露很多。

比如说,他们现在已经知道警察局长死于头部撞击,最有可能的是他带着冲力摔入半塌陷的井中造成的。他们还发现,酒精还在其中扮演了一个重要角色,在他摔倒时起到了缓冲的作用,因为喝醉酒的人身体会变得更加柔软。同时,相较于普通的坠井而言,他的头部遭受的打击似乎太大了,要造成这样的伤害他必须是从几米高的高度跌落。除此之外,找不到更多可能的解释。他受到撞击的部位是太阳穴。没有潜在的凶器,没有任何痕迹。他们还找到了一些垃圾,如甜品包装袋、塑料袋、旧罐头、用过的避孕套之类的。那天天气非常糟糕,特别调查组来得太迟,风很大,还下着雨,融雪以闪电般的速度在进行着。我们都清楚地记得那个晚上。他们给地上的奇怪脚印拍了照片。那些脚印,我坚信是鹿蹄印。但警察不确定这些脚印是否真的在那里存在过。即使真的存在,也不确定是否跟局长的死亡有关。在那种情况下已经无法去证实,就连人类的鞋印都已变得不清晰了。

然而也出现了另外一种说法。局长在裤腰里面藏了一个灰色信封，里面是两万多兹罗提。钱被平均分成两摞，用皮筋绑好。这是令调查人员最为困惑的地方。如果是他杀，凶手为什么没有拿走这些钱？难道不知道这些钱的存在？如果这钱是凶手给他的，为什么要给他这些钱呢？一般犯罪动机不明就肯定是跟钱有关，人们都是这么说的，但我认为这似乎太简单了。

还有一个版本认为这是一个不幸的事故，但未免太牵强。他们认为局长有可能是喝醉酒后想找一个可以藏匿现金的地方，却不小心掉进井里摔死了。

然而，迪迦坚持认为这是谋杀。

"我们是第一个到达现场的，我的所有直觉都这么告诉我。您还记得当时空气中的犯罪感吗？"

我有着完全一样的感觉。

第七章　给贵宾犬的演讲

>"在路边被虐待的马，
>呼唤着天堂，要人类血债血偿。"

警察又多次地骚扰我们，我们很配合地依法接受了问询，也借此机会在镇上办了许多事。买了种子，申请了欧盟资助，甚至去了趟电影院。即使当天我们之中只有一人要接受问询，我们也总是一块儿去。鬼怪告诉警方，当天下午警察局长开车经过我们这几幢房子时，他曾听到汽车呼啸而过的声音。他说每次局长喝醉了，就会走这条小路，所以他并没有感到惊讶。听他陈述的警察一定十分尴尬。

遗憾的是，我无法确认鬼怪所说的话，尽管我十分想这么做。

"当时我在家里，没有听到任何汽车开过的声音，也没有看到警察局长。我正在给锅炉房的炉子加水，那里听不到路面上的声音。"

很快我便不再去想，尽管几周以来周围的人都在谈论此事，他们也提出了愈发详尽的假设。我努力让自己的思绪不再停留于此——发生在我们身边的死亡还少吗？至于让人们产生如此浓厚的兴趣吗？

我回到了自己的研究工作当中。这次，我搜集了尽可能多的频道，仔细分析了它们的节目时刻表，研究正在播放的电影内容与当日行星结构之间的关联。它们之间的相互联系极为明显，也十分明确。我经常在想，这些电视节目制作人是否意欲向我们展示他们渊博的占星知识？或许他们只是毫无意识地进行了这样的节目编排，与知识是否广博无关。有可能这些相关性存在于我们的外部，但我们却在不知不觉中接收了它们。我暂时将自己的研究限制在很小的范围内，只涵盖几个课题。例如，我注意到一部名为《媒介》的电影，每当太阳过境，进入与天蝎座的冥王星和行星同一相位时，电视上就会播放这部有些奇怪，但却激情澎湃的电影。这部电影讲述了人类对永生的渴望以及如何掌握人的意志，还涉及濒临死亡时的状态、性痴迷和其他与冥王星相关的问题。

讲述太空飞船的《外星人》这部电影也让我成功地观察到了类似的情况。这回是冥王星、海王星和火星之间微妙的依存发挥了作用。当火星同时面对这两个"慢行星"时，电视里就会重播《外星人》系列电影中的一部。这是不是很令人激动？

这种巧合十分惊人。我所掌握的经验材料足以撰写一整本书，但我暂时只是写了一篇短文，发给了几个周刊的杂志社。我不认为哪个杂志社会刊登这篇文章，但也许有人会对此进行深入思考。

三月中旬，当我感觉完全好起来了，便开始利用日常巡视的机会绕着更大范围溜达。这意味着除了对自己负责看管的房屋进行巡查外，我还会绕更大的圈，一直绕到森林，绕到草地和大路上，最后在悬崖上停下来。

每年在这个季节，世界是最可憎的。地上的白雪还未融化，依旧那么的坚硬而密实，很难看出它竟然是在圣诞节给我们带来快乐的那些可爱、纯真的毛絮。现在它就像刀片一样，就像金属表面，在上面不但行走艰难，还会使我们的腿深陷其中。如果不穿高筒雪地靴，小腿肯定会受伤。天空低矮而灰暗——好像走到任何一座小山上便触手可及。

我走着走着，忽然想到，我不可能永远住在这里，住在普瓦斯科维什的这个房子里守护着其他房屋。总有一天,"武士"会报废,我无法再像现在这样开车进城。木质的台阶会腐烂,积雪会压断排水槽,炉子会损坏。二月的某次严寒会使管道破裂。而我也会变得越来越虚弱。病痛会一步步无情地摧残我的身体。我的膝盖会一年比一年更加疼痛。肝脏功能会明显退化。毕竟,我已经活了很久了。这就是我的想法,茫然若失。但是有一天,我将不得不开始慎重考虑所有这些问题。

就在这时,我看到了一群灵活敏捷的田鸫。我以往看到的它们总是成群结队。它们灵活地移动着,就像一副巨型的流动镂空装置悬挂在空中。我在某个地方读到过,一旦碰到攻击它们的捕食性动物,例如像圣灵一样在天空中盘旋的那些懒惰的老鹰,它们便会保卫自己。群鸟能够以一种非常特殊、狡猾的方式进行战斗,还可以进行反扑和报复——它们迅速升至空中,好似有统一指挥似的,在捕食者身上排便。数十粒白色鸟粪随即落在老鹰美丽的翅膀上,将它们弄污并黏合在一起。粪便中的酸性物质腐蚀了老鹰的羽毛。这一系列行动迫使老鹰恢复理性,停止追捕,憎恶地降落在草地上。老鹰很可能会因厌恶而死,毕竟它的羽毛遭受了如此玷污。它得花上一天,甚至两天来清洗。这样污秽的翅膀让它无法入眠,恶臭难耐、郁郁寡欢,就像一只老鼠、一只青蛙、一块腐肉一样。它无法用喙去除硬化的鸟粪，浑身冰冷，雨水可以轻易地渗透进黏结的羽毛，直达它脆弱的皮肤。其他老鹰也避之不及，它们会认为同伴感染了某种恶性疾病。那只老鹰威严尽失。这一切对于老鹰来说是无法忍受的，有时它便会这样死去。

现在，这群田鸫意识到了它们的集体实力，开始在我面前嬉戏，表演特技飞行。

我还看过一对喜鹊，令我感到惊奇的是，它们一路冒险竟游历到了普瓦斯科维什高原。其实我知道喜鹊移动扩散的速度比其他鸟快，很快它们就将会像现在的鸽子一样无处不在。"一只喜鹊徒悲伤，两只喜鹊尽欢腾。"小的时候，总听见大人们这么说。但那时的喜鹊没现在多。去年秋天筑巢的季节过后，我看到成百上千的喜鹊飞回它们夜里栖息的小窝。我很好奇，这是否意味着欢乐倍增呢？

我看着喜鹊，它们在雪化后形成的水坑嬉戏沐浴。它们瞥了我一眼，显然不怕我，因为它们又继续大胆地用翅膀划水并将头浸入其中。看着他们的喜悦，没有人会怀疑这沐浴的乐趣。

喜鹊如果不经常洗净身子似乎就无法生存。它们既机灵又张狂。众所周知，它们会窃取其他鸟类筑巢的原材料，然后把一些闪亮的物体放入其中。我还听说，有时它们也会失误，把还没熄灭的烟头带入巢穴中。这样，它们便成了纵火犯，烧毁了自己本想用来筑巢的建筑材料。我们熟悉的喜鹊在拉丁语中有一个可爱的名字：Pica pica。

世界是多么的伟大，到处是蓬勃的生命。

远远的，我还看到了一只熟悉的狐狸，我叫它"领事"，因为它十分的精明且有教养。它总是走着同样的小路。冬天揭秘了它的路线——像尺子一样笔直，相信是有意而为之。这是一只老狐狸，从捷克过来的，显然在这里有什么跨境利益可图。我用望远镜观察着它，看见它沿着上次在雪地里行走时的痕迹和路线，一路小跑着下坡，也许是想让猎人以为它只来过一次这个方向。我看着它就像看到一个老朋友。突然，我注意到"领事"这次已经脱离了常规轨道。还没等我反应过来，它已消失在田野尽头的草丛里。那儿有一座狩猎讲道坛，几百米外还有一座。我过去曾与它们打过交道。狐狸从我的视线中消失了，反正我也无事可做，于是便沿着森林边缘朝它的方向走去。

这是一片被大雪覆盖的田野。秋天时农民们进行了耕种，现在半冻成块，变成了脚下难以行走的平面。我开始后悔跟随"领事"的决定。当我走得更高些时，突然，我看到了吸引它的东西——雪地上有一大块黑色的印记和已经干了的血迹。旁边地势稍高一点的地方，"领事"冷静地凝视着我，毫无恐惧，仿佛在说："知道吗？你看？我已经把你带到这里了，现在你必须进行处理。"之后它一溜烟地跑走了。

稍走近一些，发现那印记是只野猪。这只野猪尚未成年，躺在棕褐色的血泊中。周围的积雪被刮去了，露出了地面，它应该曾在这儿挣扎、抽搐。它周围还有其他足迹——狐狸、鸟儿，还有鹿，许多动物都来过这里。它们目睹了这场谋杀，哀悼着这只年纪轻轻的可怜野猪。比起野猪的尸体，我宁可去看动物留下的足迹。一个人可以忍受看几次尸体？还有尽头吗？我的肺被挤压得刺痛，呼吸也变得困难起来。我坐在雪地上，泪水再次涌出。我能感觉到身体巨大的、难以承受的重量。为什么没走另一个方向呢？为什么一定要跟随"领事"？为什么没能避开这条令人沮丧的道路？为什么我必须要见证这每一次的犯罪呢？如果一切可以改变，那天的境遇也许会大不相同，还有其他的那些日子。我看到子弹击中的地方——胸部和腹部。我看到野猪奔跑的方向——朝着国境，朝着捷克。它想逃离森林另一侧那座新建的讲道坛。那儿一定是开枪的地方，因此它必须奔跑，即使受了伤也要继续前进。它努力地想逃到捷克去。

悲痛，我感受到巨大的悲痛，这是对那些死去的动物无尽的哀悼。这种悲痛永无止境，循环往复，使我一直在处于悲伤之中。这就是我现在的状态。我跪在布满鲜血的雪地上，抚摸着野猪的粗糙的毛发,冰冷而僵硬。

"您对动物比对人有着更多的同情。"

"不,我为两者都感到遗憾。但是没有人会向毫无防卫能力的人类开枪。"那天晚上我告诉城管的人,"至少现在还没有。"我补充道。

"确实。我们是法治国家。"城管执法人员肯定了我的话。他看上去性格温和,却不是很聪明。

"动物能展现一个国家的真相,"我继续说道,"尤其是这个国家对动物的态度。如果人们对动物残酷行事,那么民主就只是空谈,毫无用处。"

之前在警察局只填了一份报案表,他们便把我打发走了。在市政局,他们给我拿来一张纸,让我在上面写明有关情况。我以为城管也是负责公共治安的部门,所以才来了这里。我告诉自己,如果这都不管用,我就到检察院去。第二天我就去找了"黑大衣",起诉谋杀。

一个长得点像保罗·纽曼的英俊小伙从抽屉里拿出一叠纸,正找着笔,一个穿着制服的女人从另一个房间走来,在他面前放下一杯咖啡。

"您喝咖啡吗?"她问我。

我感激地点了点头。我被冻得不行,腿又开始疼起来。

"为什么他们不带走这只野猪的尸体？你们怎么看？"我问道,对于他们的回复我并没有抱一丝期望。我的来访令他们感到十分惊讶,有些不知所措。我从那位漂亮的年轻女士那里接过一杯咖啡,开始回答自己的问题:

"因为他们甚至都不知道自己杀死了它。他们到处乱开枪,还是非法的。所以刚好打到它了,他们自己也忘了。他们肯定以为它会掉在灌木丛中的某个地方,那么便不会有人知道他们在非法定捕猎期杀死了一头野猪。"我从包里拿出一张打印的日历,放在那个男人眼皮底下,"我查过了,现在已经是三月了,三月射杀野猪是非法的。"我心满意足地总结陈词,并确信自己的推理无懈可击,虽然从逻辑上很难理解,二月二十八日还能进行屠戮,才过了一天就不能了。

"女士,很抱歉,""保罗·纽曼"答道,"这并不是我们的管辖范围。您为什么不把这个事情报告给兽医？他会知道在这种情况下该怎么做。也许这只野猪有狂躁症？"

我重重地放下了杯子。

"不,"我喊道,"那个杀死它的人才是杀人狂。"我太清楚他们那套逻辑了,动物只要疯了就必须屠杀。"它的肺部中枪,一定死得很痛苦。他们对它开了枪,以为它没死,逃跑了。此外,兽医跟这些人也是一伙的,他也狩猎。"

那人向女同事使了一个无奈的眼色。

"您希望我们怎么做？"

"推动这件事，惩治罪魁祸首。修改法律。"

"这太过了，您不能要求这么多。"他说。

"我可以！我能要求什么我自己说了算。"我愤怒地喊道。

他开始手足无措，这情形已经超出他的控制范围。

"好吧，好吧。我们就走程序往上报。"

"报给谁？"

"首先，我们将要求猎人协会对此进行解释。让他们说说情况。"

"这已经不是第一次了。我在普瓦斯科维什高原的另一侧还发现过一个野兔的头骨，上面有一个弹孔。你知道是哪儿吗？非常靠近边境的地方。现在，我管那个地方叫'骷髅地'。"

"可能是他们落下的野兔。"

"落下的！"我尖叫道，"先生，凡是会动的，他们都会开枪。"我停顿了一下，感觉一记拳头猛烈地击中了我的胸部。"连狗都不放过。"

"有时候村里的狗会杀死其他动物。您不是也养狗吗？我记得去年还有对您的投诉……"

我的身体变得僵硬，一种钻心的疼。

"我已经不再养狗了。"

速溶咖啡不好喝,我感觉它在我的胃里收缩。

我弯下腰。

"您怎么了?没事吧?"那个女人问道。

"没事,没事。"我回答道,"我有些基础病,不能喝速溶咖啡,我劝你们也别喝,对胃不好。"

我放下杯子。

"怎么样?您要开始写报告了吗?"我问道,我认为这是应该的工作流程。

他们又看了对方一眼,那个男人极不情愿地拿来一张表格。

"好吧。"他说。我几乎可以听到他的内心独白:写这封信是为了让她闭嘴,反正也不会给任何人看——所以我补充道:"我想要一个有你们签名盖章的文件副本。"

在他写的过程中,我试图放慢我的思绪,但它们已然突破了速度极限,在我的头脑中驰骋,以某种神奇的方式渗透到我的身体和血液中。与此矛盾的是,一种奇怪的平静从脚上,从地上,逐渐蔓延至我体内。是我所熟悉的一种状态——光明而清晰,神圣而愤怒,可怕而不可阻挡。我感觉到我的双腿发痒,火从某个地方涌入我的血液,使它迅速涌动,将火引向我的大脑。现在我的大脑明光锃亮,指尖和脸被火焰填满,好像整个身体都被明亮的光环淹没。这个光环将我轻轻抬高,离开了地面。

"看看这些讲道坛,它们代表着罪恶,奸诈、狡猾、老练的罪恶。他们架起干草堆,在上面放上新鲜的苹果和小麦来吸引动物。自己则藏在讲道坛里,一旦它们上钩并放松警惕,他们就直接瞄准动物的头开枪。"我开始低声地说,眼睛直直地盯着地面。我能感觉到他们一边干着自己的活儿,一边不安地看着我。"真希望我能识得动物的文字,"我继续说着,"那样我就可以在上面给它们写上警示的标语:'别到那儿去',那里的食物只会带来死亡,远离讲道坛,那里不会传福音,从那儿听不到任何好的词语,他们不会承诺你死后得到救赎,不会怜悯你可怜的灵魂,因为在他们眼里,你没有灵魂。他们不会当你是自己的亲人,也不会给你祝福。即使是最恶毒的罪犯也有灵魂,但你没有,美丽的鹿;你也没有,野猪;你也没有,野鹅;猪、狗,你们都没有。杀戮已开始免于刑罚,正因如此,没有人会再注意到它。因为没有人再注意,它也就不存在了。当你们经过商店的橱窗,上面挂着刚从尸体上砍下来的一大块鲜红的肉,你们会认为这是什么?你们根本不会去想,对吗?或者这么说,当你们买肉串或排骨时,实际拿到的是什么?没有什么可怕的吧。犯罪已变得习以为常,成了我们的日常行为。每个人都在犯罪。如果集中营成为常态,世界就会变成这个样子。没有人会觉得有什么奇怪的。"

他一边写,我一边如此说着。那个女人离开了,我听到她正在打电话。没有人在听我说话,但我还是继续着我的演讲。我无法停止,因为这些词句自己到了我的嘴边,我必须说出来。每说出一句话,我就得到一分解脱。特别是一个诉讼人牵着一只贵宾犬走了进来,使我感到更加振奋。他明显因为我说话的语气而忐忑,轻轻地关上了门,开始对"纽曼"说悄悄话。他的贵宾犬安静地坐下,歪着头看着我。所以我继续说着:

"事实上,人类对野生动物负有重要责任,在生存和适应环境方面提供帮助,给予它们对等的关怀和爱护,因为在这方面它们给予我们的要比自己得到的多得多。要保证它们能够有尊严地活着,给它们买单,使它们能在每学期的营养成绩册上拿到学分。我也曾是动物,也生存过,吃过;我在绿色的牧场上吃草、产子,用身体温暖我的孩子们;我也曾筑过巢,往里填上温暖的枝叶。当人们杀死它们时,它们死于恐惧与痛苦,就像昨天躺在我面前的那具野猪的尸体。它依然在那里躺着,污秽、浑浊、沾满鲜血、化成了一团腐肉。人们给它判了下地狱,那么整个世界就会变成地狱。人类看不到这些吗?他们的智能无法超越微小、自私的乐趣吗？人们对动物负有责任，这个责任就是带领动物在下一世的生命中走向解放。从依赖到自由，从惯例到自由选择，我们所有人都朝着同一个方向前进。"

我就这样说着，用着精辟的词句。

一个清洁工提着塑料桶从后面走来，好奇地盯着我。城管面无表情地继续填写着他的表格。

"你会说那只是一只野猪，"我继续说着，"但是，被屠杀的动物肉体每天像无止境的末日雨一样落在我们城市里，又是怎么回事？这场雨预示着屠杀、疾病、集体疯狂、思想的堕落与污浊。因为没有谁的心脏能够承受这么多的痛苦。人类之所以有如此复杂的心理结构就是为了阻止我们去理解我们真正看到的东西。要阻止真相接近我们，就必须将我们包裹在幻觉和空洞的闲谈中。世界是一座充满痛苦的监狱，一个人要生存就必须给他人制造痛苦，这是这里的生存法则。你们听到了吗？"我转向他们。但即使是清洁工，也对我的演讲毫无兴趣，开始干他的活。于是我开始对着贵宾犬说：

"这是一个什么样的世界？动物的身体被制成鞋子、肉丸、香肠、鞋、沙发、床下的地毯，骨头被熬成汤……肚子上的皮变成了人们肩上的包，保暖用的是动物的皮毛，吃着它们的身体，将它们切成小块放到油锅里炸……这一切的噩梦都是真的吗？这是大规模的杀戮，残忍而冷漠，没有丝毫的反思和良心的谴责。也许思想都慷慨地赋予了哲学和神学。这是一个什么样的世界，杀戮和痛苦已成为常态？我们究竟哪里出了问题？"

一片寂静。我的头一阵眩晕，突然开始咳嗽起来。就在这时，牵着贵宾犬的男人清了清嗓子说：

"您说得对，女士。完全正确。"

这使我感到困惑。刚开始我生气地瞥了他一眼，之后我却看到了他的感动。他是一个瘦瘦的、年迈的绅士，衣着得体，西服里还穿着马甲，根据我的判断，一定是在"好消息"店里买的。他的贵宾犬干净整洁，要我说，能称得上是盛装。但那个城管工作人员却没有给我留下任何印象。他属于那种不喜欢悲伤的讽刺主义者，嘴里装满水以避免感染。他们比地狱更害怕悲悯。

"您太夸张了，"没过一会儿他说道，一边从容地将文稿纸放在办公桌上，"我一直很困惑。为什么年纪大的女人……您这个年龄的女性，如此关注动物？难道已经没有需要你们照顾的人了吗？是不是因为孩子已经大了，无人需要照顾了，所以本能促使你们去照顾别的东西？女人有这种本能，不是吗？"他瞥了一眼同事，但她没有用任何表示来回应这一假说，"就说我奶奶好了,她家里有七只猫,还要去给当地所有的猫喂食。您看一下这个,"他说着,递给我一张纸,上面仅印着短短几行文字,"您在这件事上寄托了太多了的情感,您对动物的关心比对人还多。"他说完了。

我不想再说任何话。我把手伸进口袋,掏出一团沾满鲜血的野猪鬃,放到他们面前的桌子上。他们的第一反应是凑上前,但立马就厌恶地缩回去了。

"耶稣基督,这是什么？呃……""纽曼"喊道,"您快把它拿走,拿得越远越好！"

我舒服地靠在椅子上,满意地说道：

"这是尸体的碎片。我一直在收集。我家里有个盒子,每个都贴上了标签,我把这些头发和骨头放在里面。如果有一天能够克隆这所有被屠杀的动物,或许也算是一种补救。"

"真是神经,"女城管在电话中说,俯身看了看那些毛发,嘴因恶心而扭曲,"您真是大胆。"

血块和泥土弄脏了他们的文件,"纽曼"从桌上跳了起来。

"你被血块击退了吗？"我调皮地问,"你不是喜欢黑布丁吗？"

"请冷静下来,闹够了,毕竟我们正在努力地给您提供帮助。"

我在每份报告的副本上都签了字。这时,女城管轻轻地抓住我的手臂,将我领到门口,像在送走一个疯子。我没有反抗。她也一刻未停止通电话。

※

我又做了同样的梦。我的母亲又一次出现在锅炉房里,我再一次因为她的到来而生她的气。

我直视着她的脸,她的目光却一直望向侧面,回避着我的眼睛,仿佛她知道一个不可告人的羞耻秘密。她一直微笑着,之后又突然变得严肃起来——这个脸部表情变化十分自然,画面清晰流畅。我说我不想让她到这儿来。这是给活人待的地方,不是给死人的。之后她转过身去面对着门,我看到祖母也站在那儿,一个穿着灰色连衣裙的漂亮姑娘,手里还拿着一个手提包。她们俩好像正要去教堂。我记得那个手提包,那是一个二战前的手提包,很是有趣。一个来自灵魂世界的人在探望时,会在手提包里装些什么呢?灰尘?灰烬?还是石头?难道是一块并不存在的手帕?用来擦拭已经消失的鼻子?她们俩都站在我的面前,距离如此之近,仿佛能闻到她们身上的气息——是老式的香水味,是木柜里整齐叠放的床单的味道。

"去吧,回家去。"我冲她们挥挥手,就像对那只鹿一样。

她们依旧一动不动。我却先转身离开了,锁上了身后的门。

对待噩梦有一个老办法,那就是在马桶上大声地描述一遍,然后将它们冲走。

第八章　天王星落在狮子座

"任何可以相信的事物，
皆是真相之一种。"

诚然，一个人计算的第一个星盘必定是他自己的，我亦是如此。当我计算完毕，一个圆形结构出现。我惊奇地查看着，这是我吗？此刻在我面前的正是我个人的蓝图。最真实的自我，已写在这一基本的记录之中，既是最简单的，也是最复杂的。它就像一面镜子，将面部的感官图像变成了简单的几何图。在我看来，我脸上那些明显的特征和我所熟悉的一切都消失了；留下的是点的独特散射，象征着与天穹相对的行星。任何事物都不会老化，也不会改变，它们在穹苍中的地位是独特而永恒的。出生的时辰将这个圆划分为一个个宫，因此每个人的图表就这样呈现出独一无二的特征，如同人的指纹。

我想，我们每个人看到自己的星盘时肯定都会产生一种矛盾的心理。一方面，我们很自豪地看到天空印在我们个人的生命中，就像信封上刻有日期的邮戳，这使它与众不同。但与此同时，这又是某种形式上的太空监禁，就像罪犯在监狱中的文身编号。无法逃避。我不可能成为别人。这是多么的可怕。我们宁愿相信自己是自由的，能够根据自己的选择随时改造自我。事物之间的联系如天空般无穷和浩瀚，使我们不知所措。我宁可变得渺小一些，如此一来微小的罪恶尚可被原谅。

因此，我坚信我们应该去了解我们的监狱。

说起职业，我应该算是桥梁建筑工程师——我之前提到过吗？我在叙利亚、利比亚建造桥梁。在波兰境内靠近埃尔布隆格的地方，还有波德拉谢也分别建造了两座。叙利亚的那座桥十分奇怪：它所横跨的那条河只会在某一时期出现。水流在河床上激荡两三个月，之后便浸入了阳光普照的大地，变成了一条像雪橇一样的轨道。沙漠中的野狗会沿着河道互相追逐。

我总是能从概念到图形的转换中获得最大的乐趣。这些图形中会产生特定的图像，之后是图纸和设计。这些图像跃然纸上，呈现出富有深意的形状。当其他人不得不依靠计算尺来计算星盘时,我的代数天赋就派上了用场。有了计算机程序,如今这些都已不再需要。当人们只需点击鼠标即可解决对知识的渴求时,谁还会记得计算尺?

但也正是在那时——我生命中最美好的阶段,病痛开始折磨,使我不得不返回波兰。我在医院住了很长时间,但仍不清楚到底是哪里出了问题。

有段时间我和一个做高速公路设计的新教徒睡了。他告诉我,也许是引用的路德的话,受苦的人能看到上帝的后背。我想知道这指的是肩膀还是臀部。既然我们连正面都无法想象,这神圣的后背到底又是什么样子?也许这意味着饱受煎熬的人有什么特殊的渠道可以见到神,可以通过走侧门,去接受神的祝福。这类人拥抱着某种真理,一种未历经苦难则无法理解的真理。

从某种程度上来说,那些健康的人才是真正遭受痛苦的人。虽然这听起来很奇怪,但却显得如此合谐。

那一年里我完全无法行走。等病痛稍稍退去,我知道我不能再建造桥梁了。我也无法再远离那装着葡萄糖的冰箱。于是我换了工作,当起了老师。我在一所小学教书。我会教授孩子们许多实用的技能,比如英语、手工、地理。我总是尽自己最大的努力来吸引孩子们的注意力。希望他们记住知识不是出于对成绩不好的恐惧，而是出于真正的热情。

这给我带来了许多的快乐。孩子们总是比成人更令我喜欢，因为我自己就像一个孩子一样。这没有什么不好的。至少我知道这一点。孩子们总是那么的柔软轻盈、自由不羁、天真烂漫。他们不会进行成年人用来侵蚀自己生活的无聊闲谈。遗憾的是，人越长大，就会越屈服于理智的力量。就像布莱克所说的那样，变成天王星的公民。此后就无法再如此简单、自然地将他们引上正确的道路了。正因如此，我只喜欢年龄较小的小孩子。那些大一些的孩子，比方说十岁以上的，比成年人还要更加丑恶。那个年纪的孩子已经失去了自己的个性。当他们不可避免地进入青春期时，我看着他们逐渐僵化，变得乐于追逐他人。某些人在与这种新的生存状态进行斗争时，还会产生一些内心的挣扎，但最后他们所有人都屈服了。之后我不会再努力陪伴他们。继续的陪伴将让我经历又一次的坠落。因此，对于孩子们，通常我只教到这个年龄的临界点，最多到五年级。

后来，他们终于让我退休了。我以为这似乎为时过早了。很难理解为何如此，因为我是一位优秀的教师，我拥有非常丰富的经验，而且从来不会惹麻烦。唯有我的病，但它们也只是时不时地出现。我向教育委员会提交了我的声明、学历证明及个人申请，希望他们允许我继续从事教学工作。然而却无济于事。

我刚好赶上了一个不好的时候,碰上了改革。教育制度改革加上教学大纲修订,导致失业率大幅上涨。

之后我又在一所又一所学校寻找着工作机会。做过半天的兼职,打过小时工,甚至是以分钟来计算的工种。但是无论在哪里,我都能感到后面站着许许多多更年轻的人。我能听到他们在我的背后不耐烦地呼吸,紧紧地盯着我,踩着我的脚印。虽然这只是一份吃力不讨好、收入不高的工作。

直到搬到这儿我才找到一份教职。当我搬离城市,买了这座房子,成为邻居房产的看护人后,一位年轻的女校长从山下来到了我这儿。她说她知道我是一名教师。她用的是现在时,这给了我极大的安慰。因为我视自己的工作为一种精神状态,而不是一项项孤立的活动。她让我在学校里给低年级的孩子们代课教英语,这正是我喜欢的。于是我答应了下来,每周去给孩子们上一次英语课。这是一群七八年级的孩子,他们对学习有着极大的热情,但同时,厌倦也来得很快。

校长还想让我给孩子们上音乐课。她一定是听到了我跟孩子们一块儿唱《奇异恩典》①这首歌,但这显然已超出了我的能力范围。

---

① 美国脍炙人口的一首乡村福音歌曲。——编辑注

我只需要每周三去一趟村子里,换上干净的衣服,头发梳理整齐,化一个淡妆。我会上一些绿色的眼影,搽一些粉。然而这一切需要我花费很多的时间和耐心。我也可以把体育课也接下来,我又高又有力量,曾经从事体育运动。现在城里的房子里还保留着我的奖牌。但是由于年龄的关系,教体育课似乎已经没什么机会了。

但我必须承认,每到冬天,尤其是现在,去学校这一路对我来说十分不易。我要比平时起得更早,天还没亮就得起床熄灭炉火,扫去"武士"车上的雪。有时"武士"停在大路上,我还得在雪中跋涉许久才能抵达。这些都不是愉快的经历。冬日的清晨是用钢做的,有着钢铁的味道和锋利的边缘。一月里,每周三早上七点的世界不是为人类而创造的,至少绝对不是为了人类的舒适与愉悦。

※

遗憾的是,无论是迪迦还是我身边的任何一个朋友,无一人在占星术这方面能与我一样感同身受,于是我尽量少提及这些事。即便这样,他们仍认为我是一个怪人。我只在需要得到某个人的出生日期和地点时才会泄露这个秘密。例如警察局长。我为此问了普瓦斯科维什高原的几乎所有人，以及小镇上几乎一半的人。他们在给我出生日期的时候，实际上是在向我透露自己的真实姓名，给我看他们的天文图章，向我揭示他们的过去和未来。但是对于有些人，我永远都不会问他们要出生日期。

要得到别人的出生日期其实并不难。只需要一张身份证或任何一个证件，有时顺手从网上就可以查到。迪迦有机会查阅任何目录和表格。但是在这儿，我并不打算展开说。但真正关键的是出生的时间。那些文件纸张里并没有记录这些。但是只有出生的时辰，才是揭秘一个人的真正的钥匙所在。没有确切的出生时辰，星盘便毫无价值。这就相当于我们只知道事情的经过，却不知道时间和地点。

我曾经尝试向不太能接受占星学的迪加解释，占星学在过去就相当于当今的社会生物学。这么说，他至少会稍微感兴趣一些。这样来描述和比较并不离谱。占星学家认为，天体会影响人类的性格。而社会生物学家则认为，影响我们的是神秘放射的分子体。他们之间的区别在于规模。但是无论是占星学家还是社会生物学家，他们都不知道为什么会产生这样的影响，这种影响又是以什么方式进行传播的。实际上，他们研究的是同一个课题，只不过各自应用的范围不同。两者是如此的相似，但我却如此偏爱占星学,对社会生物学则完全不感兴趣,这一点使我极为惊讶。

在一个人的星盘中,可以通过出生日期来判断死亡日期。有生就有死,这理所当然。星盘中的许多地方都能够向我们透露死亡的时间和性质。因此,需要知道如何发现这些节点并把它们互相关联起来。可以看一看土星到生命主之间的过渡相位,以及第八宫的情况。另外,也要看光的相对位置——是指太阳和月亮的光。

这相当复杂。如果不是专业人士,肯定会感到无聊。"但是一旦沉下心去观察。"我告诉迪迦,"把各种事实联系在一起,就会发现此时此地所发生的事情与天上行星的位置是如此的一致"。因此,它总能让我受到深深的触动。这种触动与对占星术的真正理解是相互依存的。所以迪迦才感受不到。

为了捍卫占星术的意义,我常常被迫使用我并不喜欢的统计数据来作为论据,而这往往是最能说服年轻人的一种方式。带着对于宗教的热情,年轻人不假思索地相信统计数据。只需要给他们一些百分比或者概率,他们就能欣然接受。因此,我会常常提到高奎林[①]和他的"火星效应"。这一现象看似怪异,却

---

① 法国著名心理学家。——编辑注

得到了统计学的证实。高奎林用统计学的方法证实了,代表着竞技与健身的行星——火星在运动员的星盘中某个特定位置出现的概率比其他非运动员更高。迪迦对这一证据以及所有令他感到不适的理论都颇为不屑。即使我告诉了他许多已被印证的预言的实例也无济于事。比方说希特勒的例子,希姆莱①的占星师威廉·沃尔夫曾经预言1944年7月20日这天对希特勒而言意味着一个极大的危险。后来我们都知道,那正是他在狼穴被暗杀的日子。之后,这位险恶的占星学家毫不犹豫地又做出了预测。他预言,希特勒将在1945年5月7日之前神秘死去。

"简直难以置信,"迪迦说,"这怎么可能?"他反问道。然而很快便忘记了这一切,他的怀疑又被重新点燃。

我尝试用别的方法说服他,向他展示这里所发生的一切与天上发生的一切是如此的一致与和谐。

"举个例子,你看看,看仔细了。1980年的夏天,木星与土星的合相落在天秤座。这是一种影响力极强的相位。木星代表着权力,而土星则代表着工人。而此时,瓦文萨②的太阳正落在天秤座。你看到了吗?"

---

① 即海因里希·希姆莱,纳粹德国的一名法西斯战犯。——编辑注
② 莱赫·瓦文萨,前波兰总统、政治活动家、团结工会领导人。

迪迦怀疑地摇摇头。

"那警察呢,在天上代表警察的是什么?"他问道。

"是冥王星,它还代表情报部门和黑手党。"

"哦,是的是的。"他不相信地重复着。但是我知道他已经努力了,也试图去相信。

"再看这个。"我一边说着,一边向他展示行星的位置。

"1953年,土星落在了天蝎座。那一年,斯大林去世,政治剧变。1952至1956年则发生了政治镇压、朝鲜战争,人类发明了氢弹。1953年是波兰经济最为艰难的一年。看,那时土星正好进入天蝎座。是不是不可思议?"

迪迦头晕目眩地坐在椅子上。

"好吧,再看这个。海王星进入天秤座,代表着局势混乱。天王星落在巨蟹座,代表着人民的反抗和殖民主义的衰落。而法国大革命爆发,一月起义发生和列宁出生时,天王星正好落入狮子座。要记住,天王星落入狮子座始终代表着革命力量。"

我看得出来,这一切已经使他感到厌倦了。没有办法能够使迪迦相信占星学。这也没关系。每当我一个人在厨房里将占星用的研究工具摆好,我总是兴奋于自己可以追踪这些令人难以置信的一致。首先我算了大脚的星盘。后来我又算了警察局长的。

一般而言，一个人发生事故的可能性取决于上升点、上升点的主宰星和位于上升点的行星。主宰星在第八宫代表着自然死亡。若主宰星在第一宫，则代表此人会因自己的错误而死。他很有可能是一个粗心大意的人。如果表征与第三宫相连。那么此人可能会知道他死亡的原因。如果表征与第三宫不相连，那可怜的家伙甚至完全意识不到自己已经犯下了致命错误。第二宫代表着因财富和金钱而导致的死亡。处于这个位置时，此人可能会因为抢劫而受到攻击，最后遭到杀害。第三宫则是典型的道路交通事故的代表。在第四宫往往会发生因土地和家庭原因而导致的死亡，死者以父亲居多。第五宫的死亡原因则是孩子，或者过度享乐，或运动死亡。在第六宫中，常常会因缺乏警惕和过度劳累而导致患病而死。当第八宫的主宰星位于第七宫时则代表死亡原因是自己的配偶。可能呈现为不忠所导致的决裂与绝望。如此种种。

在警察局长的星盘中，象征着生命与权力的太阳落入第八宫（死亡宫，代表着存在生命威胁），居于四正位，与天蝎座（死亡、凶杀、犯罪）第十二宫（谋杀、暗杀）中的火星（暴力、侵略）构成一个凶相位。天蝎座的主宰星是冥王星，因此这里的权力可能与警察或黑手党等组织有关。冥王星在狮子座与太阳呈合相。这些信息告诉我，警察局长是一个模棱两可、神秘莫测之人,混迹于各种阴暗、邪恶的交易中。他可以残酷无情,以职位牟取私利。除了利用在警察局中的职权,他很有可能在其他地方也拥有许多秘密而不祥的权力。

而且,他上升星座的主宰星在白羊座,白羊座是负责管理头部的,因此暴力(火星)与他的头部有着直接的关系。我还记得土星落在动物星座——白羊座、金牛座、狮子座、射手座或摩羯座时,则预示着野生动物或侵略性动物对生命的威胁。

"在但丁的《地狱》中,维吉尔曾说,占星学家将会遭受脖子极度扭曲的惩罚。"迪迦就这样给我的演讲画上了终结。

※

"动起来,兄弟,别给我丢人。"我对正在向我咆哮的"武士"说,随后它立即发动了。这是一种忠诚的体现。当在一起生活久了,开始彼此依靠时,就会产生这样一种友谊。我知道它已经上岁数了,行动起来越来越困难,就像我一样。我也知道自己平时忽略了它,这个冬天使它的生活更为艰难。我也一样。我在车上准备了应对突发事故所需的一切,绳索、铲子、电锯、汽油罐、一些矿泉水和一包薄脆饼干。到现在肯定已经完全受了潮。我从秋天就开始储备这些物资了。还有一个手电筒(原来在这儿!)、急救箱、备用轮胎和一个橙色的便携式冰箱。还有一罐胡椒喷雾,以防有人在路上袭击我,虽然可能性不大。

我们驶过高原,穿过草地和奇妙的荒野,朝着村庄前进。在轻柔和胆怯中,一切开始变成绿色。幼嫩的荨麻正将它们的尖儿戳向土里,脆弱而细小。很难想象,两个月后,它们将带着蓬松的绿豆荚顽强地生长,骄傲而令人生畏。在靠近道路的野地上,我可以看到雏菊微小的脸庞。我忍不住去想,它们一定正以这种方式默默地观察着来到这里的每一个人,对我们做出了严厉的评判。它们是花族的部队。

我把车停在学校外面,班上的孩子们立刻跑了过来,他们总是被贴在"武士"前门上的狼头给吸引。之后他们带着我一块儿进教室,欢快地笑着,拉着我的毛衣的袖子,叽叽喳喳个不停。

"早上好。"我用英语说。

"早上好。"孩子们回答道。

因为是周三,我们就这样开启了属于周三的仪式。遗憾的是,又有半个班的学生缺席。男孩们都被叫去参加圣餐礼的彩排。因此我不得不再讲一次上一堂课的内容。另一个班的课我则给他们讲了一些与自然相关的词汇,这意味着教室又要被我弄得一团糟了。于是,学校清洁工的责骂自然少不了。

"你总是弄得一片狼藉。这里是学校,不是什么幼儿园。这些脏兮兮的石头和海藻到底是干什么的?"

她是这所学校里我唯一害怕的人。她那刺耳的、充满怨恨的谩骂能把我逼至绝境。她的这些教训使我感到疲惫不堪,心力交瘁。我勉强支撑着去了一趟邮局,又去买了一些东西。大量的面包、土豆还有其他一些蔬菜。我还买了一些坎波佐拉奶酪,寄希望于奶酪可以改善心情。有时我还会买各种杂志和报纸,但每每阅读上面的文字,总会给我带来一种难以名状的负罪感。总觉得是不是还有什么事没做完,是不是又忘记了什么,是不是在某件重要事情上没达到要求和标准而使我落后于他人。报纸很可能是对的。但是,当我们仔细观察街上的行人,就会发现许多人都遇到了这样的问题,他们的生活中也有许多未能如愿。

春的微弱气息尚未洒向这座城镇。它就像曾经的敌军一样,驻扎在城外的花园和山涧中。冬天过后,布满沙子的鹅卵石变成了湿滑的人行道。而现在在阳光下,它正扬起灰尘,弄脏刚从衣柜里拿出来的春天的鞋子。小镇的花坛弱不禁风。草坪被狗的排泄物玷污。路上的行人一个个灰头土脸,半眯着眼睛。有的在自动取款机前排起了长队,只为取出20兹罗提以购买一日的食物。有的则匆忙赶去诊所,因为他们预约了13:35就诊。还有的则前往公墓,把冬天的塑料花换成真正的春天的水仙花。

人们的忙碌与喧嚣使我动容,有时甚至是感动——我想这应该与我的疾病有关,我的抵抗力下降了。我站在倾斜的广场上,渐渐感到与路过的人们有着强烈的共融。每个男人都是我的兄弟,每个女人都是我的姐妹。我们是如此相似,都那么的脆弱、无常且易摧折。我们放心地在天穹之下游走,这对我们来说或许并不是什么好事。

春天只是短暂的插曲,在它之后,强大的死亡部队渐渐前行。它们逐渐围困了城墙。我们生活在包围之中。如果我们仔细观察每个片刻中的每个片段,可能会因恐惧而窒息。在我们的体内,崩塌无可阻挡,不久我们便会生病、死亡。我们所爱之人将离我们而去,他们留下的记忆也将在喧嚣中消散。最终一无所有。只剩下衣柜里的几件衣服和照片上的人影,不再被人所识。最珍贵的回忆终将会消逝,一切将陷入黑暗而消失。

我看到一个怀孕的女孩坐在长凳上看着报纸。突然想到,所有的无知都是如此的幸运。一个人怎么可能在知道这一切后还不会流产呢?

我的眼泪再次流淌,这使我尴尬和困扰不已。但眼泪就是止不住。我希望阿里能帮我想想办法。

"好消息"的商店位于广场旁的一条小街上,可以从停车场直接进入。要吸引潜在的二手衣购买者,这并不是什么优势。

去年深秋,我第一次去她店里,饥寒交迫。十一月的潮湿与黑暗笼罩着小镇,人们会被一切明亮和温暖所吸引。

洁净、鲜艳的地毯从入口处将顾客引入店内,直至衣架处。衣架上的衣服按颜色分类,玩着色调的游戏。店里飘着香炉气息,温度很高,很是暖和,这要归功于窗户下方那片大型工业暖气。这栋建筑物曾是残疾裁缝合作社的旧址,墙上的标记至今仍然可见。楼里拐角处有一棵大型植物,一棵巨大的栗树藤,它恣意生长着,早就长得比这栋楼原来的主人的公寓还高了。它强壮的枝条已沿着墙慢慢爬到了外墙橱窗。这座老楼现在是社会主义风格的咖啡馆、干洗店和舞会服装租赁店的混合体。建筑物的中央正是好消息的店。

"好消息"——是的,我这么称呼她。从我看到她的第一眼,这个属于女孩的名字就难以抗拒地出现在了我的脑海里。难以抗拒——这是一个美好而有力量的词;用这个词时,我们不需要过多的解释。

"我想买一件保暖的外套。"我害羞地说道,那个女孩机灵地看着我,黑眼睛里闪着光芒。

她兴奋地点了点头。

因此我立刻接了话：

"要那种保暖又防雨的。跟别的衣服不一样的，不要那种灰色或黑色，在衣帽间里很容易被误拿。最好有很多口袋，可以装钥匙袋、狗狗零食、手机、文件。这样我就不用带包，可以解放双手了。"

当我提出这些要求时，我意识到自己正以这种方式将自己交到她手中。

"我觉得我这儿有您需要的。""好消息"答道，把我带到了一个狭长的房间。

在这个房间的最里面放着一个圆形的衣架，上面挂着许多大衣。她不假思索地拿出了一件漂亮的深红色羽绒外套。

"这件怎么样？"窗明几净，反射在她的眼睛里，散发着明艳、美丽的光芒。

是的，这件外套十分合身。此时的我像是一只动物，一只被重新赐予皮毛的动物。在口袋里，我发现了一个小贝壳。我把它当作这件衣服的前任主人留给我的小礼物。带着她的祝福："愿它能为您服务。"

我还在这家店里买了两副手套。当我在装满帽子的篮子里搜寻时，我注意到里面有一只大黑猫。在紧挨着的另外一个装围巾的筐里还有一只一模一样的，只是更大一些。我在心里默默地给这两只猫分别取了名字——"帽子"和"围巾",尽管后来我总是很难分辨它们。"好消息"的黑猫。

这位可爱的小店员散发着一种满族人似的美(她头上还戴着一顶仿皮草帽子),她给我倒了一杯茶,将椅子拉到电暖器旁,好让我暖暖身子。

我们的友谊就是这样开始的。

有这么些人,只要一看见他们,就会不自觉的嗓子紧,眼噙感动的泪水。他们似乎对我们曾经的纯真有着更多的记忆,好似他们是自然界的怪胎,尚未完全被坠落击败。也许他们是使者,是仆人,找到了流落民间、忘记自己出身的王子,当他们向王子展示他曾经在故国穿的长袍后,才使他记起要回家。

"好消息"也饱受病痛折磨。一种离奇古怪的病。她没有头发,也没有眉毛和睫毛,从来没有过,出生时就是这样。一定是因为基因或占星术。我当然认为这是受了占星术的影响。哦,是的,我后来的确查看了她的星盘:在第十二宫一侧靠近上升点附近的火星遭到损坏,并在第六宫与土星对冲(这样的火星也会导致秘密活动和不明动机的产生)。

于是她用眉笔画了弯弯的眉形,在眼睑上画上细小的线条,看起来就像是睫毛。画面很完美。她总是戴着头巾和帽子,偶尔也戴假发或是在头上缠绕一条围巾。夏天的时候,我惊讶地发现她的手臂上完全没有我们所有人都拥有的那些或深或浅的汗毛。

我时常在想,为什么一类人总能吸引我,而另一类却不会。我的想法是,我们的身体总是在追求一种完美、和谐的形态。而我们也总是在他人身上找寻着符合这一完美标准的特质。进化的最终目标更多的是基于美学而不是人的适应性。进化实际上是不断追求美,从而达到每种形态最完美的形式。

直到看到这个女孩时,我才意识到我们的体毛有多丑陋——那额头中间的眉毛、睫毛、头顶、腋窝和腹股沟的残茬。这些奇怪的瑕疵于我们又有何用?我想,在天堂里,我们一定没有毛发。赤裸而光滑。

她告诉我,她出生在科沃兹克附近村子里的一户大家庭。她的父亲常年酗酒,很早就去世了。母亲也得了重病并患有抑郁症,后来因使用药物过度,在医院终了一生。"好消息"努力地生活。她通过了高中毕业考试,却因没钱而没能上大学,更重要的是她得照顾自己的兄弟姐妹。她想自己去挣学费,但却找不到工作。最终,这家二手连锁店的老板雇用了她,只是薪水少得尚难以维持生计,更不要说学费了,因此大学离她越来越远。店里没什么客人的时候,她会读读书。我知道她喜欢什么书,因为她把它们放在架子上，还借给了她的顾客。那是一些阴暗的恐怖故事，哥特式小说，充满褶皱的封面上是蝙蝠的图案。讲述的是断手的变态和尚杀人，棺材被墓地的洪水淹没之类的故事。阅读这些东西使她相信，我们并没有生活在世界上最糟糕的地方。是这些书教会了她乐观。

当我听完"好消息"的故事，脑子里开始不断浮现以"你为什么不……"开头的问题，接着是"在我们看来"这种情况下应该怎么办的具体描述。当我咬到舌头时，那句不切实际的"为什么不？"几乎就要从双唇蹦出。

这就是那些多姿多彩的杂志正专注的事业。有那么一段时间，我也曾想成为他们：告诉人们是哪个地方出了错，是哪里弄糟了，什么地方没考虑周全。最后使我们产生自我约束，开始看不起自己。

所以我什么都没说。曾经的人生经历不应是辩论的话题。听完别人的故事，也应该以同样的方式回馈对方。所以我也向"好消息"倾诉了我的人生，并邀请她到我家去见我的"小姑娘们"。这就是我们初识的故事。

为了帮助她，我去找了乡政府。但他们告诉我，对于"好消息"这类人国家无法提供任何支持，什么形式的补助都没有。那位女性公职人员建议我去银行贷款。这种贷款可以在毕业工作后再进行偿还。

也有那种免费的计算机、裁缝和插花培训班。遗憾的是,这些培训只针对失业人员。因此,如果要去参加,"好消息"必须得辞去这份工作。

我也去了银行,拿到了一沓需要填写的表格。但是申请贷款有一个重要的必备条件——"好消息"首先必须被一所大学录取。我知道她最终定一定会实现自己的目标。

坐在"好消息"的店里感觉很好。这是小镇上最舒适的地方。带着孩子的母亲会在这里聚集,老太太们在老年食堂吃过午餐后会从这里经过。停车场的保安和蔬菜市场里卖冷冻食品的女售货员也会到这儿来。来到店里的每一个人都能喝上一杯热饮。也可以说"好消息"在这里经营着一家咖啡馆。

今天我得等她,直到她关上这个庇护所的大门。之后我们会和迪迦一起去捷克那家卖布莱克作品的书店。这会儿好消息正把一些头巾叠放整齐。她话不多,就算说话,声音也非常轻,必须非常仔细地听。还有最后几个顾客仍在一个个衣架上寻找着能买到便宜东西的机会。我在椅子上伸展开来,幸福地闭上了眼睛。

"您是否听说过居住在附近高原上的狐狸?毛发蓬松的白

狐狸。"

我冻坏了。"我家附近？"我睁开眼睛，看到的是带着贵宾犬的那位先生。

"那个名字很可笑的有钱人好像把一些狐狸从他的农场里放了出来。"他站在我面前，胳膊上挂着几条裤子。他的贵宾犬看着我，脸上洋溢着属于狗的笑容。显然，它认识我。

"福南特沙克？"我问道。

"对，就是他。"这位老先生确认了一下，随即转向"好消息"，"您能给我找一条腰围80厘米的裤子吗？"

"找不到福南特沙克。他失踪了，无迹可寻，如同大海捞针，"那位老先生继续说道，"他可能和他的情妇一起逃到哪个温暖的国家。他那么有钱，能藏得很隐蔽。大概是牵扯进了什么勒索诈骗案了吧。"

一个在挂衣杆上翻来覆去一直寻找着耐克和彪马运动服的光头年轻人说道："不是什么诈骗案，是黑手党。"他说话的时候几乎没有张开嘴。

"他们以他的农场作为掩护，从俄罗斯非法进口皮毛。肯定没给俄罗斯的黑手党分钱，于是害怕得跑路了。"

这个话题使我感到不安，我开始害怕起来。

"您的贵宾犬是公狗还是母狗？"我礼貌地问那位老先生，

不顾一切地试图将谈话转移到更为光明一些的轨道上。"我的玛克西克？当然是公狗，还是单身汉呢。"他笑着说。但是他显然对本地的八卦更感兴趣，他转向光头男人继续说道：

"他非常富有，在科沃兹克郊外的主干道上有一家旅馆。还经营着超市、狐狸农场、屠宰场、肉类加工厂和一个马场。但是，能有多少在他妻子名下呢?!"

"这是给您的腰围八十的裤子。"我说着，递给他一条漂亮的灰色长裤。

他仔细检查了一下，戴上眼镜看了看洗衣标签。

"太好了，我喜欢，这条我要了。您知道吗？我喜欢修身、贴身的款式。能显出身材。"

"是吧，人与人之间总是有很大不同。我总喜欢买宽大的衣服。给我一种自由的感觉。"我说。

迪迦带来一个令人振奋的消息。本地的周刊《科沃兹克之境》愿意在其诗歌专栏刊登迪迦翻译的布莱克作品。迪迦既兴奋又紧张。我们沿着空空荡荡的的高速公路向边境驶去。

"我想先译他的书信，然后再回到诗歌。但是，如果他们只要诗歌……天哪，那我给他们什么呢？先给他们什么好呢？"

说实话，我已无法专注于布莱克了。我看到我们已越过边境上那些贫瘠的村舍,进入捷克境内了。这里的路要好得多。这时,迪迦的车停了下来。

"迪迦,那些狐狸是真的吗?""好消息"从后座问他,"它们从福南特沙克的农场里逃出来了,所以在这片森林里游荡吧?"

迪迦肯定了她的说法。

"这事就发生在几天前。一开始,警察以为他在失踪之前把所有动物都转卖给了他人。看来这个人把它们都放了。很奇怪,不是吗?"

"警察在找福南特沙克吗?"我问道。

迪迦回答说,至今没有人来警察局报失踪,因此警方没有理由去找他。他的妻子也没有出面,孩子们也没有。也许他只是想给自己放个假。他的妻子说这也不是第一次发生这样的事了。此前他曾消失了一个星期,之后竟然从多米尼加共和国打电话回来。只要银行没来追债,就没有什么理由可惊慌。

"只要不与银行产生什么纠葛,人就是自由的,可以做自己想做的事。"迪迦带着说教的语气,试图让我们也相信这一点。我认为他完全可以成为一个出色的警局新闻发言人。

迪迦还说,关于警察局长裤腰带里的那笔钱,警方已经有了线索。这笔钱应该是贿赂的赃款。警方已经掌握证据,可以证实警察局长那天确是从福南特沙克那儿回来。这些显而易见的事情,警方却花了那么长的时间。

"还有另一件事,"他最后说,"用来杀害警察局长的凶器上有动物的血迹。"

我们在书店关门前的最后一刻赶到了那里。留着银色头发的宏扎将迪迦订购的两本书递给了他。我看到迪迦的脸颊上泛起了红润。他笑容满面地看着"好消息"和我,然后举起双臂,似乎想是要给宏扎一个巨大的拥抱。这两本书是70年代的旧版,上面带有详细的注释,是不可多得的珍品。之后,我们兴高采烈地回了家,没有人再提起那些阴邪的事情。

迪迦把《书信选集》借给了我几日。回到家后,我立即点燃炉子,给自己泡了浓茶,开始阅读起来。其中的一段话格外吸引我,于是我迅速在一个纸袋上将其译写了下来。

布莱克写道:"我相信我的身体状况良好。但它有着许多独特之处,除我之外无任何人知晓。年轻的时候,身体有许多地方会提醒我病痛的来临。之后的第二天,甚至是之后的两三天,我会被如胃痛一般的病痛折磨。弗朗西斯·培根爵士会说,在山区生活需要体育锻炼。弗朗西斯·培根爵士是个骗子。没有哪种锻炼能将一个人变成另一个人,一分一毫都不可能。这样的锻炼是狂妄自大,是愚蠢无知。"

这段话使我深受触动。我读了又读,无法停止。也许这就像是作者所希望的那样:"我读到的一切都沉入了我的梦里,这一整夜,我所梦见的都是错觉。"

第九章　小中见大

> "当云雀翅膀受了伤,
> 智天使也停止了歌唱。"

每到五月,牙医会把他古董般的牙钻和同样老旧的牙科治疗椅搬出来,不情愿地宣告春天的来临。他用抹布擦了几下灰尘,一下、两下,扫去上面的蛛网和干草。这两个器械在谷仓里度过了整个冬天,只是偶尔急用时才拿出来。冬天牙医基本不工作,这个季节什么都做不了,人们也不关注自己的身体健康。另外,冬天天黑得早,牙医眼神还不好,他需要的是五六月明亮的光线,可以直接照到病人的嘴里。他的病人都是森林里的工人和长着大胡子的男人,这些人整天站在村里的小桥上,所以大家都说他们醉心于"桥梁建设"。

四月里地上的泥土就干透了，我借着每天散步巡视的机会，越发大胆地在附近探险寻奇。牙医住在采石场旁一个叫阿赫特豪兹亚的小村落里，我很喜欢在这个季节到那里转转。像往年一样，我又看到了令人惊奇的景象——湛蓝的天空下，嫩绿的草地里，立着一把破旧的白色牙科椅。上面总是半躺着一个朝太阳张着嘴的人。牙医手里拿着牙钻，俯身站在治疗椅旁。他的一只脚有节奏地踩着椅子上的踏板，这种单一的律动从远处难以察觉。几米外还站着三两个人，他们安静地喝着啤酒，心会神凝地盯着这一幕。

牙医的主要工作是给人拔掉蛀牙，至于治疗——只是偶尔为之。他还会做假牙。在注意到牙医的存在之前，我曾思考过多次——住在这附近的究竟是什么人种？他们当中很多人的牙齿都很有特点，好像都属于同一家族，有着相同基因和星盘结构。尤其是那些老人，他们的牙又细又长，泛着蓝影。真是奇怪的牙齿！我还有另一种假设，因为听说普瓦斯科维什附近的地下深处含有铀矿，容易引发各种异常，不知是否与此有关。

现在我终于明白了，那些都是牙医做的假牙，是他的商标，他的品牌。如同每个艺术家一样，都是独一无二的。

我认为，如果他在这儿行医合法，那么真该成为科沃兹克山谷的一处旅游景点。可惜多年以前他就因酗酒被吊销行医执照了。奇怪的是,他的执照竟不是因视力不好而吊销的,毕竟对他的病人来说,这个问题可是要危险得多。牙医戴着一副高度近视眼镜,其中一个镜片是用胶带粘上的。

那天牙医正在给一个男人钻牙。因为喝了用来麻醉的酒,病人的脸有一些麻木,但还是疼得龇牙咧嘴,因此我很难看出他脸的轮廓。牙钻吓人的声音直钻入脑中,唤醒了童年噩梦般的记忆。

"最近过得如何?"我打了声招呼。

"还凑合。"他咧着嘴笑着,让我想起了一句老话——"医者自医"。"您很久没来了。我们上次见面好像是您在找……"

"是,是。"我打断了他,"冬天没法走这么远。我还没蹚出雪地,天就黑了。"

说完他又开始钻牙,我和另外几个凑热闹的人静静地观察着牙钻是怎么在人的嘴里工作的。

"您看到白狐了吗?"一个男人问我。他模样俊俏,如果人生境遇不是如此,说不定会成为一个电影明星。可如今,他的英俊已消失在皱纹的深浅沟壑中。

"可能是福南特沙克逃跑之前放出来的。"另一个人说。

"应该是受到了良心的谴责。"我断言,"很可能是狐狸把他给吃了。"

牙医好奇地看了我一眼,点了点头,把牙钻钻得更深了。可怜的病人一下从椅子上跳了起来。

"能不钻牙,直接给它补上吗?"我问道。

然而,没人在意病人的感受。

"先是大脚,然后是警察局长,现在是福南特沙克……"那个俊俏的男人叹了口气,"没人敢出门了。天黑以后,所有要在屋外干的活我都让婆娘去干。"

"您的做法很机智。"我回应着,接着又慢慢说道,"这是动物们在向他们复仇,因为他们打猎。"

"呃……大脚也不打猎呀。"那个俊俏的男人提出了质疑。

"但他偷猎啊。"另一个人说,"杜舍依科女士说得对。这儿偷猎最频繁的,除了他还能有谁?"

牙医在小盘子上抹了一点白色药膏,然后用调拌刀把它放进钻开的牙里。

"是,有这个可能。"他自言自语,"这事真的很有可能,公正总还是有的吧。对,是的,肯定是动物。"

病人痛苦地呻吟了一声。

"您相信神意吗?"牙医突然问了我一句。他一动不动地站在病人旁边,声音里带着挑衅的意味。

男人们冷笑着,像是听到了什么不合时宜的话。我还在考虑该如何回答。

"因为我相信。"还没等我回应,他已开了口,同时友善地拍了一下病人的后背,病人心满意足地从椅子上站了起来。"下一位。"他说。看热闹的那伙人里走出来一个人,不情愿地坐在了椅子上。

"有什么问题?"牙医问。

那人把嘴张大以示回应,牙医往里看了一眼,立即向后退了一步,大喊道:"见鬼!"这句话无疑是对这个病人的牙齿状况最简洁的评价了。他用手指测试了一下病人牙齿的牢固程度,然后从身后拿了一瓶伏特加。

"拿着,喝了它。咱们把它拔了。"

男人模糊地轻声嘀咕了几句,这个意外的"判决结果"令他垂头丧气。他从牙医手里接过一整杯伏特加,一口闷了。我想着,这样的"麻醉"过后他肯定不会感到痛了。

在我们等待酒精发挥作用的时候,男人们开始兴高采烈地说起采石场的事。采石场看来很快又要开工了。它会年复一年地吞噬普瓦斯科维什,直至彻底把它吞没。如果他们真的重启采石场,我们便不得不从这里搬走了。到时,第一个要搬走的肯定是牙医他们这个村子。

"我并不相信神意。"我说,"你们成立一个抗议委员会,"我建议道,"搞一次抗议吧。"

"我死之后,哪管洪水滔天。①"牙医说完便把手指放进刚清醒过来那个病人的嘴里,毫不费力地从里面拔出一颗已经发黑的牙齿。我们只听到了很轻的一声脆响,令我一下感觉虚弱起来。

"它们应该报仇。"牙医说道,"动物应该把这些人都他妈给收拾了。"

"就是的。把这群王八蛋全他妈弄死。"我紧跟着说道。那群男人们看着我,惊奇中带着一丝敬意。

回去的路上我绕特意绕路而行,到家已是下午。当时我在森林的尽头看到了两只白狐,它们慢慢地走着,一个跟着一个。在绿茵的衬托下,它们身上的白色恍若来自另一个世界,就像是动物王国派来此地公干的外交人员。

五月初,苦苣菜黄色的花开始绽放。年头好的时候,劳动节假期就已开花。这时屋主们也会回来。这也是冬天过后他们第一次回到自己的房子。要是赶上年头不好,黄花的星星点点直到胜利日才铺满大地。我和迪迦一起欣赏过许多次这奇迹中

---

① 原文为法语,据说出自法国国王路易十五。

的奇迹。

可惜对迪迦来说,这预示着苦日子即将来临。两周以后,他对万物的过敏开始发作——泪流不止、哽咽窒息。在镇上这些都尚可忍受,但每到周五他来我这儿时,我得把门窗都关上,以免看不见的过敏原侵入迪迦的鼻子里。到了六月繁花似锦之时,我们便不得不把翻译工作转移到他那里进行了。

在这漫长、荒芜又令人疲倦的冬日过后,太阳对我的影响加剧。我早上睡不着觉,于是黎明时分便起床了,起来仍旧不安。整个冬天我都得跟高原上的寒风做斗争,现在终于可以把门窗打开,让风吹进来,把我那些发霉的不安和病痛吹走。

一切都开始裂开,草地之下、地球表层下方有股热烈的震颤,就好像庞大的地下神经在蓄力膨胀之后,马上就要爆裂。我很难摆脱掉一种感受,总觉得这下面蕴藏着一种未经思考的强烈意志,这钟意志就像驱使青蛙爬到彼此身上,在鬼怪的池塘里无休止交配的那股力量一样强大。

每当太阳接近地平线,蝙蝠一家就开始出没了。它们轻盈地飞来,悄无声息,我总觉得它们的飞行是流体的。有一次,它们绕着每一座房子一个接一个地飞过,我数了数,一共是十二只。我很想知道蝙蝠是怎么看这个世界的,有一次我甚至想进入它的身体里,在普瓦斯科维什上空飞翔。在它们的脑海中,我们这里的所有人是什么样的呢？是影子？是一束束震荡？还是噪音源？

傍晚我坐在屋前，等待着它们的出现。它们一只接着一只从教授家的方向飞来，挨家挨户拜访我们。我轻轻地向他们挥手致意。实际上我和它们有很多共同之处——我也是颠倒着，从另一个角度看着这个世界。我也更喜欢黄昏，不适合在太阳下生存。

如果没有树叶和薄云的遮挡，我的皮肤在强烈的刺激性光线照射后会产生不良反应，会泛红、发炎。每年都如此，夏天的头几天皮肤上会出现令人发痒的小水泡，我用酸奶和迪迦给我的烫伤药膏来治疗。还得把去年戴的宽檐帽子从柜子里找出来。我会把帽子的缎带系在下巴上，以免它被风吹掉。

某个周三，我戴着帽子从学校回家。当时我绕了些路，为了……我自己也不知道为了什么。有些地方并非刻意要去，但却总有某种东西吸引着我们往那个方向走。也许吸引我们的，正是恐惧。可能也正因如此，我与"好消息"一样，都喜欢恐怖小说。

就是那个周三，我偶然走到了狐狸养殖场附近。我正开着"武士"回家，到十字路口的时候，我突然转到了与平时相反的方向上，不一会儿就看到了柏油马路的尽头。这时，一股恶臭袭来,它能使任何想要在那里散步的人都望而却步。尽管两周前他们已经关了这个养殖场,恶臭却依旧难闻。

"武士"好像也有嗅觉一样——停了下来。被如此恶臭击垮的我坐在车里,看到前方一百米处有一栋建筑被高高的铁丝网围栏围着——里面排列着一座又一座简陋的厂房。围栏上竖着带刺的铁丝圈。太阳闪着耀眼的光芒,每片草叶都投下了锋利的阴影,每根树枝看起来都像是围栏上的长钉。周围万籁俱寂,我竖起耳朵,仿佛期待着这堵墙后面传来骇人的声音,那是从前留下的回音。可以肯定的是,那里已没有活着的灵魂,无论是人的,还是动物的。只需一个夏天,那里就会长满牛蒡和荨麻。一两年过后,养殖场就会消失在满眼绿色之中,最多会变成一个恐怖的地方。我想,也许可以在这里建一座博物馆,以示警诫。

过了一会儿,我开动汽车,回到了大路上。

哦,对了,我知道失踪的养殖场主长什么样。我刚搬到这儿来不久,就在我们那座小桥上见过他。那是一次奇怪的碰面。那时我还不知道他是谁。

一天下午,我从镇上买完东西正开着"武士"回家,看到在小溪上的那座桥前面,一辆越野车停在路边。这车像突然渴望舒活一下筋骨似的,所有车门都敞着。我放慢了车速。我不喜欢那些又高又大的车,在我眼里它们是被造来打仗的,而不是用来在大自然的怀抱里兜风的。它们巨大的车轮搅动着田间小路的车辙,碾坏了人行道。它们的巨型发动机制造了很多噪音,产生了大量尾气。我相信它们的主人"小鸟"一定都不大,因此才要用这个庞然大物来弥补自己的不足。每年我都到镇长那里抗议举办那些可怕的汽车比赛,递上请愿书。但每次都只能得到一个敷衍的答复——镇长会在适当的时候考虑我的意见。之后便没了动静。而现在其中一辆车就停在这里,在小溪前,快要进入山谷的地方,几乎就在我们的家门口了。我故意开得很慢,从后视镜里清楚地看到了这个不速之客。

一个年轻漂亮的女人坐在前排抽着烟,齐肩的金发,化了精致的妆。这个妆容最特别的地方,是用深色唇线笔勾勒出的嘴唇。她晒得黝黑,像是刚从烤架上拿下来的一样。双腿露在车外,指甲涂成了红色,一只拖鞋从她的脚上掉了下来,落在了草地上。我停下车来,身子探出窗外。

"有什么我能帮忙的吗?"我友好地问。

她摇了摇头,然后抬眼望向天空,大拇指指着身后,会意地笑了一下。虽不明白她这个动作的深意,但感觉人还算可亲。于是我下了车。她没出声,继续用手势作答,这让我也开始悄声行动起来。我踮起脚尖走到她身旁,扬起了疑问的眉头。我很喜欢这种神秘感。

"没事,没事。"她轻声说,"我在等……我丈夫。"

等丈夫?在这儿等?我完全理解不了这个场景,可自己已不情愿地参与了进来。我狐疑地看了一圈,才看到她说的那个丈夫。他从灌木丛里走了出来,看起来又滑稽又奇怪。他穿着类似制服的衣服,上面有绿色和棕色的迷彩,从头到脚挂满了云杉树枝。头盔上的面料也和制服一样。他脸上抹着深色的油膏,经过打理的灰白胡须在它的衬托下闪闪发光。我没看见他的眼睛,一副特殊的眼镜遮住了,是那种眼科医生用来验光的满是螺丝和旋轴的用具。他宽大的胸口和发福的肚子上挂满了杂物盒、地图盒、工具袋和子弹带,手里拿着一把装配了瞄准镜的霰弹枪,让人联想起《星球大战》里的武器。

"我的天啊。"我不由自主地嘟囔了一声。

我竟一时语塞,又惊又怕地看着这个怪物,直到那个女人把烟弹到路上,用讽刺的腔调说了一句:

"就是他。"

那个男人走到我们旁边,摘下了头盔。

我从未见过如此有土星相的人。此人中等身材,脑门宽大,眉毛浓密。他微微弯着腰,两脚朝内。我不禁想到,他一定已经习惯了纵情酒色,指引他一辈子的——唯有不惜一切代价、持续不歇地满足自己的欲望。他就是这附近最富有的人。

除了妻子之外还有人在看着他,让他很是高兴,因为他是一个骄傲的人。他用手比画了一下,和我打了个招呼,之后立刻无视了我的存在。他再次戴上头盔和怪异的眼镜,凝视着国界那边。我于是什么都明白了,愤怒油然而生。

"我们走吧。"他的妻子像对待孩子一样不耐烦地说道,可能感受到了我身上散发的怒气。

他假装没听到,却立即走到了车旁边,把头上的整套装备拿了下来,然后把霰弹枪放到了一边。

"您在这儿干什么?"我问道,此时的脑子里已装不下别的语句。

"那您呢?"他说着,看都没看我一眼。

他的妻子穿上了拖鞋,坐在驾驶位上。

"我住在这儿。"我冷冰冰地答道。

"啊,您是养两条狗的那位女士……我们已经跟您说了,别让它们离家太远。"

"它们是在私人领地上……"我刚张口他就打断了我。阴沉着脸,眼白里闪烁着敌意。

"女士,对我们来说没有私人领地。"

那是两年前的事了,那时的一切还没有那么复杂。我忘了与福南特沙克的这次见面。毕竟这与我又有什么关系呢?可后来突然出现了一个极速闪过的行星,越过了一个未知的点,做出了一个我们这些在下面的人甚至意识不到的改变。或许只有零星的迹象向我们揭示了这个宇宙事件,我们却没有注意到。有人踩到了落在小路上的树枝,啤酒因没有及时从冰箱里取出来而炸裂,两颗红色的果实从野玫瑰丛里掉了下来。我们该如何理解这一切?

显然,小中可以见大,这一点毫无疑问。当我写下这些话的时候,桌子上摆着行星分布图、体温计、硬币、铝勺、彩釉陶杯、钥匙、手机、纸和笔,甚至是整个宇宙。还有我的白发,它的细胞里保存着有关生命开始的记忆,有关那场带来世界起源的宇宙灾难的记忆。

第十章　红翅扁甲

>"切勿屠戮飞蛾与蝴蝶，
>
>　　因为审判即刻将至。"

六月初，周末已经有人住在那些房子里了，但我仍尽职尽责，每天至少爬上山丘一次，用望远镜巡视一下这片区域。首先我肯定会仔细察看一下那些房子，它们在某种程度上也算是与人共存的生物构造，和人具有典型的共生关系。放眼望去，我不禁喜上眉梢，明显可见那些房子的共生生物归来的痕迹。他们用自己的体温、吵嚷声和思想填满了房子的空旷，用一双巧手修复了冬天留下的所有伤痕和缺陷。他们把潮湿的墙壁弄干，把窗户擦拭干净，把马桶的水箱修好。无人叨扰时，物质便会陷入沉睡，而现在那些房子就像刚从沉睡中醒来一般。塑料桌椅已经被搬到了小院里,木窗也已打开,阳光终于可以晒进屋子。周末时会有缕缕炊烟升起。教授夫妇常常出现,他们总在朋友们的簇拥下漫步田间,却从来不会走偏,踩踏到田埂上。每天午餐后他们都会散步去小圣堂再折返回来,还会在半路停下脚步,高谈阔论。有时风从他们那边吹来,带来只言片语:卡纳列托①、明暗对照法、暗色调主义。

每到周五,司徒杰尼夫妇便会出现。他们一齐把长在房子周围的植物拔掉,好种上从店里买的新植物。他们行事的逻辑让人难以捉摸。为什么他们不喜欢西洋接骨木,而更愿意在那儿种上紫藤呢?他们的屋子围着高高的栅栏,为了能够看见他们,我特意踮起脚尖跟他们说,紫藤大概经受不住这里二月的严寒,但他们只是微笑着点点头,又自顾自地干了起来。他们把美丽的野玫瑰剪断,除掉了百里香丛,把屋前的石头堆成奇形怪状,再种上各种针叶树,他们说这些是:崖柏、矮松、扁柏和冷杉。在我看来,这么做毫无意义。

"灰女士"这一次要待的时间比较长。我见到她在田埂上踱步,僵硬得像一根棍子。一天夜里我带着钥匙和账单去她那里,她拿出草本茶招待我,我礼貌地把茶喝完了。算完账之后,

---

① 安东尼奥·卡纳列托(Antonio Canaletto,1697—1768),意大利风景画家。

我鼓起勇气问她：

"如果我想写回忆录，该怎么做呢？"我的语气着实困惑。

"要坐在桌前，逼自己去写，思路就出来了。不能限制自己，要把脑子里所有的东西都写出来。"

真是奇怪的建议。我不想把"所有的东西"都写出来，只想写我认为美好的、有益的东西。我以为她还会再说点儿什么，但她却沉默了，使我略感失望。

"失望了？"她像是读出了我的心思。

"对。"

"不能说出来的时候就写出来，"她说，"记住这点很有用。"她补充道，随后又沉默了。晚来风急，窗外的树随着这无声的音乐和节奏整齐划一地摇摆着，如同圆形剧场里听音乐会的观众一般。大风重重地摔了一下楼上房间的门，那声音仿佛是有人开了一枪。"灰女士"打了个寒战。

"这些声响弄得我心神不宁，好像这里的一切都有生命似的！"

"风声总是如此喧嚣，我已经习惯了。"我说道。

我问她在写什么书，她说在写一部恐怖小说。这让我很开心，一定要介绍她和"好消息"认识一下，她们就像同一个链条上的两个环，肯定会有聊不完的话题。能写出这种东西的一定是个勇敢的人。

"恶行最后总会受到惩罚吗?"我问道。

"我不在乎,没考虑过惩罚的事,我就是喜欢写恐怖的东西。可能因为我本就是一个胆小的人。对我来说这样很好。"

"您这儿是怎么了?"我指着她脖子上的颈托问道,黑夜的降临给了我勇气。

"颈椎退行性改变。"她的语气像是告诉我某个家用电器坏了一样,"肯定是我的头太沉了。头太沉,颈椎承受不了这种重量,就咔吧、咔吧地老化了。"

她笑了笑,又给我添了一些那难喝得要命的茶。

"您在这儿不觉得孤独吗?"她问道。

"偶尔吧。"

"我真佩服您。我真想像您一样那么勇敢。"

"啊,我一点也不勇敢。还好我在这儿还有点事做。"

"没有阿嘉塔我也觉得不自在。世界这么大,大得让人捉摸不透。"她看着我,用眼神审视了几秒,"阿嘉塔是我的妻子。"

我眨了眨眼。我还从未听过一个女人称呼另一个女人为"妻子",但我喜欢这个称呼。

"惊到您了,对吧?"

"我也可以有个妻子之类的。"我想了想,然后笃定地说,

"有人一起生活总是更好的,相依为命总好过孤身一人。"

她没有再回话,和她聊天很困难。最后我请她借我几本她自己的作品读,最恐怖的那类。她答应我会让阿嘉塔带过来。夜幕降临,但她却没有开灯。当我们二人都已沉浸在黑暗之中,我便跟她道了个别,然后回了家。

※

现在好了,房子都有自己的主人们在照看。我可以走得更远,越来越远,这种远足我仍称之为"散步"。我像孤独的母狼一样拓宽着自己的领地。把那些屋子和小路抛在脑后,我感到如释重负。我走进森林,在里面闲庭信步。森林里越来越静谧,变成了广阔的深幽之境,可以让人舒舒服服地躲在里面。思绪开始游荡。我也不再掩盖自己最恼人的毛病——哭泣。在这儿泪水可以恣意流淌、冲洗眼睛、改善视力。可能正因如此,我才能比那些眼睛干涩的人看见更多的东西。

首先我注意到鹿不见了——它们消失了。也可能是因为草太高,挡住了它们漂亮的红棕色脊背?但这也说明鹿开始繁殖了。

也是那天,我第一次偶遇了一位"少女"和一只长着漂亮斑点的小山羊。我还在森林里看见了一个人,虽说离得很近,他却没有看到我。他背着那种七十年代的绿色登山包,所以我猜想他一定与我年纪相仿。说实话,他看起来——很老,是个秃头,脸上的灰白胡茬剃得很短,肯定是用从果蔬市场买来的便宜的电动剃须刀剃的。他的屁股把褪色严重的肥大牛仔裤撑得很不美观。

那个人沿着森林边缘移动,小心翼翼地看着脚下。一定是因此,他才能和我走得那么近却看不见我。砍倒的云杉树干堆积出了一个十字路口,走到那儿的时候他拿下了背包,把它靠在了树旁,然后自己走进了森林。望远镜里只能看见不太清晰的摇晃画面,所以我只能猜测他在那里做什么。他弯下腰在枯枝落叶里翻腾。可以想见,他是采蘑菇的,只不过现在采蘑菇还为时过早。我盯着他看了一个小时左右,他终于坐在了草地上,边吃三明治边在本子上写着什么。他双手垫在头下面,望着天,在地上躺了大约半个小时,然后拿起背包,消失在一丛绿色之中。

我从学校给迪迦打电话,告诉他有个陌生人在森林里转来转去。还把大家在"好消息"店里说的话告诉了他。据他们说,警察局长卷入了森林边境转移恐怖分子的活动中。在这附近还抓到了几个嫌疑人呢。但迪迦对这些流言蜚语持怀疑态度。

我无法让他相信,在森林里四处徘徊的这个人很有可能是在试图抹去遗留下的证据。说不定他们在那儿藏了武器?

"我不想让你担心,但是调查可能会被搁置,因为没找到任何新的线索。"

"怎么会?周围动物的足印呢?是鹿把他推到井里的。"

迪迦沉默了一会儿,问道:

"为什么你跟所有人都说了那些动物的事?就算是这样,也不会有人相信你,还会把你当作……当作……"他顿住了。

"怪人,对吧?"我帮他说了出来。

"对啊。你干吗那么多嘴?你自己也知道那是不可能的。"迪迦说道。我想了想,觉得确实得把这件事跟大家解释清楚。

我感到十分愤怒,但上课铃响了,我赶紧说:

"我没有选择,只能告诉大家他们该往哪个方向思考。就算我不这么做,也会有别人这么做。"

那天夜里我辗转反侧,因为意识到有个陌生人在离家这么近的地方转悠。同时,调查可能会结束这个消息也令我产生疲惫和不安。怎么能这样说"搁置"就"搁置"呢?不调查完所有的可能性?那些足印呢?他们注意到那些足印了吗?毕竟是有人死了,怎么就能"搁置"呢?

住在这儿以来,我第一次关紧了门窗,屋子里一下就积聚了难闻的味道,使我无法入眠。当时已是六月初,夜晚已经暖和了起来,味道很难散去。我觉得自己仿佛被关在锅炉房里。我努力地听着屋子周围的脚步声,仔细分析着树木的簌簌声。树枝的每一次咔嚓声都能使我心中一惊。夜晚把最轻柔的声音都扩大了,把它们变成了响声、轰隆声、叫喊声。我可能被吓着了。自从在这儿居住,这还是第一次。

第二天早晨,我见到了昨天那个背着背包的人,他站在我的屋前。我先是被吓得一愣,然后赶紧伸手拿辣椒喷雾。

"您好。不好意思,打扰了。"他低声说,他的男中音让空气振动了起来,"我想买点儿鲜牛奶。"

"刚挤出来的那种?"我惊讶地说,"我没有鲜牛奶,只有'小青蛙'①那种,行吗?"

他有些失望。

白天的他看起来很讨人喜欢,我也不必使用我的辣椒喷雾了。他穿着一件过去人们常穿的那种白色亚麻立领衬衫。离近了看,他也根本不是秃头。他的后脑勺还剩下一丁点儿头发,扎

---

① 小青蛙(Żabka)是波兰的连锁便利店。

成了一个细细的小辫子,让人想起脏鞋带。

"您自己烤面包吗?"

"不,"我惊讶地答道,"也是从下面的商店里买的。"

"哦,好吧,那就这样吧。"

我已经往厨房走了,却又转过身来跟他说:

"我昨天看见您了。您在森林里睡的?"

"对,我在森林里睡的。可以在这儿坐会儿吗?我骨头有点儿疼。"

他看起来有些心不在焉。衬衣后背已经被草色染绿了,也许是从睡袋里掉出来了。我低声咯咯地笑了一下。

"您要喝咖啡吗?"

他猛地摆了摆手。

"我不喝咖啡。"

显然他不怎么聪明,倘若聪明的话,自然会知道我指的不是他在饮食方面的好恶。

"那您吃蛋糕吧。"我指向桌子,前不久我和迪迦刚把桌子搬到外面。桌上放着我前天烤的大黄①蛋糕,我已经吃得差不多了。

---

① 一种可食用的植物。——编辑注

"那我能用一下卫生间吗?"他说话的口吻像是在与我讨价还价。

"当然。"我把他带进屋里。

他边喝咖啡边吃着蛋糕。他叫——鲍雷斯·施耐德,但他说自己名字时的发音很可笑,拖着长音——"波……罗……斯",以后他在我这儿就叫这个名字了。他说话带着一点东部口音,之后交谈更是证明了这一点,他来自比亚韦斯托克。

"我是昆虫学家。"他满嘴含着蛋糕说道,"我在研究一种甲虫,一种濒危罕见的漂亮甲虫。您知道自己其实是住在红翅扁甲在欧洲最南部的栖息地吗?"

我从未意识到这件事,但说实话我很高兴,这就好像我们这儿来了一个新的家庭成员似的。

"那它长什么样?"我问道。

波罗斯把手伸进一个破旧的帆布袋里,小心翼翼地拿出了一个小塑料盒,放到我面前:

"就是这样。"

透明小盒里有一只死掉的金龟子,我把它称作金龟子。个头不大,棕色外壳,平平无奇。我偶尔会看到很漂亮的金龟子。无论从哪个方面来看,这一只都不算特别。

"为什么是死的?"我问道。

"请别把我当成那种杀死昆虫之后再把它们做成标本的业余爱好者。我找到它的时候,它已经死了。"

我把波罗斯从上到下扫视了一遍,想看看他有什么毛病。

他在粗壮的枯木中间翻找,有的枯木是自然腐烂的,有的是被砍倒的,他在那里找扁甲幼虫,计下它们的数量。清点完幼虫后,他把清点结果记录在一本名为《〈欧盟栖息地指导手册〉附件二和附件四中所列的腐生甲虫种类在科沃兹克县森林中的分布及其保护意见——计划书》的册子上。我格外仔细地读了一遍这个册子的标题,这已然让我放弃了对其中内容的进一步探究。

他告诉我,国家林业局根本没有意识到《指导手册》中的第十二条要求成员国制定严格的政策来保护栖息繁殖地,使其免遭破坏。昆虫在树木上产卵,之后孵化出幼虫。可他们允许树木被运出森林,这样一来幼虫就会被运到锯木厂和木材厂。它们就这样毫无痕迹地死去,无人问津。这一过程里好像谁都没有错。

"这个森林里每一棵粗壮的树上都满是扁甲幼虫。"他说,"砍伐森林时,一部分树枝会被烧掉。他们把满是幼虫的树枝扔到火里。"

我当时在想,每一次不公平的死亡都应被公之于众,即使是昆虫之死也是如此。无人问津的死亡将变成更大的丑闻。因此我欣赏波罗斯正在做的事。是的,他说服了我,让我完全站在了他的一边。

其实我本来就打算去散步,但我想让散步变得既有趣又有实际意义。于是我和波罗斯一起去了森林里。他使粗壮的树木在我眼前揭开了自己的神秘面纱,普普通通的树干整个变成生物的王国,里面有走廊、房间、通道,它们在那里产下珍贵的虫卵。幼虫可能没那么漂亮,但它们的信任令我动容——把自己的生命托付给了树木,却没想到这些屹立不动的硕大生物实际上是如此脆弱,而它们的生死则完全取决于人类的意愿。我难以想象幼虫在火中死去的样子。波罗斯拿起枯枝,把另一些罕见和不那么罕见的物种指给我看:隐士甲虫,红毛窃蠹——谁能想到它会待在这脱落的树皮下面。还有金绿步行虫——啊,原来它叫这个名字;我见过它那么多次,但对我来说,它一直都是亮晶晶的无名氏。漂亮的阎魔虫就像是一滴水银。欧洲大锹形虫,多么有趣的名字。真应该用昆虫、鸟和其他动物的名字给孩子取名:纹锹甲·科瓦尔斯基、果蝇·诺瓦克、乌鸦·杜舍依科。这仅是我记住的其中几个名字。波罗斯挥手施法,比画了几个神秘的符号,不知名的昆虫、幼虫和一堆虫卵就突然出现了。我问他哪些虫子是有用的,没想到这个问题竟让波罗斯大发雷霆。

"在大自然的领域,没有'有用的生物'和'无用的生物'之说。这只是人类对物种进行的一种极不明智的分类。"

日落西山,暮色降临。因为他没有睡觉的地方,我便邀请他到家里过夜……我为他把休息室的床铺好,后来我们又坐了一会儿。我把鬼怪来做客时剩下的半瓶利口酒拿了出来。波罗斯先是给我讲了许多国家林业局干的肮脏勾当和他们滥用职权的行径,后来他也放松了一些。我难以理解,为什么他对这个叫国家林业局的机构有着如此情绪化的态度。这个机构唯一能让我联想到的就是护林员"狼眼"。这么叫他,是因为他有着细长的瞳孔。他也是一个正派的人。

波罗斯就这样在我这儿待了好几天。他每晚都说,第二天他的学生或那些抗议国家林业局行动的志愿者会来接他,但第二天要么他们的车坏了,要么他们必须得赶去处理要务,要么半路被留在华沙了。有一次他甚至说他们弄丢了装证件的包,如此种种。我已经开始害怕波罗斯会像扁甲的幼虫一样在我家里孵化,到时就只有国家林业局的人能把他从这儿熏走了。虽然我知道他尽量不给我添麻烦,甚至还给我帮忙,比如他特别努力地仔细打扫了卫生间。

他的背包里有一个小型"实验室",那是一个装着试管和小瓶子的盒子。据他说，瓶子里是某些化学合成的物质，极接近天然昆虫的信息素。他和他的学生用这些强效化学药剂做实验，在必要的情况下吸引昆虫，诱使它们在别处繁衍。

"你要是在树上抹一小块，雌甲虫就会蜂拥而至，在那里产卵。周围整片地区的雌甲虫都会跑到那棵树那儿，它们在几公里外就能闻到。只要几滴就够了。"

"为什么人不会这样散发气味？"我问道。

"谁跟你说，人不会散发气味了？"

"我什么都感觉不到。"

"你可能不知道你感受到了，亲爱的，你仍沉浸在人类的骄傲中，坚信着自己的自由意志。"

波罗斯的存在，让我回忆起和别人共同居住的状态。这是多么的尴尬啊。还会大大地分散注意力，让你偏离自己的想法。另一个人甚至不用做什么惹人生气的事，仅仅是在那儿待着，就能把你激怒。每当清晨他出门去森林里的时候，我就会为美好的孤独而祈祷。我想不明白，有的人怎么能在不大的空间里共同生活几十年？同床共枕，冲着彼此呼气，在睡梦中不经意地碰到对方。这种事也不是没在我身上发生过，我曾经和一个天主教徒同床共枕，到头来却什么好事也没发生。

第十一章　蝙蝠的歌声

"红胸知更鸟被困于囚笼，

天神为之震怒。"

致警察局：

今年一月我的邻居身亡，一个半月后警察局长身亡，但本地警察局对两起案件的调查均没有任何进展，令我深感不安，并迫使我写下这封信。

两场悲剧都发生在我周遭，相信各位可以理解我的担忧与不安。

我个人认为有许多确凿的证据显示他们是被**谋杀**的。

我和我的朋友们虽未目睹案发过程，却是在警察之前第一时间抵达了案发现场，这是事实。若不是因此（我知道，事实对于警察而言，如同砖块之于房屋，抑或细胞之于生物——是事实构建了整个调查体系），我也绝不会如此断言。在第一个案件中与我一同抵达案发现场的是我的邻居西弗耶尔施臣斯基，第二次则是我以前的学生，迪迦。

我认为，有很多证据可以表明二人是被谋杀的：

第一：两起案件的案发现场都曾出现过动物。在第一起案件中，本人及证人西弗耶尔施臣斯基均亲眼见到在大脚的屋子周围有一群鹿出没（与此同时，它们的同伴已成了受害人厨房里的残羹冷炙）。而在警察局长的案件中，两名证人（包括笔者）在陈尸的那口井周围的雪地上曾发现大量鹿蹄印。可惜天公不作美，这些可以把我们直接引向两起罪案凶手的关键证据很快就被毁掉了。

第二：通过研究死者的星位图（俗称星盘），我得到一个很有意思的结论，两起案件中的被害者显然都有可能是被**动物**攻击致死的。二人星位图中的行星位置分布极为罕见，因此我建议警察局对此引起重视。随信附上两幅星位图，希望警察局的占星学家可以研究一下，以此证明我的结论。

此致

杜舍依科

※

波罗斯在我家留宿的第三天或第四天，鬼怪跋涉而至。这又该算是一件大事，因为他几乎从未拜访过我。我感觉他好像是来做调查的，我家里有个陌生男人让他有点不安。他走路半弓着身子，一只手扶着后腰，脸上一副痛苦的表情，叹了口气，坐下了。

"后腰痛。"他直接说了这么一句。

原来他想新建一条从小院通往房子的小道，谁料刚在桶里搅拌完水泥，已经要把它倒出来了，弯腰去拎水泥桶的时候，脊椎里有个东西发出一声脆响。疼痛让他没法把腰挺直哪怕一点点，所以他还保持着伸手拎桶的姿势，看着很不舒服。直到现在他才感觉好了一点，于是过来叫我帮忙，因为他知道我懂各种建筑，也知道我去年是怎么用类似的方法倒水泥的。他用审视的眼神瞟了一眼波罗斯，尤其把注意力集中在了他的小辫子上，他肯定觉得小辫子只是波罗斯特立独行罢了。

我介绍他们认识，鬼怪伸出了手，但明显态度很犹豫。

"在这附近转悠不太安全，因为现在这儿有怪事发生。"他用威胁的语气说道，但波罗斯无视了他的警告。

为了避免水泥凝固在桶里,我们立刻赶了过去。我和波罗斯一起干活,而鬼怪则坐在椅子上,用建议的口吻向我们发号施令,每句话的开头都是:"我建议你们……"

"我建议你们一点一点地倒,这边一点儿,那边一点儿,等铺平了以后再往上加。我建议你们在它没固定住之前先等一会儿。我建议你们不要互相妨碍,因为这会造成麻烦。"

他的话让人相当气愤。但干完活之后,在温暖的太阳照耀下,我们坐在他房前,那里的芍药在慢慢次第盛开,整个世界都像是被薄薄地镀上了一层金。

"你们这辈子都做过什么?"波罗斯突然问道。

这个问题来得如此意外,使我瞬间陷入了回忆。往日情景开始在我眼前浮现,回忆就是这样,记忆中的一切总是比现实更美好。说来奇怪,我们竟一下都沉默了。

对我这个年纪的人来说,已经没有哪个地方能够让我产生归属感,让我真正眷恋。那些度过童年与青春的地方、昔日度假的乡村、初恋时那个长椅不太舒服的公园、曾经生活的城市、咖啡店和家,都已不复存在。让人更心痛的是,即便它们的形态外观依旧,也早已人去楼空只剩空壳。我无处可归,似是被锁在囚笼。牢房的墙壁就是眼前的地平线,墙外则是属于他人的陌生世界。对于像我这样的人来说,只有"此时此地",因为每一个

"以后"都是模棱两可,每一个"未来"都是勉强勾勒而难以预测,如同轻风拂过便可摧毁的海市蜃楼。当我们如此坐着默默不语时,我的思虑却没有停止。这胜过言语。我不知道两个男人当时在思考些什么,也许与我相同。

我们约定晚上再见面,三个人一起喝了点红酒,甚至还一起唱起了歌。我们从《今日无缘到你身边》①开始,但唱得低怯,好似"夜晚"硕大的耳朵埋伏在朝着果园的窗外,准备窃听我们的每一缕思绪,每一个词语,甚至是每一句歌词,之后把它们递交到最高法院进行审查。

只有波罗斯满不在乎。这倒是可以理解——他没有在自己家里,而客人们的表演往往是最为最疯狂的。他靠在椅子上,装作弹吉他的样子,闭着眼睛开始唱:

"得儿 衣兹 鹅 豪斯 音 纽 奥尔林斯

得一 考 泽 瑞京 散……"②

而我们就像着了魔一般,竟然找着了曲调和歌词,面面相觑,惊讶于这突如其来的共鸣,一起唱了起来。

---

① 波兰语:*Dziś do ciebie przyjść nie mogę*,创作于二战时期的一首波兰军歌。
② 波罗斯用带着波兰语口音的英语演唱美国传统民间音乐《日昇之屋》(英语:*The House of the Rising Sun*)。

结果发现，我们三人都只会唱到"哦母亲，告诉你的孩子"这句，凸显了我们糟糕的记忆力。从那段开始我们只能跟着曲调随意附和，假装知道自己在唱些什么，实际上却茫无所知。我们会突然放声大笑。啊，当时是如此的美好而令人动容！后来我们静静地坐着，努力回忆着其他歌曲。不知道其他两位歌手情况如何，反正我的整个歌单都从脑子里飞走了。波罗斯从房里拿来了一个小塑料袋，从里面拽出来一株干草药，开始用它卷烟。

"老天爷，我二十年没抽烟了。"鬼怪突然说道。只见他两眼放光，我则一脸惊奇地望着他。

那个夜晚很明亮。六月的圆月被叫作"湛蓝满月"，因为那时月亮会呈现出极其美丽的蓝色。根据我的《星历表》上所载，那一夜只有五个小时。

我们坐在果园里的老苹果树下，树上已经结出了苹果。果树窸窸窣窣，散发着阵阵香气。我失去了对时间的感知，每句话语之间的停顿似是永无休止。时间在我们面前展开，我们聊了整整几个世纪，重复着相同的语句，一次由这张嘴里道来，一次又从另一张嘴里吐出。我们已然忘了正在反驳的论点正是自己之前捍卫的那个。事实上我们根本没有互相争论，而是进行了一次谈话，一次三方对话。参与对话的是三个物种——属于另一人种的人类、半人类和半兽类。我知道在花园和森林中有许多我们的同类。我们的脸被毛发遮盖着,都是些奇怪的生物。蝙蝠聚集在树上唱着歌。它们尖细、颤抖的声音轻击着迷雾极微小的颗粒。笼罩着我们的黑夜开始轻轻地敲钟,召集所有生物进行夜间的礼拜。

波罗斯已在屋子里消失得无影无踪,而我和鬼怪则一言不发地坐在一起。他的眼睛睁得大大的,紧盯着我,使我不得不避开他的目光,望向树影。我藏在那里。

"原谅我。"他只说了这么一句。我的脑袋像巨大的火车头一样开动了起来,只为了能够理解他的这句话。鬼怪要我原谅他什么呢?我回想起曾有几次跟他打招呼没有得到他的回应。或者我给他送信的时候,他隔着门槛和我说话,没有让我进屋,走进他美丽整洁的厨房里。还有我疾病缠身差点在床上咽气时,他从没关心过我。

但这些都不是我要原谅他的事啊。也可能他想的是自己那穿着黑色大衣的儿子,冷漠而又面带讽刺。那又怎样,毕竟我们也无法替自己的孩子负责。

波罗斯总算出现了。他站在门中间,拿着我的笔记本电脑,反正之前他也已经用过了。他把自己的狼牙形状的挂件插入了电脑。寂静持续了好一段时间,我们一直在等待着某种信号。

最后我们听到了雷鸣,但它既没有令我们感到惊奇,也没有吓到我们。雷鸣盖过了迷雾的钟声。我感觉这音乐是最合时宜的,似是专门为那一晚所创作。

"风暴中驰骋的骑士"①——歌声从某处传来。

> 风暴中驰骋的骑士
>
> 从我们的诞生之地出发
>
> 来到我们被遗弃的世界
>
> 像一条没有骨头充饥的狗
>
> 一个孤独的演员
>
> 风暴中驰骋的骑士

波罗斯在椅子上轻荡,嘴里低声吟唱。同样的歌词循环往复,始终未变。

"为什么有的人又坏又讨人厌?"波罗斯煞有介事地问道。

"土星。"我说,"依据古代传统的托勒密占星术,这是土星造成的。因为土星的一些不和谐的相位带来的力量会塑造卑鄙下流、孤独、哀怨的人。这种人对他人存在敌意,他们胆小、无

---

① 美国著名摇滚乐队大门(The Doors)的经典乐曲。——编辑注

耻、阴郁、言语下流,不关爱自己的身体,醉心于阴谋之中。他们永不知足,对任何东西都不满意。你说的是这种人吗?"

"这可能还是教育的失误。"鬼怪补充道,一字一顿,吐字清晰,仿佛害怕过一会儿舌头就会戏弄他,让他说出截然不同的话语。这句说完,他又鼓起勇气说出第二句:"或是阶级斗争。"

"或是卫生课没上好。"波罗斯补充道。我于是接着说道:"恶母。"

"严父。"

"童年时的性骚扰。"

"非母乳喂养。"

"电视。"

"饮食中缺乏锂和镁。"

"股市。"鬼怪充满激情地喊道,但我觉得他说的有些夸张了。

"不是,你别闹了。"我说,"怎么影响的?"

"创伤后应激反应。"

"心理物理结构。"

这些想法在我们之间激荡,直到穷尽所有思绪,这样的讨论使我们感到非常愉悦。

"还是土星吧!"说完我便笑得前仰后合。

我们把鬼怪送回了家,过程中尽量控制着动作幅度,以免吵醒女作家,但最后还是没能成功,因为每过一会儿我们就咯咯地笑一次。

准备入睡时,红酒使我和波罗斯鼓起勇气拥抱在了一起,感谢那个美好的夜晚。后来我还看到他在厨房里吃药,直接用自来水把药送服了下去。

我觉得这个波罗斯是个很好的人,有自己的疾病也是正常的。健康是一种不确定的状态,也不预示着什么好兆头。泰然自若地病着反倒更好,那样我们至少知道自己会因什么而死。

他夜里来找我,坐在了我的床边。我没睡。

"你睡了?"他问道。

"你信教吗?"我必须得问他这个问题。

"信。"他骄傲地答道,"我信无神论。"

我觉得这个回答很有趣。

我掀开被子,让他睡过来,但因为我既不多愁善感,也不感情用事,所以就不再多言了。

※

第二天是周六,迪迦一大早就露面了。

当时我正在自己的小花园里忙着验证我的一个理论。我认为我能找到证据证明我们继承了违背现代遗传学研究结论的表现型①。我发现某些因此而形成的特征会在后代中不规律地出现。所以三年前,我开始着手再次进行孟德尔的豌豆实验,目前还正在实验的过程中。我在花瓣上切出一个小口,现在已经是第五代了(一年两代),之后再进一步验证,观察种子是否能长出花瓣受损的花朵。我必须得说,这个实验的结果着实令人鼓舞。

迪迦那辆晃晃悠悠的车从转弯处急匆匆地拐了出来,匆忙到可以用气喘吁吁、情绪激昂来形容。迪迦兴奋地从车里出来。

"他们发现了福南特沙克的尸体,是真的死了,已经死了好几个星期了。"

这让我一下感到十分虚弱,赶紧坐了下来。我没有任何心理准备。

"那也就是说他没和情人跑掉。"波罗斯拿着一杯茶从厨房里走出来,毫不掩饰自己的失望。

迪迦看了看他,又不确定地看了看我,震惊地沉默了。我只好赶紧介绍他们认识。他们握了一下手。

---

① 具有特定基因型的个体在一定环境条件下表现出的性状特征。——编辑注

"哦,这个大家早就知道了。"迪迦已经没那么兴奋,"他的信用卡还在,银行账户也没动过,就是护照始终没找到。"

我们在屋子前坐了下来。迪迦说是偷木贼找到的他。他们昨天下午从狐狸养殖场一侧进入森林,当时已接近黄昏,就这样偶然发现了尸体残骸。他们是如此说的。尸体的碎块散落在过去挖黏土所形成的坑里,四周都是蕨类植物。尸体的残骸相当骇人,碎块扭曲着,完全不成型。过了一会儿他们才意识到那原来是一具人的尸体。他们被吓得拔腿便跑,但良心却一直斥责着他们。他们当然不敢报警,因为报了警他们的盗窃行径就会被发现。不过他们也可一口咬定自己只是路过……当天晚些时候,他们打电话报了警,警队在深夜赶来并通过残留的衣物初步认定死者是福南特沙克,因为他穿着很别致的皮夹克。周一我们就能知道一切了。

后来鬼怪的儿子把我们的行为称作"儿戏",但我却觉得那时我们异常清醒。事情是这样的,我们坐上"武士",立即开到了狐狸养殖场后面的森林里,也就是发现尸体的地方。然而行事"儿戏"的却不止我们——这里来了大约两百人,特兰西瓦尼亚男男女女、林业工人,包括那些留着胡子的男人,都在这儿。警察用橙色塑料胶带在树中间拉起了警戒线,看热闹的人在规定的距离外很难看清任何东西。

一位中年妇女向我走了过来,对我说:

"他可能在这儿躺了好几个月了,已经被狐狸咬得差不多了。"

我点点头致意。我认出了她,我们经常在"好消息"的店里碰到。她叫茵诺岑塔,这个名字给我留下了十分深刻的印象。除了名字,她似乎没什么可让我嫉妒的了——有几个不中用的儿子,没一个靠得住。

"那些男人们说,他浑身都发霉了,整个儿都是白色的。"

"这有可能吗?"我惊恐地问。

"是的呢,"她十分自信地说,"还说他腿上有金属线,勒得就像长进肉里了一样。"

"圈套,"我确信地说,"他肯定掉进圈套里了。他们一直都把圈套设在这儿。"

我们沿着警戒线挪动,试图看得更清楚些。案发现场总是能唤起人们的恐惧,所以看热闹的人几乎都默不作声,就算是说话,声音也很小,像是在墓地一样。茵诺岑塔退到我们身后,在所有被吓得沉默的人后面说:

"可是掉进圈套也死不了人啊。牙医始终坚持说这是动物在复仇。因为他们打猎,您知道吗? 他,还有那个警察局长。"

"对,我知道。"我对消息能传得如此之快感到震惊,"我也是这么认为的。"

"真的?您也认为有可能是动物……"

我耸了耸肩。

"这个我知道。我觉得是动物在复仇。有些事我们虽然无法理解,但却能准确地感觉到。"

她琢磨了一会儿,最后同意了我的观点。我们绕着警戒线走了一圈,停在了一个合适的地方,那里能够看清警车和戴着橡胶手套蹲在枯枝落叶旁的男人。显然警察正在搜集所有可能的线索,以免犯下和警察局长案件里相同的错误。他们也的确是错了。我们没法再走近了,两个穿着制服的人像撵一群鸡似的,把我们撵回了路上。但看得出他们在非常努力地寻找线索,还有几个警员在满森林地搜寻,不放过任何一个细节。迪迦被他们吓到了。在这种情况下他可不想被认出来,毕竟他还在警察局干活。

那天下午天气晴好,我们在屋前喝着下午茶。这时迪迦提出了自己的分析:

"这样的话整个假设都不成立了。我一直以为是福南特沙克把警察局长推到了井里。他们之间有利益纠葛,于是争吵了起来,警察局长甚至有可能威胁了他。总之他们曾在井边见面,然后开始互相拉扯，这时候福南特沙克推倒了他，事情就是这样。"

"但现在的情况比我们想得还要糟，罪犯还是没抓到。"鬼怪说。

"再想到他还在这附近的某个地方转来转去。"迪迦伸出手去拿草莓点心。

草莓于我食之无味，我在想是因为他们用脏东西给它施肥，还是因为我们的味蕾和我们一样在变老，再也感受不到过去的那种味道了。这又是一件无法挽回的事。

喝茶的时候，波罗斯开始从专业角度讲解昆虫是如何参与尸体分解的。我也被他说服，决定黄昏之后再开车去一次森林，那时候警察一定已经走了，波罗斯就能进行自己的实验了。迪迦和鬼怪都认为这是令人毛骨悚然的怪癖，心生嫌恶，留在了院子里。

※

橙色警戒线在森林柔和的黑暗中散发着磷光。一开始我不想走得太近，但是波罗斯却意志坚定，毫不客气地拖着我。我站在他身边，他头上戴着照明灯，灯光照在蕨类植物中间的地被植物上。他用手指在林下植物里翻找着昆虫的足迹。说来奇怪,黑夜祛除了所有色彩,像是对世界的奢靡气息嗤之以鼻。波罗斯低声地自言自语,而我则心弦紧绷,脑子里闪过一个画面:

福南特沙克每次来到养殖场时,只要往窗外一望,就能看见森林和长满蕨类植物的林墙。那一天他正好看到了漂亮的、毛茸茸的红毛野狐狸。它们一点都不害怕,像狗一样坐下来,然后一直挑衅地望着他。可能他贪婪的心中出现了某种念想——又可以轻松地赚上一笔了!这种温顺的漂亮狐狸极易上钩。接着他又想到,它们怎么会这么温顺还这么信赖人呢?莫不是和笼子里养的那些狐狸杂交了?不对,不可能的,那些狐狸可是又大又漂亮,只不过短短一生只能在那小小的空间里转圈,小到鼻子都能碰到自己宝贵的尾巴。所以那天晚上,他又看到了这群狐狸,于是毅然决定跟在它们后面,亲眼看看是什么东西像魔鬼一样诱惑着自己。他套上皮夹克就出了门。一出门便看见美丽高贵、脸上透着机灵的小动物正等待着他。"啧啧,啧啧。"他像唤小狗一样唤着它们,但他走得越近,它们就越往森林的方向退。森林在这个季节还是光秃秃、潮湿的。他可能觉得抓住一只应该不是什么难事,琢磨着很快就能得手。他也曾想过——这些狐狸可能是疯了的。但在那个时刻,这些对他来说都已无所谓。何况他被狗咬的时候已经打过一次狂犬疫苗了。他还朝那只狗开了一枪,最后不得不用枪托才把它打死。所以就算是疯的又怎么样。狐狸像是在和他玩某种诡异的游戏,在他眼前若隐若现。就这么三番两次过后,他仿佛看到了一种更小的漂亮狐狸,毛茸茸的。最后,其中那只最大最壮的雄狐狸在他面前从容地坐下。安泽尔姆·福南特沙克惊讶地蹲了下来,弯着腿慢慢地往前挪,一只手伸到身前,假装手里拿着什么好吃的东西,试图把那只狐狸引诱过来,好把它变成漂亮的领子。突然,他意识到自己似乎被什么东西缠住了,双腿寸步难移,无法继续朝着狐狸前进。一条裤腿被卷了起来,脚踝上似乎感觉到一个金属的、冰凉的东西。他用力扭动了一下腿,等他意识到这有可能是一个捕猎圈套后,本能地向后挣扎,但为时已晚。这个动作给他判了死刑。金属丝拉得愈发紧了,弹出一个简易抓钩,一棵钉在地上的小桦树突然挺直了,把福南特沙克的身体猛地弹到了空中,力道之大使他瞬间被吊在半空,两腿直晃。这样的状态只持续了片刻,他便动弹不得。过了一会儿,桦树终于不堪重负,福南特沙克就这样落到了地上,落到了枯枝落叶下长满蕨类植物的坑里。

波罗斯现在正跪在那个地方。

"麻烦给我照个明,"他说,"这儿好像有郭公虫幼虫。"

"你相信野生动物能置人于死地吗?"我问道,思考着眼前所看到的景象。

"相信啊,当然相信。狮子、豹子、公牛、蛇、虫子、细菌、病毒……"

"像鹿这样的呢?"

"它们肯定可以。"

所以他是站在我这边的。

可惜我看到的画面解释不了养殖场的狐狸是怎么跑到外面的,也无法说明(他腿上的)圈套是如何致死的。

"我找到了蜱螨、郭公虫、黄胡蜂幼虫和蠼螋,就是大家常说的耳夹子虫。"晚饭的时波罗斯如此说道。晚饭是鬼怪在自己家厨房做好后端过来的。"当然啦,还有蚂蚁。对了,还有很多霉菌,但是它们在警察挪走尸体时被破坏得很严重。依我看,这说明当时尸体正处于酪酸发酵阶段。"

当时我们正吃着面条,酱汁正是用霉菌发酵的奶酪做的。

"也不知道,"波罗斯继续说道,"是霉菌还是尸蜡。"

"你说什么呢?尸蜡是什么?你从哪儿知道的这些东西?"鬼怪满嘴面条,把玛丽莎抱在膝盖上。

波罗斯解释说,他曾在警察局担任顾问,还参加过一些埋葬学的培训。

"埋葬学?"我问道,"那是什么啊?"

"是关于尸体分解的学科。'Taphos'在希腊语里意为'埋葬'①。"

"我的天啊!"迪迦深吸一口气,像是请了某个神灵前来。当然,其实什么都没发生。

"这意味着尸体可能已经在那儿躺了四五十天。"

我们赶忙在心里计算着时间。迪迦是我们几个里脑子最快的:

"也就是说可能是三月初。"他若有所思地说,"警察局长死后的一个月。"

此后的整整三周里,这成了人们唯一的话题。但现在附近一带关于福南特沙克之死有诸多版本。迪迦说福南特沙克三月份失踪后,警察根本没找寻过他,因为他那个众人皆知、连妻子都默认的情人也失踪了。虽然他身边的熟人对如此突然的不辞而别也感到奇怪,但大家都以为福南特沙克一定是在干什么不可告人的勾当,没人愿意多管这些闲事。甚至于他的妻子也接受了丈夫的失踪,也许这正是她所求之不得的。她早已提

---

① 埋葬学英文为 taphonomy。

出离婚,但现在看来这已没有必要。她直接成了寡妇。或许这样对她来说反倒更好。福南特沙克的情人后来也出现了,原来他们十二月时就已分手,从圣诞节开始她就一直住在美国的姐姐家。波罗斯认为,既然当时警方已对福南特沙克有所怀疑,就应该立即发布一道通缉令。但也有可能警察知道一些我们不了解的情况。

之后的那周,我在"好消息"店里听到人们在议论,有某种喜欢杀人的动物在附近一带悄悄游荡。又有消息说去年在奥波莱一带鬼鬼祟祟晃悠的正是这种动物,唯一不同的是它在那里的攻击对象是家养动物。现在村里的人都吓得要命,晚上所有人都锁紧房子和仓库。

"我也把栅栏上的洞都钉上了。"养贵宾犬的先生说道,这次他买了件优雅的马甲。

看到他和他的贵宾犬我感到十分高兴。那只狗乖乖地坐着,机灵地看着我。贵宾犬比人们想得还要聪明,虽然从表面上完全看不出来。还有很多动物也是如此,只是人类往往忽视了它们的智力。

我们一起从"好消息"的店里走出来,在"武士"前面站了一会儿。

"我还记得您当时在市政局说的那些话,很有说服力。这不仅仅是动物杀人的事,而是对所有动物的思考。也许因为气候变化,连鹿和野兔都变得有攻击性了。现在它们开始展开报复了。"

那位老先生这么说着。

波罗斯走了。我开车把他送到了城里的车站。他的学生最后也没来接他,因为这些环保主义者的车彻底坏了。可能压根就没有什么学生。也许波罗斯在这儿还有些什么别的事要处理,不仅仅是寻找红翅扁甲。

连着几天我都在想他——卫生间里摆着他的护肤品,甚至他用来喝茶的茶杯还满屋子乱放着。他每天都打电话来。后来少了些,差不多两天一次。他的声音仿佛是在另一个维度里,在波兰北方的某个幽冥里,那里的树有几千岁,庞大的动物在树丛中缓慢地移动着,游离在时间之外。我静静地接受着波罗斯·施耐德这个昆虫学家和埋葬学家的画面一点点黯淡下去,只剩下他那灰白的小辫子悬在空中,荒诞不经。一切都终将消逝。

聪明的人一开始便明白这个道理,从无惋惜,没有遗憾。

第十二章　卓柏卡布拉[1]

"乞丐的狗和寡妇的猫,

喂之你便大腹便便。"

六月底连日的阵雨,是属于这里的夏天。每到这个潮湿弥漫的时候,总能听到小草在簌簌地生长,常春藤又悄悄爬到了墙上,菌丝在地下蔓开。一场雨后,太阳短暂地从云层中穿破而出,一切都浸满了阳光,让人眼含泪水。

我每天都会去看看小溪上的那座桥,看看湍急的溪流有没有将它冲毁。

一个温暖的雷雨天,鬼怪怯生生地前来找我帮忙。原来采

---

[1] 传说中的一种吸血动物。

蘑菇爱好者协会将在圣约翰之夜举办一场舞会，他想让我帮他做一件衣服，好在舞会上穿。在得知他是这个协会的出纳之后，我倍感惊讶。

"还没到采蘑菇的季节吧。"我没底气地说着，不知道他听到后会是什么反应。

"你搞错了。一般乳牛肝菌和伞菌一长出来就可以开始采了，通常是六月中旬。这之后就没时间再办舞会了，到时我们就要开车去采蘑菇了。"他说着便伸出手来，手里攥着两个漂亮的红色疣柄牛肝菌，以证实自己所言非虚。

当时我正坐在露台上研究星象。五月下旬开始，海王星与我的上升星座之间相位极佳。据我观察，这对我产生了激励的作用。

鬼怪试图说服我与他一起去参会，甚至还想让我立即注册，把会费交上。但我不喜欢加入任何组织。我快速扫了一眼他的星盘，发现海王星和金星的相位对他也极为有利。说不定去参加采蘑菇爱好者的聚会的确是个好主意？我看了他一眼。他坐在我前面，穿着褪色的灰衬衫，膝盖上放着一小筐草莓。我去厨房拿了碗来，我们便开始择草莓，动作很是麻利，因为它们已经熟透了。他还是用他那个小夹子。我也试过用小夹子把梗去掉，但最后发现还是用手指顺手一些。

"你的本名叫什么?"我问道,"你姓氏前面的'西'是什么意思?"

"西弗彦托派乌克。"他沉默了一会儿,头也不抬地回答道。

"天哪,不会吧!"我下意识地喊出了声。定下神来我却想着,无论是谁给他起的这个名字,都该给这个人打满分。西弗彦托派乌克。坦白实情仿佛使他瞬间松了一口气,他拿起一颗草莓放入嘴里,说道:

"我父亲给我起的,为了气我母亲。"

他的父亲是一个煤矿工程师,战后作为专家被派到瓦尔登堡开采一个德国人留下来的煤矿。瓦尔登堡后来也改叫瓦乌布日赫了。跟他父亲一起工作的同事中有一个年纪较大的德国人,当时担任煤矿技术室主任。因为刚接手这座煤矿,波兰人在煤矿开采设备运转起来之前必须得留一个德国人做指导。彼时那座城市完全是一座空城,火车每天拉来新的工人。所有工人都住在同一个地方,同一个街区,好似这座空荡的城市使他们惶恐不安。这个来自德国的主任总是竭尽所能地以最快速度完成自己的工作任务,好在下班后赶回那个叫施瓦本还是黑森的地方。有一次他邀请鬼怪的父亲到家里来吃饭,这位年轻的工程师就这样看上了主任俊俏的女儿。让这对年轻人结婚,无论是对这座煤矿,对主任,还是对政府而言,都是最好的结果。这样一来政府就能把这个德国人的女儿当作某种人质了。这段婚姻从一开始就不是十分美满。鬼怪的父亲把时间都花在了工作上,经常下井。当时井下条件艰苦,无烟煤要从矿井的最深处开采。即使是这样他也宁可在井下待着,觉得比地面上来得舒坦,这令人难以想象。等到煤矿开采步入正轨,他们的第一个孩子也出生了。是个小女孩,取名日维娅①,以此庆祝波兰收回西部的领土。可是渐渐的,这对夫妻再无法容忍对方。西弗耶尔施臣斯基每次回家走的是一个单独的小门,他还把地窖收拾出来,作为自己的书房和卧室。他们的儿子——也就是鬼怪,正是在那时候出生的,也许是分别时最后一次性爱的果实。也正是那时,工程师得知自己的德国妻子仍无法正确说出自己的新姓氏②。于是在一种如今已无法理解的报复情绪驱使下,他给儿子取名西弗彦托派乌克。那个始终叫不出孩子名字的母亲,把自己的孩子抚养到高中毕业就死了。他的父亲则犹如丧失了心智,一直在别墅的地下加建房间和走廊,就这样在地下度过了余生。

"可能我的这些怪癖都是从父亲那儿继承的。"鬼怪讲完了。

---

① Żywia,斯拉夫民族的女性名字,源自斯拉夫神话中生命、孕育、春之女神日维娅。
② 波兰有冠夫姓的习俗,女子在结婚后便开始用丈夫的姓氏。

这个故事深深地打动了我，也许是因为从未听他说过如此多的话（之后也没有）。我很想知道后来发生了什么，比如我十分好奇黑大衣的母亲是谁，但鬼怪似乎已陷入疲惫与失落。不知不觉中，所有的草莓都被我们吃完了。

既然他已将真名如实相告，我就无法再拒绝他了。下午我跟他一起去参加了那个会议。"武士"发动时，我放在后备厢里的工具反复碰撞着。

"你在后面放了些什么？"西弗彦托派乌克问道，"便携冰箱？便携油桶？铁锹？你装着这些干吗？"

他难道不知道独自在山里生活的人都得自力更生吗？

当我们抵达时，所有人都已落座，大家正喝着直接在玻璃杯里冲泡的浓咖啡。我惊讶地发现，原来有那么多人加入了"美味牛肝菌"采蘑菇爱好者协会。有我在各个商店、报刊亭和街上常常碰到的熟人，也有一些生面孔。能把大家聚在一起的，正是这件事——采蘑菇。率先发言的是两个像松鸡一样的男人，他们一边讲着那些被他们称之为"奇闻异事"的乏味经历，一边还要努力盖过对方的声音。另外几个人试图让他们安静下来，却收效甚微。坐在我左边的女士告诉我，舞会原本定在消防站里举办，但因为那儿离狐狸养殖场很近，离"牛心角"也不远，因此遭到了一些成员的反对。

"毕竟有我们都认识的人死在了那个地方,在附近举办舞会不太合适。"主持会议的人说道。我欣喜地发现,主持人正是学校的历史老师,没想到他也有采蘑菇的爱好。

"这只是其中一个原因。"坐在我对面的格拉日娜女士说。她经营着一个报刊亭,时常给我留报纸。"此外,那儿仍然十分危险,如果有人想到外面抽支烟……"

"我在此提醒一下大家,室内禁止吸烟。酒我们也只能在里面喝,这是舞会举办许可上的要求。否则会被当作在室外公共场所饮酒,那就是违法的了。"

人们开始窃窃私语。

"怎么会呢?"一个穿卡其色马甲的男人喊道,"比如我喝酒的时候就习惯抽支烟,反之亦然。那我该怎么办?"

主持会议的历史老师有些不知所措,场面一度混乱,所有人都开始出谋献策,想解决这个问题。

"可以站在门口,拿着酒的那个手在屋里,拿着烟的那个手放外面。"坐在最后排的一个人喊道。

"那烟还是会飘到里面的……"

"那儿有一个带屋顶的露台。不知道门廊是在里面,还是外面?"另一个人冷静地问道。

主持人用力拍了一下桌子。与此同时,迟到的董事长也走了进来,他是协会的荣誉会员。所有人都安静了下来。这位董事长是那种习惯于享受万众瞩目的人。他从年轻时开始就一直在一些委员会里任职:学生会、波兰人民共和国时期的少先队、县议会、采石集团以及其他所有能参加的董事会。虽然他也担任过一届参议员,但所有人还是叫他董事长。他对管理和决策驾轻就熟,立刻就把问题给解决了。

"我们要在门廊搞自助餐,对吧?那就把露台作为缓冲区。"他自以为优雅地开了个玩笑,但应者寥寥。

不得不承认,他的确仪表堂堂,虽然大肚子有些许破坏形象。他自信而有魅力,木星般的体格能够激起他人对他的信赖,给人一种非常好的印象。啊,是的,这个人生来就是一个领导者,除此之外,他什么都不会干。

董事长自鸣得意地做了一番简短的演讲,告诉大家:即使悲剧接连的发生,生活还是要继续下去。他在发言中穿插了许多小笑话,讲给他口中"美丽的女士们"听。他有一个许多人都有的习惯,时不时地会在句子里插入一个口语词。他爱说的那个词是——"对吧"。

对这种把多余的词语插入句子里的现象,我有着自己的看法:每个人都有被自己过度使用的表达,或是经常说一些使用不当的词语。这些词是他们思想的关键。我们常常会碰到"据说"先生、"一般"女士、"大概"先生、"他妈的"先生、"是不?"女士、"就好像"先生。而这位董事长,则是"对吧"先生。当然这些词语也是有流行趋势的,就如穿衣时尚一样,忽然间大家就如着了魔一般开始穿一样的衣服和鞋子。流行语也是一样,一夜之间大家都开始用相同的词。前一阵子流行的是"通常",而现在拔得头筹的则是"目前"。

"那个已故的人,对吧,"这时他做了一个动作,像是在进行告别,"是我的朋友,我们十分熟悉。他是一个狂热的采蘑菇爱好者,本来他今年要加入我们的。他是一个,对吧,很好的人,视野很宽广。他给大家提供了工作岗位,为此我们应该,对吧,心怀敬意。毕竟工作不是大街上随处可找的,天上也不会掉馅饼。他的死十分诡异,但警察呢,对吧,很快会查个水落石出的。我们不该自己吓自己,对吧,不该害怕、陷入恐慌。生命有它自己的法则,我们不能无视它们。要有勇气,我的朋友们,我美丽的女士们,我提议,是吧,给流言蜚语和毫无根据的歇斯底里画上一个句号。要信任,对吧,我们的政府,要活得有价值。"他说话的语气,就像是在参加一场即将到来的选举。

发言过后他就离开了,所有人都对他赞赏有加。

一个过度使用"对吧"一词的人,肯定是在撒谎,我忍不住这样去想。

参加会议的人又开始你一言我一语地讨论起来。有人又一次提到了去年克拉科夫郊区村子里的野兽事件。还有人质疑在消防站举办舞会是否安全,毕竟这个消防站位于这附近最大的一片森林的边上。

"你们记得吗,九月份的时候电视台还跟踪报道了警察在克拉科夫附近追捕一只神秘动物的行动?那个村里有一个人偶然拍摄到了一只正在奔跑的食肉动物,可能是一只年轻的狮子。"一个年轻人兴奋地说道。我记得在大脚的家里曾见过他。

"哎呀,你好像弄混了吧。狮子?在这儿?"穿卡其色衣服的男人说。

"不是狮子,是一只年轻的老虎。""快乐杆儿"女士说。我这么叫她是因为她个子高挑,有些许神经质。她给本地的女人剪裁的衣服十分精致,所以这个名字对她来说再合适不过了。"我在电视上看到过照片。"

"他说得对,你让他说完,就是像他说的那样。"会场上的女人们气哄哄地说。

"不管是狮子还是老虎,反正那个动物警察找了两天,动用了直升机和特种部队,你们记得吗?花了五十万,最终还是没找着。"

"也许他跑到这边来了?"

"它能用爪子扑死人。"

"它把人头都咬掉了。"

"卓柏卡布拉。"我说道。

屋里突然安静了下来。甚至那两只松鸡都目不转睛地看着我。

"卓柏卡布拉是什么?""快乐杆儿"不安地问道。

"是一种不会被抓到的神秘动物。动物复仇者。"

大家都议论纷纷。我看到鬼怪开始慌乱起来,他摩拳擦掌,好像准备立刻起身掐死面前的人一般。看来会议只能告一段落了,已无人能重新恢复秩序。我不该提卓柏卡布拉,为此我有一种深深的负罪感。但那又怎么样呢,就当是在参与竞选吧。

这个国家的人根本无法达成一致,也不可能建立某种统一的共同体,即使是打着美味牛肝菌的旗号也行不通。这是一个被个人主义占领的神经质国家,这个国家里的每个人一旦处于人群之中,就会开始教导、批评、冒犯人群中的其他人,展示自己毋庸置疑高人一等的地位。

我认为捷克则完全不同。那里的人能够心平气和地讨论,没有人与人之间的争吵。即使想吵也吵不起来,因为他们的语言压根儿不适合吵架。

※

我们很晚才到家，路上也一直愤愤不平。鬼怪默不作声，我则开着"武士"在崎岖的小路上抄近道。我很享受从一侧车门被甩到另一侧车门，在一个又一个水坑上颠来簸去的过程。我们简短地告了别："再见。"

我站在黑暗又空荡的厨房里，熟悉的一幕似是即将重演，是的——哭泣。我觉得应该控制自己不去想它，然后做点别的。于是我坐在桌旁，写下了这封信：

致警察局：

按照法律规定，我国各级政府及市政机构有义务在14日内对来信进行回复。而我至今未收到上一封信的回复，所以在此不得不再次对近期发生在我们身边的悲剧事件进行说明，同时报告我观察到的一些情况，希望能为警察局长和狐狸养殖场场长福南特沙克的神秘死亡事件提供线索。

关于警察局长的案件，虽然该案表面上看起来像是局长在执行危险任务时发生了意外，或许是一场不幸的巧合。但我想问问，目前警察局是否已确定以下几个疑点：**死者当时在那个地方做什么**？是否有任何已知的动机？对包括笔者在内的很多人来说，这件事都十分蹊跷。况且笔者本人曾到过事发现场，并发现了（或许这对调查来说至关重要）大量的动物脚印，主要是鹿蹄印。死者像是被诱惑下车，然后被引到灌木丛里。而灌木丛的下方就是那口致命的井。很可能是那些被他迫害过的鹿对他动用了私刑。

另一位受害者的情况也与之类似，但因为发现尸体时已过了太久，无法证实动物脚印的存在。但我们可根据死者的死状对事件经过进行推断。可以想见，死者被引诱到灌木丛中，落入了猎人们平时布置在那里的圈套，之后被夺去性命（具体以什么方式还需进一步查证）。

基于以上，造成这两起悲剧事件的凶手极有可能是某种动物。在此，我谨呼吁尊敬的警局同仁不要排除这种可能。我这儿有一些资料，也许能为这两起案件提供些许线索；毕竟动物犯罪可借鉴的先例不多。

我先得从《圣经》说起。《圣经》中明确记载，若牛杀死了女人或男人，就应被石头砸死。圣伯纳德驱逐了一群干扰他劳作的蜜蜂。因为导致了沃尔姆斯城的一个人的死亡，846年沃尔姆斯当地议会判处蜜蜂窒息死亡。1394年，法国的一群猪吃掉了一个孩子。母猪被判绞刑，但它的六个孩子因年幼而免于刑罚。1639年，法国第戎法院判决了一起马杀人案。这些案件不只是谋杀，还是违背自然的犯罪。1471年，巴塞尔曾发生过一起针对母鸡的审判。这只鸡因下了几个颜色怪异的蛋而被断定是受了魔鬼驱使，最后被烧死。在此我想强调一下，我认为思维的局限和人类的残忍的确是毫无尽头的。

最著名的诉讼案发生在1521年的法国，被告是造成多处损坏的老鼠。市民们把它们告上法庭，市政府还给它们指派了一个叫巴尔托罗密欧·沙塞尼的机智律师作为辩护人。第一次庭审时这位律师的辩护对象并没有出庭，沙塞尼以被告居所分散且在去法院的路上可能遇到危险为由，为其申请了审判延期。他甚至请求法院保证原告的猫不会在被告前往法庭的路上对其造成伤害。很遗憾，法院无法对此做出保证，所以庭审又数度推迟。最终，老鼠在律师巧舌如簧的辩护中得以被判无罪。

1659年，意大利的一个葡萄园被毛毛虫破坏，葡萄园主把法院的一纸传票钉在了附近的树上，以便毛毛虫知悉。

这些都是公认的史实，因此我希望警方认真考虑我的假设和猜想。这些史实可证明欧洲司法界的确出现过类似的案例,故可将其作为先例。

　　同时,本人申请对鹿和其他有犯罪嫌疑的动物给予免于刑罚的处置认定,因其被指控的罪名实则是对死者生前残忍行为的回应。根据我的仔细调查,两位死者皆是十分活跃的猎人。

此致
杜舍依科

　　第二天一早我就开车去了邮局。我想寄挂号信,以便留下凭证。但这一切又是那么的多此一举、毫无意义,因为警察局就在邮局对面,街的另一边。

　　我刚走出邮局,一辆出租车停在我面前,牙医从里面探出了头。他每次一喝酒,就会叫辆出租车载他到各个地方,以此花掉拔牙挣来的钱。

　　"嗨,杜申科女士。"他面红耳赤,眼神迷离地喊道。

　　"杜舍依科。"我更正着。

　　"复仇的日子不远了。地狱军团正在集结!"他边喊边在车窗外向我挥手。随后出租车的轮胎发出一阵刺耳的声音,朝科多瓦方向驶去。

第十三章　午夜射手

"折磨金龟子灵魂的人，
是在无尽的黑夜中编织凉亭。"

早在采蘑菇爱好者的舞会开始两周前，我就去了"好消息"的店里。我们在仓库中堆积如山的服装里搜寻着合适的衣服。可惜对成年人来说选择的余地并不大，里面大多是童装。但这反倒让人感到欣喜，这说明孩子们还是可以成为自己想要的样子——青蛙、佐罗、蝙蝠侠、老虎。可我们还是没能找到一个有模有样的狼头面具。我打算装扮成一匹狼，面具之外的部分由我们自行解决。这一身装束就像是为我量身定制的一样，由毛皮连体服、毛绒手套做的爪子和面具组成。我可以舒舒服服地从狼嘴里看到外面的世界。

可惜鬼怪的情况则要糟糕许多,我们没能为他伟岸的身躯找到一件合适的衣服。对他来说所有的衣服都太小了。最后,好消息想出了一个简单却行之有效的办法。既然我们已经有了狼……剩下的就只差说服鬼怪了。

舞会当天一早就下了一场暴雨。正当我在观察大雨是否给我的实验豌豆造成损害时,林务员的车从我前面路过。我挥手示意他停下来。他是一个友善的年轻人,我自己偷偷地叫他狼眼,因为我敢保证他的瞳孔肯定有点问题——我总觉得它们细长到不可思议。他在这儿出现,也是因为这场暴雨。他得统计整个地区因暴雨而折断的老云杉。

"您知道红翅扁甲吗?"我直奔主题,跳过了礼貌的寒暄。

"知道,"他答道,"大概知道。"

"那您也知道它在树干里产卵?"

"很遗憾,我知道。"我能看出来,他在尽力猜想我这次提问背后的目的,"它产卵的时候会破坏宝贵的木材。您到底想问什么?"

我简明扼要地跟他说明了问题,几乎原封不动地把波罗斯的话告诉了他。从狼眼的眼神里可以看出,他把我当成了疯子。他眼睛一眯,露出了一种屈尊俯就的笑容,像是对孩子说话一般对我说:

"杜申科女士……"

"杜舍依科。"我纠正道。

"您真是个好人。所有的一切您都尽全力呵护。但您总不会觉得,因为树干里有扁甲,我们就不能砍伐树木了吧?可以给我点冷的东西喝吗?"

我体内所有的能量突然间消散殆尽。他根本没把我当回事儿,如果我是波罗斯或者"黑大衣"的话,他可能还会好好听我说,并且说出自己的理由来和我讨论。虽说他并不是不喜欢我,我甚至还能感受到他对我的同情,但对他来说我就是个老太婆,在这荒无人烟的地方生活着的一个有些疯癫的老太婆,既不中用,也不重要。

我缓缓地往屋里走去,他跟在我身后。他在露台上放松地坐了下来,畅快地喝了半升果汁。我一边看着他喝果汁,一边在心里想着,我本可以给他往里面挤上一点铃兰汁,或者把阿里给我开的安眠药磨成粉加进去。等他睡过去了,我就把他关在锅炉房里,只给他面包和水,关上他一段时间。或者相反,我也可以把他喂胖,每天量一量他手指的粗细,看他何时胖到可以烤着吃。这样他就该学得规矩了。

"现在大自然已经没有什么是自然的了。"他说道,这时我才看清这个林务员到底是什么人:公职人员。"已经太晚了。

大自然的机制已经错乱了，现在要把一切都控制起来，才能避免灾难的发生。"

"扁甲会给我们造成灾难吗？"

"当然不会。我们需要用木材做楼梯、地板、家具和纸。您是怎么想的呢？因为红翅扁甲在那里繁殖，我们就要踮着脚在森林里走路吗？我们得猎杀狐狸，不然的话，它们的数量会增长到威胁其他物种的程度。几年前，野兔的数量多到田地都被它们毁了……"

"我们可以撒一些避孕药，让它们不再继续繁殖下去，而不是杀死它们啊。"

"哎呀，您知道那要花多少钱吗，而且还不怎么奏效。这个吃得少了，那个又吃得太多了。既然自然的秩序已经不复存在，那人类就得维持秩序。"

"狐狸……"话一出口，我就想到了在捷克边境来回游走的那只尊贵的"领事"。

"哦，对了。"他打断了我，"就拿养殖场里跑出来的那几只狐狸来说好了，您能想象它们会造成多大的危害吗？幸好其中几只已经被抓住送到另一个养殖场了。"

"不！"我痛苦地呻吟了一声，实在难以接受这件事。随即又感到一丝欣慰，毕竟它们至少体验过自由。

"它们已经没有在野外生存的能力了,杜舍依科女士。它们会死的。不会捕猎,饮食结构已经变了,肌肉也退化了。到了野外漂亮的皮毛还能有什么用?"

他看了我一眼,我观察到他虹膜中的色素分布得很不均匀。他的瞳孔完全是正常的、圆的,与我们每个人一样。

"您别太往心里去,也别再这么以天下为己任了。一切都会好的。"他从椅子上坐了起来,"好了,干活去喽。我们要把那些云杉拉走。说不定您想买点柴火过冬?现在正是时候。"

我拒绝了。他离开之后,我突然敏锐地感受到了自己沉重的身体,完全没有兴致参加任何活动,更别说去参加那群无聊的采蘑菇爱好者的舞会了。为了找蘑菇而整天在森林里游荡的人肯定是无聊透顶。

※

这身行头让我闷热难耐,尾巴一直拖着地,所以我必须得十分小心,避免踩到它。我开着"武士"到了鬼怪家门口,一边等他,一边欣赏着他的芍药。过了一会儿他出现了,我被惊得目瞪口呆。他穿着黑色短筒靴、白色长筒袜、可爱的花裙子,还配了一个小围裙,他在下巴上打了个蝴蝶结,把头上的小红帽系了起来。

他气鼓鼓地坐在我旁边的副驾驶位置上,去消防站的路上也一直一声不吭。他把小红帽放在膝盖上,等我们到消防站门口时才把它戴上。

"你也看到了,我一点幽默感都没有。"他说。

在参加完专门为采蘑菇爱好者举行的弥撒后,所有人径直来到了这里。这会儿大家才刚刚开始敬酒。董事长兴致勃勃地参与进来,他对自己的完美形象是如此的自信。以至于直接穿了一身西服就来了,装扮成了他"本人"。大部分参加舞会的人现在才开始在卫生间换衣服,肯定是因为不敢直接穿着那身装束去教堂。肤色不甚健康的沙沙神父也在,他穿着自己的黑色长袍,看来也只是把自己装扮成了神父。受邀而来的乡村主妇俱乐部演唱了几首民歌,然后乐队便开始演奏。说是乐队,其实只有一个人。他用电子琴灵活地切换着各种乐器的声音,就这样把所有流行歌曲惟妙惟肖地模拟了出来。

舞会大概就是这个样子。音乐声很大,现场异常喧闹,在音乐声的笼罩下难以和别人交谈,因此所有人都忙着吃沙拉、酸菜香肠炖肉和熏肉片。挂着各种蘑菇的侧廊上放着两瓶伏特加。沙沙神父吃完东西又小酌了几杯,随后便起身离席,和大家道了别。等他走了,大家才开始跳起舞来,仿佛神父在场会让他们感到尴尬。音乐声从旧消防站高高的屋顶上回荡而来,落在了每位舞者的身上。

一位穿着白色衬衫的瘦小女人在离我不远的地方直挺挺地坐着。她让我想到了鬼怪的那条母狗玛丽莎紧张颤抖的样子。之前我看见她走到微醺的董事长身边说了几句话。董事长朝她侧了一下身子,然后绷紧了脸,露出一副不耐烦的表情。他抓住了她的胳膊,想必是用了很大的力气,因为她痛得身子往后缩了一下。然后他摆了摆手,像是在赶走恼人的虫子一样,接着便消失在了成双成对跳舞的人群里。因此,我判断这个女人一定是他的妻子。她回到了桌旁,用叉子戳着酸菜香肠炖肉。装扮成小红帽的鬼怪大受欢迎,落单的我便走到她那儿自我介绍了一下。"啊,是您啊。"她愁云密布的脸上突然闪现了一丝笑容。我们努力试着聊天,但是除了音乐的吵嚷之外,还有木地板上的舞步发出的轰鸣,咚咚咚……为弄明白她在说什么,我只能认真地盯着她的嘴。我明白了她很想尽快把丈夫拉回家。众所周知,董事长是一个沉迷玩乐之人,无论对自己还是对别人,总是抱有一种危险的波兰传统式幻想。事后就不得不把他干的荒唐事给压下去。聊着聊着,我们还发现他们的小女儿曾跟我学习过英语。接下来的对话都因此而顺畅起来,我还得知他们的女儿认为我很"酷"。这样的褒奖让我很开心。

"真的是您找到了我们警察局长的尸体吗?"那个女人一边问我,一边用目光搜寻着丈夫的高大身影。

我承认是我找到的。

"您不害怕吗?"

"当然害怕了。"

"您也知道,遭遇这一切的都是我丈夫的朋友,他们走得很近。我丈夫可能也在害怕,但是我不太清楚他们之间有什么利益关系。只是有一件事让我一直受到煎熬……"她犹豫了一下便沉默了。我看着她,等着她说完这句话,但她只是摇了摇头,眼里还噙着泪水。

音乐变得更加吵闹,因为他们正在演奏《嘿,猎鹰!》。所有目前还没去跳舞的人都心急火燎地离开座位,走向了舞池。我并不想让自己说话的声音高过那个单人乐队。

当她的丈夫和一个俊俏的吉卜赛女人一闪而过时,她拉起我的手,对我说:

"咱们抽根烟去吧。"

她这句话说明这里能不能抽烟对她而言根本无关紧要,所以我也不再拒绝,尽管十年前我就已经戒烟了。

我们从陷入疯狂的人群中勉强挤过,被不停地推搡着,其间也会突然有人邀请我们跳舞。兴奋的采蘑菇爱好者变成了参加酒神游行的人。当我们终于能够一身轻松地站在外面时,消防站的灯光透过窗户照在我们身上。六月的夜晚散发着湿气和茉莉花香。暖雨初歇,但天空还没有完全放晴,似乎马上又要下起雨来一样。我想起儿时也曾有这样的夜晚,突然悲从中来。我不知道自己是否想和这个情绪激动又茫然失措的女人聊天。她紧张地点燃了一支烟,深吸了一口,然后说:

"那些死尸在我脑海里挥之不去。您知道吗,他每次打猎回来后,就往厨房的桌上扔一块切好的鹿肉。他们总是把鹿切成四份。深红色的血淌满了整个桌板。之后他会把它切成小块,放到冷冻柜里。每次我走到冰箱附近,就会想到里面有切成块的动物尸体。"她又用力吸了一口烟,"冬天的时候,他会把打死的野兔挂在阳台上风干,它们就这样被挂在那里,睁着眼睛,鼻子上还有凝固的血迹。我知道,我知道是自己神经质,是我过于敏感了,应该去医院看看。"

她突然满怀期待地看着我,像是在等待我做出反驳。可我心里却想着,原来这世上还是有正常人的。

我还没来得及反应,她又开口了:

"记得小时候,有人给我讲过午夜射手的故事。您听过这个故事吗?"

我摇了摇头。

"是这儿的一个传说,可能是德国人传下来的。讲的是午夜射手在后半夜四处寻觅、猎杀坏人的故事。他的坐骑是一只黑鹳,另外还有几只狗作伴。所有人都对他心怀恐惧,到了晚上就把门窗紧闭。一天,一个本地的男孩儿,也可能是来自新鲁达市或者科沃兹克的,冲着烟囱呼喊,希望午夜射手为他猎杀点什么回来。几天后,从男孩家的烟囱里掉下了四分之一具人的尸体,后来又掉下三块,直到他们把尸体拼接完整,便进行了埋葬。此后,午夜射手再也没有出现过,而他的那几只狗则变成了苔藓。"

森林里忽然吹来一阵寒风,我打了个寒噤。狗变成苔藓的画面在我眼前挥之不去。我眨了眨眼。

"这是一个如噩梦一般的奇怪故事,对吧?"她点燃了第二根烟,我现在才发现,她的双手一直在颤抖。

我想安慰她,却不知该怎么做。此前我还从未见过处在崩溃边缘的人。我把手放在她的手臂上,轻轻抚摸她。

"您是个好人。"我说道,她看了我一眼,那眼神如同玛丽莎一般。之后她突然哭了起来,她的哭声很轻,像小女孩一般,但手臂还在颤抖。她哭了很久,也许有太多需要哭出来的事。我必须陪着她,在她的身旁看着她。除此之外她也并不需要我做什么别的事。我环抱住她,我们就这样站在一起——于是,一匹假狼和一位小妇人,站在从消防站窗户里透出来的灯光里,舞蹈的人影飞掠过我们的身体。

"我要回家了,我已经筋疲力尽。"她悲伤地说。

阵阵跺脚声从消防站里传来。人群又一次随着波兰迪斯科版的《嘿,猎鹰!》舞动。比起其他歌曲,他们可能更喜欢这首吧。我们一次又一次地听到"嘿!嘿!"的声音,如同炮弹爆炸般响亮。

"你回去吧。"我终于下定决心和她以"你"相称,这使我松了一口气,"我会等你丈夫,把他送回家的。放心吧,没问题的,反正我也要等邻居出来。你们住在哪儿?"

她说了街名,那条街在"牛心角"后面。我知道在哪儿。

"你什么都别想了。"我说道,"在浴缸里放满水,好好休息一下。"

她从包里拿出一串钥匙,犹豫地说:

"我有时候会想,自己可能根本不了解那个一起生活了这么多年的人。"她看着我,眼神里带着恐惧,使我的身体一下僵硬了。我知道她在想什么。

"不,不是他,肯定不是他。我可以肯定。"我说道。

她疑惑地看着我。我在犹豫要不要告诉她。

"以前我有两只母狗,它们很在意东西是否公平地分给了它们——食物、抚摸、关心和照顾。动物对公平的感知特别敏锐。当我有什么事做得不对的时候,当我不公正地责骂它们或没有遵守诺言的时候,它们看我的眼神,我至今仍记得。它们悲戚地看着我,好像全然不解,好像是我违反了神圣的法则。从它们那儿我学到了理所当然的、最为基本的公平与正义。"我沉默了一会儿,又补充道:"我们有世界观,而动物们有世界'感',知道吗?"

她又点了一根烟。

"它们后来怎么了?"

"死了。"

我把狼头面具往脸上推了推。

"它们有自己的游戏,互相骗对方玩儿。其中一只找到了之前忘在哪儿的骨头,另一只不知道怎么夺过来,便会假装路上有车开过,要去叫唤几声。这时找到骨头那只就会把骨头放下,然后冲到路上去,竟不知那其实是个假警报。"

"真的?和人一样。"

"它们在所有方面都比人更有人性。更敏锐、聪明、快乐……可人类却以为可以对动物为所欲为,把它们当作物品。我想,应该是猎人开枪打死了我的狗。"

"不会的,他们为什么要那么做?"她不安地问道。

"他们说只会猎杀那些威胁野生动物的野狗,但实际上根本不是这样。他们都直接到我们的屋檐底下来了。"

我想告诉她有关动物复仇的故事,但又想起迪迦曾警告我不要逢人就道出我的理论。这时的我们站在黑暗中,看不见彼此的脸。

"胡说八道。"她说道,"我绝不相信他们会朝狗开枪。"

"野兔、狗和猪之间真的有那么大的区别吗?"我问道,但她没有吭声。

她上了车,迅速地开走了。她的车是一辆极张扬的吉普大切诺基,我认识这辆车。我很好奇,一个娇小的女人如何应付得了这么大一辆车。之后我便回到了室内,因为雨又开始下起来。

鬼怪面带红晕的样子很是滑稽,他正和一个胖胖的克拉科夫女人跳舞,看起来心满意足。我目不转睛地看着他。他优雅地移动着,动作恰到好处,镇定自若地领着自己的舞伴。他应该是发现了我正看着他,因为他突然开始拉着舞伴魔幻般的旋转了起来。很明显他忘了自己现在的样子,这景象滑稽极了——两个女人在跳舞,一个高壮,另一个矮胖。

这支舞结束后宣布了最佳装扮奖的投票结果。获胜者是来自特兰西瓦尼亚的一对夫妇,他们打扮成了鹅膏菌,他们的奖品是一本蘑菇图册。我们是第二名,得到了一个蘑菇形的蛋糕。本来我们要以小红帽和大灰狼的形象在所有人面前一起跳支舞,但后来大家完全忘了这回事。直到这时我才刚喝完今天的第一杯伏特加,玩性的冲动这才显现,哪怕他们再演奏一曲《嘿,猎鹰!》也好啊。但是鬼怪已经想回家了。他担心玛丽莎,因为它从来都没有独自在家里待过这么长时间,毕竟大脚的棚子给它留下了心理创伤。我告诉他我得送董事长回家。大多数男人也许都会留下来陪我一起完成这个艰巨的任务,但鬼怪不会。他找到了一个跟他一样想提前离开舞会的人,甚至可能就是那个俊俏的吉卜赛女郎,然后便不怎么绅士地离开了。但也无妨,反正我已经习惯了一个人去应付各种困难的事情。

※

凌晨,我又做了那个梦。我走到楼下的锅炉房,发现我的母亲和外婆又出现在了那里。她们俩都穿着夏天的花裙子,手里都拿着包,像是正要去教堂,但却迷了路。当我责备她们时,她们就开始躲避我的目光。

"你们在这儿干吗,妈妈?"我生气地问,"你们怎么能来这儿呢?"

她们站在柴火堆和炉子中间,虽然裙子上的花纹已经褪色，但看起来还是相当优雅。

"你们走吧！"我冲她们喊道，可是声音却突然梗在了喉咙里。因为我听到车库那边传来了嘈杂的脚步声和窃窃私语的声音。

我转过身朝向那个方向，看到那里有很多人：有男人、女人和孩子，他们穿着灰灰的、已经褪色的奇怪节日服装。他们的眼神同样闪躲，透着恐惧，且不知所措。他们从某处蜂拥而至，挤在门口，不确定自己能否进入。他们窃窃私语，鞋底在锅炉房和车库的石头地面上发出嘈杂的摩擦声。人群的涌动将前几排不断推至前方，我被深深的恐惧包围了。

我悄悄伸手去抓背后的门把手，试图不让他们注意到我，然后从那里溜了出去。我颤抖着双手，花了很长时间才闩上锅炉房的门。

※

醒来时，那场梦带给我的恐惧丝毫没有消失。我感到不知所措，想着这时候最好还是上鬼怪那儿去。太阳尚未完全升起，我应该没睡多久。一层薄雾升腾于万物之上，正要凝结成霜。

鬼怪迷迷糊糊地给我开了门。可能他没好好洗漱，因为脸颊上还有我前一天用口红给他画的红晕。

"出什么事了吗?"他问道。

我不知道该说什么。

"进来。"他喃喃道,"昨晚怎么样?"

"挺好的,一切正常。"我的回答十分简洁,因为我知道鬼怪喜欢简洁的问题和简洁的答案。

我坐了下来,他则去准备咖啡。他花了很长时间来清洗咖啡机,之后又用量杯倒水。我印象中,当时他一直在说话。他的这种亢奋状态十分奇怪。西弗彦托派乌克,竟然会说个不停。

"我一直想知道你抽屉里放了什么。"我说道。

"看吧。"他打开抽屉给我看,"看吧,都是必要的东西。"

"就像我在'武士'里放的那些东西一样。"

只需用手指轻轻一拉,抽屉就一声不响地打开了。厨具在一个个精致的灰色隔层里摆放得整整齐齐。擀面杖、鸡蛋搅拌器、小型电动牛奶搅拌器、冰激凌勺。还有一些我不熟悉的厨具——几个长勺、铲子和奇怪的钩子。每一件都像是用来做复杂手术的外科手术工具。看得出来,它们的主人格外地在意——因为它们都经过抛光,并且被整齐地摆放在合适的地方。

"这是什么?"我拿起一个宽金属镊子。

"那是小钳子,用来夹掉粘在擀面杖上的保鲜膜。"他边说边往杯子里倒咖啡。

接着他拿了一个小搅拌器,把牛奶打成奶泡,之后把奶泡倒在咖啡上。他从抽屉里拿出一套模具和装可可的小罐子,犹豫了一下该用哪个模具,最后他选择了那个心形的,随后把可可洒在了上面。就这样,我得到了一杯奶泡上带着棕色可可心形拉花的咖啡。他咧嘴笑了一下。

那天,我又想起了他的抽屉。只要往那里面看上一眼就能让我完全平静下来。其实我也想成为那些实用工具中的一个。

周一大家获悉了董事长死亡的消息。周日晚间,几个去消防站打扫的女人发现了他。其中一人似乎因受到惊吓而进了医院。

※

致警察局:

我知道,警察没回复公民的来信(非匿名信)一定是有什么重要的原因。我不想去讨论这些原因,只是想谈一谈我上一封信中所提到过的那件事。我不希望警察或其他任何人像我一样如此的被无视。被政府机关无视的公民在某种程度上也被剥夺了存在的意义。然而我们必须清楚一点，没有权利的公民不代表丧失了自己的义务。

在此谨告知，本人已设法获得了死者福南特沙克的出生日期（可惜没有出生时间，这使得我算出的星盘不够准确），并发现了一个非常有意思的地方，能够证明我之前提出的假设。

从他的星盘来看，在其死去之时，其火星正过境落入处女座。根据传统占星术中的最佳解释，这代表着与毛皮动物有关。同时其太阳位于双鱼座，这代表着身体最薄弱的部位，比如腿部的骨骼。如此看来，受害者之死正如其星盘所预示的那样。因此，若警方能考虑占星学家的建议，将会使很多人免遭不幸。行星的位置清楚地告诉了我们，这起残忍谋杀案的凶手是毛皮动物，很有可能就是狐狸。野生狐狸或从养殖场跑出来的狐狸（或是两伙狐狸串通一气）用某种方法把受害者引入了一个人们在多年前设下的圈套里。这种叫作"断头台"的圈套格外残忍，受害者落入圈套之后会被悬挂在空中。

这一发现可以让我们得出一个结论。请看一看，所有受害者的土星都在什么位置？他们的土星都落入了动物星座。而董事长先生的土星更是在金牛座上，这预示了动物造成的窒息死亡……

我还希望随函附上一份剪报。这则新闻报道了奥波莱地区曾出现的一种至今未能确认身份的动物,它用爪子攻击其他动物的胸部,把它们杀死。最近我在电视上看到一个用手机录制的视频,视频里能清晰地看到一只小老虎。所有这些都发生在奥波莱附近,也就是说离我们不远。它们可能是动物园里的动物。洪水过后它们得以幸存并重获自由。无论如何,此案都值得仔细调查。尤其是我已经注意到,附近的居民开始慢慢陷入病态的恐惧,甚至是恐慌之中……

正当我写这封信的时候,听见有人怯生生地敲门。原来是女作家"灰女士"。

"杜舍依科女士,"她站在门槛外面说,"咱们这儿出什么事了?您听说了吗?"

"您别站在门口啊,那儿有穿堂风。您进来吧。"

她穿着一件快要拖到地面的针织开衫,踩着碎步进来,径直坐在了椅子的边上。

"咱们以后可怎么办啊?"她激动地问。

"您怕动物把我们也杀了?"

她哼了一声。

"我不相信您的那个理论,太荒谬了。"

"我认为您作为一个作家是有想象力和判断力的,能够客观地对待那些乍一看不可能的事。您应该知道,我们能够想到的一切,其实都是某种真理。"最后我引用了这句布莱克的话,多少还是触动了她。

"杜舍依科女士,如果不是脚踏实地,我便绝不下笔。"她打着官腔对我说,然后压低声音补充道,"我无法想象。您说,是甲虫使他窒息的?"

我正忙着泡茶,是红茶。这次要让她知道,什么才是真正的茶。

"对啊,"我说,"他整个人都在虫子堆里,它们爬进了他的嘴里,进到了肺里、胃里、耳朵里。有几个女人说,他浑身都爬满了甲虫。虽非亲眼所见,但我完全可以想象出到处都是红翅扁甲的场景。"

她凝视着我,但我读不懂她的眼神。

我把咖啡递给了她。

第十四章　坠落

"坐着提问的人不管多狡猾，
却永远不知道如何回答。"

他们一大早就来找我，要对我进行问询。我答复说，会尽量在这周过去。

"您没理解我们的意思。"年轻警察说。他就是当时和警察局长在一块儿的那个警察。局长死后他升了职，现在成了市里警察局的负责人。"您现在就得跟我们走,去科沃兹克。"

他说这些话时的语气让我始料未及。我把房门关上就跟他们走了，以防万一我还带上了牙刷和药，现在我就差在那儿发一次病了。

雨连续下了两周，发起了大水，我们在相对安全的柏油路上行驶，却还是开了很久。从普瓦斯科维什高原驶下山谷的时候，我看到一群鹿。它们站在那里，毫不畏惧地看着警车。我发现自己并不认识它们，这倒让我感到高兴。它们一定是最近才刚从捷克那边来到我们这片鲜美多汁的嫩绿草场。警察对这群鹿并不感兴趣。他们既不和我搭腔，互相之间也没有交流。

他们给了我一杯加入人造奶油的速溶咖啡，之后便开启了问讯。

"您当时要送董事长回家？是这样吗？请告诉我们详细情况，您具体看到了什么？"

随后还问了许多类似的问题。

我能提供的信息不多，但我尽可能地把每一个细节都描述准确。我告诉他们，当时里面太吵了，因此我打算在外面等董事长出来。那时已经没有人在意缓冲区的事了，所有人都在屋里抽烟，这让我感觉很不舒服。所以我就坐在台阶上望着天空。

雨后的天空中出现了小天狼星，北斗七星的勺柄也抬了起来……我在想，星星是不是也在看着我们。如果是的话，它们会怎么想我们呢？它们真的了解我们的未来，会同情我们吗？同情我们受困于当下，没有逃离的可能？但我想，尽管我们脆弱又无知，但与星星相比，无论如何我们还是有着不可思议的优势——那就是为我们服务的时间,它赋予我们宝贵的机会,让我们得以将痛苦煎熬的世界变得幸福和平。被囚禁于自己力量之中的其实是星星,它们根本没法帮助我们。它们只是设计了网络,在宇宙的织机上编织着经纱,而我们则必须用自己的纬纱去缝补填充。那时我脑子里突然冒出一个有趣的假设,也许星星看我们就如同我们看自己的狗——我们对事物的认识比它们更为深刻,某些时候比它们更清楚什么是对它们有好处的。我们用链子拴着它们,以防它们跑掉;给它们绝育,避免它们过度繁殖;带它们看兽医,为它们治病。可是它们不知为何如此,目的何在。就算是这样,它们却依然屈服于我们。因此,或许我们也应该屈服于星星对我们的影响,但同时,不放弃唤醒我们的敏感。这就是那晚我在黑暗中,坐在台阶上所思考的问题。当看到大部分人走了出来,陆陆续续步行或开车回了家,我便走了进去,想提醒董事长我会送他回家。但他既不在里面,也不在别处。我去厕所找过,还绕着消防站走了一圈。我也问了那些兴奋的采蘑菇爱好者是否知道董事长的去向,他们中的一些人还在唱着《嘿,猎鹰!》;另一些人则不顾禁令,在外面把啤酒喝了个精光。但他们都已意识迷离,无法给出什么有意义的答案了。我想,一定已经有人送他回去了,是我没注意到。直到现在我仍坚信自己的这个推测是合理的。能发生什么不好的事呢？那一夜很暖和，就算他醉倒在牛蒡丛里，也不会有任何危险。对此我没有一丝怀疑。于是，我带着"武士"一起回了家。

"'武士'是谁？"警察问道。

"一个朋友。"我如实回答。

"请说出他的姓名。"

"铃木'武士'。"

他愣住了，另一个警察则在一旁偷笑。

"杜申科女士，请告诉我们……"

"杜舍依科。"我纠正道。

"……杜舍依科。您是否知道谁可能有谋害董事长的动机？"

我惊讶不已。

"你们没看过我的那些信吗，我在信里把一切都解释得很清楚。"

二人面面相觑。

"没看过，但我们现在是严肃地在问您这个问题。"

"我也在很严肃地回答。我给你们写了信，只是至今仍未得到回复。不回信这种做法不是很合适。《刑法》第一百七十一条第一款规定，'被询问人有权在规定范围内进行自由陈述，而后方可向其提出旨在补充、解释或核实其陈述的相关问题'。"

"您说得对。"其中一个警察说。

"他真的全身都被甲虫包裹着吗?"我问道。

"为了保证调查顺利进行,我们不能回答这个问题。"

"那他是怎么死的?"

"是我们在问您问题,而不是您问我们。"一个警察说道。

"在大家做游戏的时候,有证人看到您和董事长站在台阶上。"

"的确如此,我当时正在告诉他,他的妻子托我送他回家。但那时他好像已经不太能集中精力听我说话了。我想,莫不如就在那儿等到舞会结束,到时他肯定得往外走。"

"您认识警察局长吗?"

"当然认识。您应该很清楚啊。"我对那个年轻的警察说,"何必明知故问,这不是浪费时间吗?"

"那安泽勒姆·福南特沙克呢?"

"他叫安泽勒姆?真是让人意想不到啊。我在这里见过他一面,就在小桥边上。当时他和一个女性朋友一起。很久以前的事了,大概三年前。我们聊了一会儿。"

"聊了什么?"

"就是一般的聊天,我已经不记得了。那个女人当时也在场,她可以证实我的话。"

我知道警察喜欢一切能够得到证实的东西。

"狩猎期时您曾有过激的举动,这个情况是否属实?"

"我只能称之为愤怒,而不是过激。二者之间是有区别的。我表达的是对他们杀害动物的愤怒。"

"您曾威胁要将他们杀死吗?"

"有时候愤怒会把各种话语送到嘴边,但同时也会让人瞬间遗忘。"

"有证人称,您朝他们吼叫,我引用一下证词,"说到这里,他看了一眼桌上铺开的那几张纸,"我要杀了你们,你们这群(违规词语)[①],你们难逃罪责。你们恬不知耻,毫无敬畏之心。我要把你们的头拧下来。"

他毫无感情地读完了这段话,我不禁笑出了声。

"您在笑什么?"另一个警察没底气地问道。

"我觉得自己能说出这样的话实在是很滑稽。我是个平和的人。可能是你们的证人夸大其词了吧?"

"您否认自己曾因推倒、毁坏狩猎坛而被传唤出庭吗?"

"不否认,我完全没打算否认。我当庭缴纳了罚金,有文件为证。"

---

① 原文如此。——编辑注

"那么哪件事情没有文件为证？"其中一个警察自以为提了一个很狡猾的问题，却被我巧妙地绕过去了："警察先生，很多事情都没有，无论是我还是你，我们的人生皆是如此。言语尚且无法表达清楚一切，更何况是公文呢。"

"您为什么这么做？"

我像是看天外来客一样地看着他。

"您为什么要问我呢，您应该最清楚不过了。"

"请回答问题，我需要把它写在笔录里。"

我已完全松弛下来。

"哦，这样啊。那我再说一遍：为了让他们不再射杀动物。"

"您是如何了解到这么多凶案细节的？"

"哪些？"

"比如董事长案的细节。您从哪儿知道那些甲虫是——他看了下记录——红翅扁甲的？您是这么跟女作家说的。"

"哦，我是这么说的？那是这里很常见的一种甲虫。"

"您从何而知？是那个昆……那个研究虫子的，春天时曾住在您家里的那个男人告诉您的吗？"

"可能是吧。但主要是通过星盘，我已经解释过了。星盘既可涵盖万物，又能细致入微，甚至是您今天感觉如何，最喜欢穿什么颜色的内衣，都可以通过星盘得知。只要你懂得解读这些信息。当时董事长的第三宫相位不佳,第三宫与小型动物有关,昆虫也在此列。"

两个警察已经忍不住了,意味深长地看着对方,在我看来这一举动十分不礼貌。在工作状态下他们不应对任何情况感到惊讶。我已经看出他们就是两个蠢蛋,所以自信满满地继续说道:

"我研究占星术多年,也算是经验丰富。万事万物皆有联系,我们所有人都身处一张一切事物均互相关联的网络之中。你们应该在警校学学这些知识。这是斯威登堡传下来的古老传统。"

"谁传下来的?"他们异口同声地问道。

"斯威登堡,一个瑞典人。"

我看到其中一个警察记下了这个名字。

他们像这样又和我继续谈了两个小时。当天下午,他们宣读了对我进行四十八小时拘留的决议以及对我家进行搜查的搜查令。我迫切地想知道自己有没有把脏内衣随手扔在了外面。

晚上我拿到了一个袋子,我猜是迪迦和"好消息"给我的。里面有两支牙刷(为什么是两支?难不成牙刷还分早晚?),一件奢华性感的睡衣(一定是"好消息"从新到货的衣服里淘出来的），一些甜食和一个叫福斯托维奇的人翻译的《布莱克文集》。真是我的好迪迦啊。

这是我第一次进监狱，实实在在的监狱，真是一段难熬的经历。监室虽干净，但却阴暗简陋。当他们在我身后关上那道门时，恐慌将我包围，心在怦怦直跳。我真害怕自己尖叫起来。我坐在铺位上，不敢动弹。当时我一心想着，宁可去死，也不能在这种地方度过余生。对，没有丝毫怀疑。我一夜没睡，甚至都没有躺下，而是保持着一个姿势坐到了天亮。浑身是汗，蓬头垢面。我甚至觉得那天从嘴里说出的话都玷污了自己的唇舌。

一个古老的传说中曾经提到，火星儿来自光的源头，由最纯净的光亮构成。每当有人降生于世，火星儿便开始坠落。它飞过外太空中的黑暗，穿过银河系，最终坠落于地球。在它坠落之前，可怜的小火星儿会被弹到行星的轨道上。每一个行星都会以自己的某些特性污染火星儿。于是，火星儿逐渐暗淡。

冥王星率先勾勒出这场宇宙实验的框架，并揭示了它的基本规则——生命是一个短暂的事件，随后便是死亡，有一天死亡会让火星儿逃出陷阱；除此之外别无他法。生命恰似一个要求极为严苛的实验场。自生命伊始，你的一切所作所为、所思所想都将被记录，这并不是为了给奖赏或惩罚提供评判标准，而是因为你的世界正是由它们构成的。这是生命机器运转的规律。火星儿继续坠落，穿过海王星的云状带，迷失在雾蒙蒙的蒸汽中。为了安慰火星儿，海王星呈现出诸多幻觉，有的是关于逃离的朦胧记忆，有的是关于飞翔的梦想，有幻想，有毒品，有书籍。天王星则赋予了火星儿反抗的能力。反抗，成为火星儿来自何方的记忆证明。当火星儿经过土星带时，一切已成定数，在下面等待着它的便是监牢。随之而来的是劳改，是医院，是规章制度，是身体抱恙，是不治之症，是至亲过世。然而木星会给它带来一些安慰，给予它尊严和乐观，还有一个美好的礼物：顺其自然。火星为它添加了力量和侵略性，它们日后定能派上用场。当它飞过太阳时，太阳的光芒使它炫目，曾经漫长、久远的意识只余下渺小、被辖制的自我，和其余的部分分离，并将永远如此。在我的想象中它是这样的：一个小小的躯体，一个羽翼被折断的残疾生物，一个被残忍的孩子折磨的苍蝇。天知道它要如何在这黑暗之中生存下去。我们应赞美女神，因为维纳斯的金星阻挡了它的坠落之路。火星儿从金星那里得到了爱的天赋——最纯净的同情心，这是唯一能够拯救它自己和其他火星儿的礼物。是金星的恩赐使它们得以团结在一起，相互扶持。就在坠落之前，它捕捉到一颗奇特的小行星。那颗小行星像是被催眠的兔子，并不绕着自己的轴转动，而是向着太阳迅速移动——它便是水星。水星赋予了它语言和交流的能力。经过月亮时,它获得了如灵魂般触不可及的东西。

直到此时它才坠落到地球上,披上了人、动物或植物的形骸。

传说就是如此。

第二天,难熬的 48 小时还未过完,我便被释放了。他们三个人一起来接我,我和他们抱在了一起,恍如隔世。迪迦哭了一场,"好消息"和鬼怪则直挺挺地坐在后排一动不动。看得出来,这件事给他们带来的惊吓比我还要严重,到头来竟是我来安慰他们。我让迪迦停在一个商店旁,大家一起买了冰激凌吃。

应该说,从这次短暂拘留开始的那一刻我便心神不宁。我无法接受警察竟搜了我的家。自那之后,我总觉得他们无处不在。他们不停地翻腾着抽屉、柜子和书桌。他们什么都没找着,能找到什么呢?但他们扰乱了秩序,打破了安宁。我在屋子里四处游荡,什么也干不了。我一直自言自语着,后来连自己都意识到自己似乎不大对劲。屋子里的几扇大窗户吸引着我——我站在窗前,无法移开视线——我看到红棕色的草在荡漾,是无形的风使它们舞蹈。我看到一片片的绿色在阴影中闪烁。我陷入了沉思,一待就是几个小时。我把钥匙留在了车库里,一周都没找着；我烧干了水壶；我把蔬菜从冰箱里拿出来，却等到它们变蔫后才找着。我用余光瞥到房子里的动静——人们进进出出，从锅炉房爬上楼，又走进花园，就这样来来回回。我的"小姑娘们"欢快地跑过门厅。妈妈坐在露台上喝茶，我听到勺子撞击茶杯的声音和她绵长而又悲伤的叹息。只有迪迦来时世界才会安静下来。"好消息"几乎每次都会和他一起过来，只要第二天没有新衣服到货。

有一天，疼痛愈发严重，迪迦打电话叫了救护车。我的状况严重到必须去一趟医院了。这个时节救护车较容易开进来——八月，天气晴好，道路干燥而结实。此外，多亏了行星的提示——我早上已洗过澡，双腿干干净净。

此刻我躺在一间病房里，出奇的空荡，窗户开着，园子里的气息透过窗户飘了进来——是成熟的西红柿、干枯的草和烧掉的秸秆。太阳进入了处女座，处女座已开始进行秋季的整理，为过冬做准备。

当然，他们都来看望我了，没有什么比来医院探望更让我难受了。完全不知道要从何聊起。在这么一个令人不愉悦的地方，每段对话都显得那么的生硬，不自然。希望他们不会因为我赶他们回家而生我的气。

皮肤科医生阿里经常来看我，坐在我的床上。他从隔壁科室给我带来几张已经被翻烂的报纸。我给他讲自己在叙利亚建造桥梁(我很好奇那座桥是否还在?)的故事,他给我讲自己在沙漠游牧部落工作的经历。他曾给这些牧民做过一段时间的医生,和他们一起四处迁徙,给他们看病、治疗,漂泊不定。他自己就是一个牧民,从未在任何一家医院工作超过两年。时间一长,他有可能会突然感到疲惫,于是他会去别的地方找一份新的工作。那些克服了各种偏见,终于开始信任他的患者们最终会被他抛弃——某一天,他诊室的门上会贴着一张纸,上面写着"阿里医生将不再接诊"。流浪般的生活方式和他的出身自然会引起各个情报部门的注意——因此他的电话总是被监听。至少他是这么认为的。

"您自己有什么疾病吗?"有一次我问他。

哦,对了,他有。每年冬天他都会陷入抑郁,乡政府分给他的职工宿舍又加剧了他的忧郁。他有一个珍贵的物件,是他工作多年挣来的——一盏大灯。它会散发出类似日光的光线,让阿里得到灵魂的提升。当他在利比亚、叙利亚或是伊拉克的沙漠中进行精神漫游时,常常整晚都面对着那盏人造太阳。

我在想,他的星盘会是什么样的。但我实在病得太重,无法为他测算。这一次我的状况真的不太好。我躺在阴暗的病房里,严重的光过敏让我的皮肤发红,起了水泡,刺痛得像是被小手术刀割开了一样。

"您得躲着太阳。"他警告我说,"我从没见过这样的皮肤,您生来就该活在地下。"

他笑了笑,对他来说这简直无法想象。因为他完全是向阳而生,好像向日葵一样。而我却如同白菊苣和土豆芽一般,适合在锅炉房度过余生。

我很欣赏他的是——如他所说,他拥有的所有东西可以在一个小时之内打包到两个行李箱里。我决定向他学习,出院以后就开始练习。其实对每个人来说,一个背包、一个笔记本电脑,就已足够。也正是因此,阿里才能做到人在何处,家就在何处。

这个流浪医生提醒我,无论在哪里我们都不应让自己过得太舒适。照这么说,我对于自己的家过于疏远了。阿里给了我一件阿拉伯袍——这是一件长至脚踝的白袍,袖子也极长,脖子下方系着扣子。他说白色能像镜子一样反射光线。

八月下旬,我的病情恶化。他们把我送到弗罗茨瓦夫做进一步检查。我没太在意那些检查,一连几天都处于半睡半醒之中,为我的豌豆感到忧心忡忡。第六代到了需要人照顾的时候了,否则我的研究结果会失去意义。如此一来,我们又会假定自己不会汲取人生的经验,会认为世界上的所有科学都是徒劳无益,会认为自己无法从历史中学到东西。我梦见自己给迪迦打电话,但他没接。我的"小姑娘们"刚生了很多孩子,前厅和厨房的地板上到处都是。刚生下来的那些,是人类,是动物生下的全新人种。他们还没睁开眼睛,看不见东西。我还梦到自己在大城市里满怀希望地寻找着我的"小姑娘们",怀揣着那愚蠢的痛苦的希望。

一天,女作家来到弗罗茨瓦夫的医院看望我,一是出于礼貌前来安慰我,同时也为了委婉地告诉我,她要把房子卖了。

"这已经不是从前的那个地方了。"她一边说着,一边把阿嘉塔做的蘑菇煎饼递给我。

她说自己总能感觉到振动,寝食难安。

"这儿发生了这么多的事,已经没法在这样的地方继续生活下去了。不仅因为那些骇人听闻的谋杀案,还有背后暴露出的人与人之间的尔虞我诈。看来我一直活在一群怪物中间。"她愤慨地说,"您是这里唯一一个正直的人。"

她的恭维让我有些措手不及,于是我说道:"您知道吗,我本来也打算从明年冬天开始不再照看那些房子。"

"您的决定是对的。去个温暖的国度对您有好处……"

"……没太阳就行。"我补充道,"这样的地方,除了卫生间,您还知道别的吗?"

她直接忽略了我的这个问题。

"卖房信息已经挂在报纸上了。"她想了一会儿,接着说,"这里的风还那么大。我受不了大风呼啸个不停。耳边一直有东西在沙沙作响,使我没法集中精力。您发现树叶的噪音有多大吗?尤其是杨树叶,实在让人忍无可忍,从六月到十一月一直摇来晃去,简直是噩梦。"

我倒是从未想过这个。

"他们盘问了我,您知道吗?"她突然换了个话题,生气地说着。

我丝毫没有感到惊讶,因为他们详细地询问了每一个人。这个案子现已成了"当务之急"——多可怕的一个词啊。

"怎么样?您帮上他们什么忙了吗?"

"您知道的,有时我觉得我们生活在一个想象的世界里。我们可以给自己设定什么是好,什么是坏,自己描绘意义的地图……之后便穷尽一生为自己设想的东西而奋斗。问题是每个人都有自己的意义图景,正是因此人们才难以互相理解。"

她的话有些道理。

道别时,我翻箱倒柜,终于找到一只鹿蹄送给了她。打开包装纸时,她一脸厌恶。

"天呐，这是什么东西？杜舍依科女士，您给我的是什么啊？"

"请您收下吧。这东西类似于上帝的手指。它已经完全脱水了，不会有臭味的。"

"我拿它来做什么？"她沮丧地问。

"用在合适的地方就是了。"

她把蹄子重新用纸包上，在门口又踟蹰了一会儿，之后走掉了。

"灰女士"的话让我思考良久。我认为她的话与我的一个观点相符——人产生某种心理其实是为了避免使我们看到真相，使我们得以不必直面这个机制。心理是我们的防御系统——确保我们永远不会理解周遭所发生的事。它的主要任务是过滤信息，虽然我们的大脑拥有巨大的潜能，却还是无法承载这些知识。因为世界上的每个微小粒子都是由痛苦构成的。

※

就这样，我离开了监狱，而后又离开了医院。我一直在与土星的影响做斗争。然而到了八月，土星移位，不再构成凶相位，我们像一家人一样度过了后半个夏天。我躺在阴暗的房间里，鬼怪负责打扫屋子,迪迦和"好消息"则负责做饭和购物。当我感觉稍好些之后,我们又去了一趟捷克,到那家不同寻常的书店看看宏扎和他的那些书。我们和他吃了两顿午饭,还办了一场小型的布莱克研讨会。当然,没有欧盟资金资助和支持。

迪迦在网上找到了短片,不到一分钟。是一只俊美的鹿在攻击猎人。镜头里它正用两条后腿站立着,而两条前腿则在进行攻击。猎人摔倒了,但动物并没有停下来,而是疯狂地在他身上踩踏,让猎人无法从它的蹄下逃脱。猎人试图保护自己的头部,从暴怒的动物身下逃走,但那只鹿又再次将他击倒。

这个短片没有结局,不知猎人和鹿后来如何。

仲夏时节,我躺在自己昏暗的房间里,一遍又一遍地看着这个短片。

第十五章　圣休伯特

> "羊咩、犬吠、牛哞、虎啸
> 是拍打天堂之岸的波涛。"

我的金星受了伤,或被放逐。当某个行星不在原本栖居的星座中时,人们便这样说。除了金星,主导着我上升星座的冥王星与之相位也不佳,我认为这种情况使我患上了懒惰金星综合征,这是我为这一现象起的名字。这通常是指那些天赋异禀,却没有好好发挥自己潜力的人。这样的人天资聪颖却无心学习,反倒把头脑用在打牌和赌博上。他们本来有美好的躯体,却毁于不知爱惜、滥用药物,以及不听从医生的嘱咐。

这时的金星代表着一种奇怪的懒惰:生命中的机会就这样从指缝中溜走,只因睡过了头,或是不情愿,或是迟到,又或是疏忽大意。于是生活变成了纵情享乐、半梦半醒、不思进取、丧失斗志。有的只是慵懒的上午、未开封的信件、拖延的工作、搁置的项目。这类人不服从于任何权力机关,懒散而默默无闻地走着自己的路。可以说,这种人一无是处。

如果当时我努力一下,说不定九月份就能回学校了,但我没能迫使自己迅速振作。孩子们落下了一个月的课,使我深感内疚。可我又能怎样呢?那时我浑身都在痛。

直到十月我才回去上班。我已经感觉好多了,甚至每周组织两次英语角,还把学生们落下的课都补上了。然而后来我却没法再正常工作。从十月开始,孩子们逐渐不再上我的课,大家都在铆足了劲为新礼拜堂的落成和祝祷典礼做准备。新建的礼拜堂是献给圣休伯特的,因此将在11月3日的圣休伯特节举办落成仪式。我不希望孩子们离开学校,宁可让他们多认识几个英语单词,也不愿让他们背诵那些圣人的生平。最后年轻的女校长不得不介入进来。

"您未免说得太夸张了。有些事必须得优先考虑。"她说,听起来她自己都不相信自己的话。

我认为"优先"一词与"死者"或"同居者"这两个词一样恶心。可我不愿,真的不愿为了孩子们的课,为了这些恶心的词语与她争吵。

"您也会去参加礼拜堂的祝祷典礼的,不是吗?"

"我不是天主教徒。"

"这无所谓。无论接受与否,我们都是在基督教文化的熏陶中成长起来的。您就来吧。"

这种论点使我猝不及防,于是我便沉默了。只得利用下午的英语角给孩子们补课。

此后迪迦又接受了两次警方的问询。征求他本人意见后,最后警察局还是与他解除了劳动合同,他只需要继续在那儿干到年底。关于辞退一事,他们给出了一些含糊的理由,就是警局工作量减少、节约开支这类惯用借口。像迪迦这样的人铁定是第一批被裁掉的。可我却认为,这与他提供的口供有关。难道他被警方怀疑了?迪迦完全没把这件事放在心上。他早就拿定主意要做布莱克诗歌的波兰文版译者。把一种语言翻译成另一种语言,拉近人与人之间的距离,这是一个美好的想法。

此外,迪迦还在着手进行自己的调查,这倒也不足为奇。因为所有人都在焦急地等待着警方的新发现、新进展,希望他们能一举侦破这一连环凶杀案。迪迦甚至为此找过福南特沙克的夫人和董事长夫人,锲而不舍地调查她们的行踪。

根据目前掌握的情况我们可以得知,三人皆因头部受到重击而死,但却不知道凶器为何物。据我们推测,凶器有可能就是一块木头或一根粗壮的树枝。如果真是如此,皮肤上应留下特殊的痕迹。可就目前来看,凶手使用的更有可能是一个表面光滑、坚硬的大型工具。除此之外,警察还在案发现场发现了少量动物血迹,极有可能是属于鹿的。

"我说对了,"我固执地重申道,"你们看,是鹿吧?"

迪迦则倾向于认为他们的死与利益纠纷有关。众所周知,福南特沙克曾向警察局长行贿,而那天晚上他恰好从福南特沙克家回来。

"有可能是福南特沙克跟踪他,想把钱拿回来。他们推搡了起来,之后警察局长便掉了下去。福南特沙克也因惊吓过度,没去找钱。"迪迦若有所思地说道。

"可又是谁谋杀了福南特沙克呢?"鬼怪提出的问题颇有道理。

其实我倒是喜欢这种坏人互相残杀的观点。

"哦,那可能是董事长?"鬼怪又凭空猜测起来。

可能警察局长在包庇福南特沙克犯下的某些罪行。但他是否参与了福南特沙克的勾当,我们尚不清楚。如果是董事长杀的人,那又是谁杀了董事长呢?也许有人要向他们三人复仇,肯定也涉及一些利益纠葛。难道真的与黑帮有关?警方有相关的证据吗？很有可能警局里还有其他人也被牵扯进了这些黑暗交易中，所以调查才遇到如此大的阻力。

我已经不在人前说自己的观点了，那些话确实只会让我沦为笑柄。"灰女士"说得对：人们只能理解他们为自己发明的一切和赖以生存的基础。地方官员的腐败和利益输送行为也更符合电视和媒体的报道趣味。因为无论是报纸还是电视，一般都不会关注动物，除非动物园里跑出了一只老虎。

※

万灵节一过，冬天就来临了。这时秋天会把自己的工具和玩具都收起来，拂去那些无用的树叶，把它们扫到田埂旁。草地也失去了色彩，变得黯淡无光。大雪落在犁过的田野上，一切都是如此的黑白分明。

"用你的犁碾过亡者的尸骨吧。"我对自己说着布莱克的诗句。但是，真的如此吗？

我一直站在窗前，看着大自然匆忙地整顿清理，直到夜幕降临。从此，冬天将在黑暗中前进。第二天一早，我把在"好消息"那儿买的红色羽绒服和羊毛帽子找了出来。

"武士"的窗户上结了一层霜，薄薄的，轻盈得如太空中的菌丝。万灵节过后的第二天，我开车到市里，打算看望一下"好消息"，再买一双雪地靴。毕竟到了该未雨绸缪的时候了。那天天空压得很低，和往年这时候一样，墓园里的烛光还没燃尽。透过铁丝围栏，我看到彩灯在白日里闪烁，就好像人们想用这微光来拯救落在天蝎座那逐渐衰退的太阳。冥王星接过了对世界的掌控，让我悲从中来。昨天我给我那些友善的雇主们去了邮件，告诉他们今年冬天我不能再为他们照看炉子了。

走到半路我才想起来，今天正是11月3日，是市里举办圣休伯特节庆祝活动的日子。

每当人们组织一些卑劣无耻的活动时，总是最先把孩子们牵扯进去。我记得当初他们就是这样让我们参加五一劳动节游行的，那是很久很久以前了。现在的孩子们则要参加科沃兹克县"圣休伯特——当代环保主义者的典范"青少年造型艺术大赛，接着还要进行演出，介绍这位圣人的生平。为此，早在十月份我就给教育委员会写了一封信，却没有得到任何回复。这与其他很多事一样，都是可耻的丑闻。

柏油路上停了许多车，就像平日里举行弥撒时一样。于是我决定进教堂看看孩子们牺牲了英语课，花了一整个秋天准备的活动效果如何。我看了一眼手表，看来弥撒已经开始了。

我有时会走进教堂，与人们安静地坐在一起。我喜欢这种状态，大家都待在一起，却无须相互攀谈。一旦可以说话，人们就会开始胡说八道，东拉西扯，甚至瞎编乱造，四处炫耀。而像这样一排排坐着，每个人都会陷入沉思，在脑海里回忆着最近的遭遇，畅想着未来的期许，通过这种方式来把控自己的人生。我和其他人一样坐在长椅上，陷入了一种下意识的半清醒状态。我慵懒地思考着，思想好似来自身体之外，来自他人的头脑，也可能来自不远处那个木雕的天使。与在家时不同，在这儿总能产生一些新的想法。从这方面来看，教堂是个好地方。

有时我甚至有这种感觉，在这个地方只要我想，就能读出别人的想法。好几次我在脑海中听到了他人的想法："卧室的新壁纸要什么样式的？是表面光滑的好一些，还是带精致点缀的？存在账户里的钱利息太低，其他银行利率更高，周一得赶紧查一查它们的利率，好把钱转出去。她的钱是哪儿来的？她怎么买得起这些东西？她穿的是什么？可能他们不吃不喝，挣来的钱全都买衣服了……看他苍老的样子，头发都白了！谁能想到他以前是村里最英俊的男人啊！可现在呢，是个什么样子？老态龙钟啦……我直白地告诉医生：我想要病假证明……绝对不可能，我绝对不会让这种事情发生，我不会任人宰割……"

这些想法有什么问题吗？我有其他的想法吗？无论上帝是否存在，至少他给予了我们一个可以安静思考的地方，或许祷告的意义正在于此——安静地思考，无欲无求，只是把自己头脑里的思绪梳理清楚，这样便已足够。

然而，一旦最开始那段愉悦放松的时刻过去，从儿时起就萦绕于心头的问题又会重现。也许我天生就有点幼稚。上帝如何能同时聆听全世界那么多的祷告呢？要是它们相互矛盾怎么办呢？上帝会听混蛋、魔鬼和恶人的祈祷吗？他们会祈祷吗？有没有上帝不存在的地方？上帝会存在于狐狸养殖场里吗？他会怎么看待那个地方呢？上帝会在福南特沙克的屠宰场里吗？他去那儿吗？我知道这些问题既愚蠢又天真，神学家们一定会笑话我。正如那些吊顶装饰的人造天空下悬挂着的天使一样，我也有一个木头脑袋。

沙沙神父的喋喋不休打断了我的思路。每当他动起来的时候，我总觉得他那瘦骨嶙峋的身躯在黝黑紧实的皮肤包裹下沙沙作响。他的黑袍蹭着裤子，下巴蹭着罗马领，关节吱呀作响。这位神父真是神的造物啊！他皮肤干瘪、沟壑纵横，任何一处的肌肤都显得松垮而多余。人们说他以前很胖，后来通过手术进行了治疗，把半个胃都切去了。可能正是因此，现在才如此消瘦。我不禁想，也许他整个人根本就是用灯笼罩上那层宣纸糊的人造物，中空且易燃。

今年年初，当我还在为失去"小姑娘们"而悲痛欲绝的时候，神父来看望了我。那时他正挨家挨户地唱圣诞颂歌。他的辅祭们先到了我家，小伙子们穿着厚实的衣服，外面还披了一身白色常服。通红的脸颊削弱了他们作为神父使者的威严。我偶尔会吃酥糖，于是就把家里的酥糖掰了几块给他们。他们吃完后唱了几首歌就离开了。

沙沙神父气喘吁吁地快步走到我家，还没来得及抖掉鞋子上的雪，就径直走进了我的小客厅，直接站在了地毯上。他用洒水器往墙上撒了圣水，目光低垂着做了祷告。然后迅速地把圣像放在桌子上，随即在沙发边上坐了下来。他以迅雷不及掩耳之势完成了这一切。我感到他在我家待得并不自在，恨不得马上离开。

"喝点茶吗？"我怯生生地问。

他不想喝。我们沉默着坐了一会儿。我看到辅祭们正在房前打雪仗。

我突然有一种荒唐的冲动，想把自己的脸紧贴在他洁净笔挺的宽大袖子上。

"为什么哭泣？"他用了一个奇怪的无主句[①]。在宗教语言

[①] 该句子缺少主语，为波兰语中的无人称形式。意在指代所有人，而不是某一个人。

里的往往只说"害怕"而不说"恐惧",只说"引起重视"而不说"注意",只说"提升"而不说"学习"。但这对我丝毫没有妨碍,我继续哭泣着。

"我的狗死了。"我终于说了出来。

那是个冬天的下午,黑暗已透过小窗涌入室内,我看不到他脸上的表情。

"我理解这种痛苦。"过了一会儿他说,"但它们只是动物啊。"

"它们是我唯一的亲人,是家庭的一分子,是我的女儿。"

"请不要亵渎上帝。"他勃然大怒道,"不能把狗当作女儿。别再哭了,祈祷吧,这样能减轻痛苦。"

我拉着他那整洁、精致的袖子,把他拽到窗边,指着那片小墓地。被雪覆盖的墓碑悲戚地立在那里,其中一个墓碑上点着一盏小灯笼。

"它们死了,我已经接受了这个事实。它们应该是被猎人射死的,您知道吗,神父?"

他一言不发。

"我希望自己至少能把它们埋葬起来。要我如何忘记这种悲痛?我甚至连它们是怎么死的、尸体在哪儿都不知啊。"

神父开始焦躁不安。

"不可将人与动物相提并论。建这种墓地是罪过,是人类的傲慢。上帝将动物置于低人一等的位置,它们应该服从人类。"

"请您告诉我应该怎么做。或许您知道?"

"祈祷。"神父答道。

"为它们?"

"为自己。动物没有灵魂,非不朽之身,不会得到救赎。所以,为自己祈祷吧。"

差不多一年前的这些悲伤的场景在我的脑海里徘徊,当时的我还不明白,不像现在。

弥撒还在继续。我坐在三年级的孩子身旁,一个离出口不远的位置。他们尽可能让自己看起来古怪一些,大部分孩子装扮成了鹿、麋鹿和野兔。他们戴着卡纸做的面具,已经迫不及待地想上台表演了。我这才明白,演出会在弥撒结束之后举行。孩子们特意为我腾了个位置,于是我坐到了他们中间。

"你们要演什么?"我低声问三年级 A 班的一个小女孩,她的名字很好听,叫雅高妲[①]。

---

① 波兰语 Jagoda,意为"浆果",带有美好的意象。

"圣休伯特在森林里遇到了一只鹿。"她说,"我演野兔。"

我朝她笑了笑。但实际上我并不十分明白这个逻辑:在成为圣人之前,休伯特是个不中用的败家子,钟情于打猎和杀戮。一次打猎时,他在猎物的头上看到了被钉在十字架上的耶稣。于是他跪了下来,终于意识到自己此前的罪孽深重。从此痛改前非,再不杀生,最终成为圣人。

为什么这种人会成为猎人的守护神?整个故事缺乏基本的逻辑。信奉休伯特的人若想要追随他,就应该停止杀戮。如今猎人却将他作为了守护神,他岂不成了自己所犯下罪孽的守护神了?人们就这样把他变成了罪恶的守护神。我张开嘴,深吸了一口气,准备与雅高妲分享我的疑惑。我不得不承认,这不是一个合适的时间和地点,神父还在高声唱诵圣歌。我只在心里提出了一种假设:这是一种概念的反向挪用。

教堂里座无虚席,不仅是因为他们把小学生们都赶到了这里,还因为前排坐满了陌生男子。他们的制服看得我眼睛发绿。祭台两边还站着另一些人,手里拿着垂下的彩旗。沙沙神父今天也穿得十分隆重,他松垮的、发灰的脸上面色深沉。我焦躁不安,无法像平常一样陷入沉思,进入自己最沉迷的那种状态之中。我感到体内开始振动,自己也正慢慢地被这种状态所支配。

有人轻轻地碰了一下我的手臂。我扭头一看,原来是高年级的格热西,他的一双漂亮眼睛透着机灵。我去年教过他。

"您的狗找到了吗?"他小声问道。

我一下想起去年秋天和他们班的同学一起在围栏和车站贴告示。

"格热西,很遗憾没找到。"

格热西眨了眨眼。

"节哀顺变,杜舍依科女士。"

"谢谢。"

教堂里只听得见人们清嗓子,还有鞋与地面的摩擦声,而沙沙神父的声音却打破了这冰冷的寂静。所有人都颤抖了一下,跪了下来,那声响大到直冲拱顶。

"上帝的羔羊啊……"头顶的声音如雷鸣般响亮,我还听到四面八方传来奇怪的嗡嗡声——人们正一边向羔羊祷告,一边敲击着自己的胸口。

随后,忏悔的罪人们从长椅上站了起来,双臂在胸前交叉,双目圆睁着走向祭坛。虽然过道上出现了混乱,但是在这儿,所有人都比平时来得和善。大家无须交流随即便互相让路,表情看起来庄严肃穆。

我忍不住在想:他们肚子里装着什么。他们今天和昨天都吃了什么?火腿已经消化掉了吗?母鸡、兔子和小牛已经从他们的胃里挤出来了吗？

坐在前排的绿衣部队也站了起来，排列整齐地朝着祭坛移动。沙沙神父正在辅祭的簇拥下沿着围栏移动，又象征性地给他们每人喂了一块肉。可那是肉啊，是鲜活生命的躯体。

如果真的存在什么善良的上帝，无论是以什么形象，一只绵羊、一头奶牛，哪怕是一只鹿，这时他都应该现身示人，发出雷鸣般的怒吼了。即便他不能亲自现身，也应派出助理神父和充满激情的大天使前来，一劳永逸地为这可怕的伪善画上一个句号。当然了，最后一定没人出面干预，谁也不会去干预。

此刻人们脚步的摩擦声逐渐微弱，聚集成一团的人群终于慢慢分散，坐回了长椅上。在一片肃静中，沙沙神父开始郑重地清洗圣器。我认为那儿若是放上一个小型洗碗机或许会对他有帮助，能放进一套餐具就行。只需一个按钮，他便可节省出许多时间来布道。他走上了讲道坛，整理了一下带蕾丝边的袖子。此时我又回忆起一年前他们出现在我家时的场景。只听神父说道：

"我很高兴能够在这个幸福的日子里和大家一起为我们的礼拜堂祝祷。让我更为激动的是，我能够作为猎人们的神父参与到这项富有意义的活动中。"全场一片寂静，好似盛宴过后，每个人都需要一点时间安静地消化一下。神父环视了一周在

场的所有人,继续说道:

"亲爱的兄弟姐妹们,正如你们所知,多年来我一直守护着勇敢的猎人们。作为他们的神父,我为各个狩猎点祝祷,组织了许多聚会,举办圣礼,将死者送往'永恒的狩猎场'。我一直关心与狩猎相关的道德问题,尽量为猎人们提供精神上的帮助。"

我开始焦躁不安。神父接着说:

"这座漂亮的圣休伯特礼拜堂位于我们教堂的中殿。礼拜堂的祭坛上立着圣像,不久后还会增加两个彩色玻璃花窗作为装点。其中一扇窗上画着传说中圣休伯特在狩猎时遇到的那只带着十字架光芒的鹿;另一扇窗上则画着圣休伯特本尊。"

信徒们顺着沙沙神父手指的方向望去。

"最早提出建礼拜堂的,"神父接着说道,"是我们勇敢的猎人们。"

现在所有人都把目光转向了前排,我也朝那边望去,虽不情愿。这时,沙沙神父清了清嗓子。看得出来,他准备开始进行一场庄重的演讲。

"我的兄弟姐妹们,猎人是上帝的使者与伙伴,他辅助上帝创造并照顾动物们。人类生活的大自然需要我们的帮助才能生生不息。猎人们狩猎符合捕猎法则。他们定期给动物喂食,建造了,"说到这儿他偷偷看了一眼笔记本,"41 个鹿喂食架,4

个麋鹿喂食架,25个野鸡喂食点以及150块盐舐砖……"

"之后就可以在这些喂食架旁向动物开枪。"我大声地说着,坐在我身旁的人转过身来,眼里带着责备。"就像是邀请别人吃饭,然后将他谋杀。"我补充道。

孩子们瞪大了眼睛惊恐地看着我。他们都是我教过的孩子,是三年级B班的。

沙沙神父还在继续演讲,由于距离我很远,他没听到我说的话。他站在讲道坛上,把手塞到法衣的蕾丝宽袖里,抬眼望向教堂的拱顶,很久以前画上去的星辰已开始脱落。

"……仅今年的狩猎季他们就为这里的动物们准备了15吨浓缩饲料过冬……"他列举着,"多年来,我们的猎人社团一直在购买野鸡放生到大自然中,以此为游客提供付费打猎服务,此举改善了社团的经费状况。我们一直尊崇着狩猎的传统习俗,所有新成员都要通过筛选并进行宣誓。"他的语气充满骄傲,"一年中最重要的两次狩猎分别是圣休伯特节,也就是今天,以及平安夜。我们在进行狩猎时一直遵循着传统并尊重狩猎规则。然而更重要的是,我们渴望感受自然之美,守护传统习俗。"他继续激动地说,"现在还有很多偷猎者,他们不遵守大自然的法则和约束,不遵守狩猎规则,以残忍的方式猎杀动物。而你们是遵守规则之人。幸而如今狩猎的概念已经改变,我们不再被视为但凡遇到会动的东西都统统射杀的人,而是守护自然之美,守护秩序与和谐的人。近年来,我们亲爱的猎人们建起了自己的猎人之家,他们经常在那里见面,讨论狩猎文化、道德、纪律和安全,以及其他感兴趣的问题……"

我大笑着一声冷嘲,以至于半个教堂的人都转身看向我。笑到快喘不上气时,一个孩子给我递了一张纸巾。同时,我感到双腿僵硬起来,我知道麻木、疼痛马上就要来临。我不得不活动一下双脚和小腿肌肉,若不这么做,用不了多长时间剧烈的疼痛就会向我的肌肉袭来。老毛病似乎要犯了,但我同时觉得这样反倒很好。是的,来了,它开始发作了。

现在我终于明白,为什么看起来像集中营哨台的狩猎塔会被称作"讲道坛"①了。站在狩猎塔上的人凌驾于其他生物之上,掌握着它们的生杀大权。他们变成了篡夺王位的暴君。神父情绪激昂,几近兴高采烈地说:

"把土地变成你们自己的吧!上帝的这句话正是要告知我们,告知猎人们,是上帝使人类成为辅助者,让我们参与创造万物,并完成自己的使命与杰作。'猎人'这个名字中包含'思想'②一词,这意味着猎人们清醒、理智、周到地完成上帝赋予他

---

① 波兰语中 ambona 为多义词,有"讲道坛"和"狩猎塔"等含义。
② 波兰语 myśliwy 意为猎人,波兰语 myśl 意为思想。

们的任务,照顾大自然——这份上帝赐予我们的礼物。祝愿你们的社团发展壮大,继续惠及他人和整个大自然……"

我费力地从自己的那排座位里出来,迈着僵硬到奇怪的步伐,走到了讲道坛底下。

"喂!你给我从那儿下来!"我说,"快点儿!"

教堂里突然一片寂静,我心满意足地听到自己的声音在拱顶和中殿之间回荡,愈发响亮;难怪在这里演讲可以达到忘我的状态。

"我跟你说话呢。你没听见吗?下来!"

沙沙神父瞪大了眼睛,一脸惊愕地俯视着我。他的嘴轻轻地动着,像是震惊过后努力寻找着恰当的措辞,最后却还是失败了。

"呃,呃。"他重复着,语气既不像是无助,也不像是挑衅。

"立刻从讲道坛上下来!给我从这儿出去!"我喊道。

我忽然感到一只手抓住了我的手臂,一个穿制服的人站在了我的身后。我推开了他,接着又跑过来一个人,两个人用力擒住了我的双臂。

"谋杀犯。"我说道。

孩子们看着我,惊恐万分。穿着演出服装的他们看起来是如此的不真实,就像是即将要诞生的一个全新的半人半兽物种。人们开始在座位上躁动不安,愤慨地窃窃私语着,但在他们的眼神里我看到了同情,这使我更加愤怒。

"你们看什么看?"我哭喊着,"你们是睡着了吗?听到这一派胡言却连眼睛都不眨一下?你们已经失去理智了吗?你们的心呢?心还在吗?"

我不再挣扎,任由他们将我赶出了教堂。我在门口转过身来,冲着所有人喊道:

"你们都出去!所有人都出去!现在、立刻!"我挥动着双手,"快走!嘘!你们被催眠了吗?你们连最后的一点同情心都没有了吗?"

"请冷静点。这儿凉快一些。"到外面后其中的一个男人说道。另一个人故作威胁地说:

"不然我们就报警了。"

"你们说得对,是应该报警。有人在这儿教唆犯罪。"

他们把我扔下之后,用力地关上了门,好让我没法再回到教堂里。我猜想沙沙神父肯定还在继续布道。我在矮墙上坐下,慢慢恢复了过来。愤怒已然消逝,寒风使我涨得通红的脸凉了下来。

愤怒总会在自己身后留下许多空白,这些空白会立刻被洪水般的悲伤填满,然后如江河一样奔流,无始无终。当泪水袭来,这江河之源将再次充沛。

我看到两只喜鹊在神父宅邸前的草坪上嬉戏,像是想要哄我开心。它们仿佛在说:"别太在意,时间站在我们这边,这件事必须得有人去做,别无他法……"它们好奇地观察着闪闪发亮的口香糖纸,之后其中一只喜鹊把它叼在嘴里飞走了。我的眼神一直跟随着它,它们的窝可能就在神父宅邸的房顶上。喜鹊。纵火犯。

※

第二天,虽然我没课,年轻的女校长还是给我打来电话,让我在下午教学楼里没人的时候去一趟学校。她主动给我端来一杯茶和一块切好的苹果蛋糕。我早已洞悉她的意图。

"雅妮娜女士,您是知道的,那事发生以后……"她忧心忡忡地说道。

"我不是什么'雅妮娜女士',我之前已经请你不要这么叫我了。"我纠正了她,但这么做似乎没有任何意义。我知道她想说什么,她无非是想用这样的称呼来建立自信。

"……杜舍依科女士,好吧。"

"是,我知道。我希望你和孩子们能够听进我说的话,而不是听那些猎人们的。他们的话只会玷污孩子。"

女校长清了清嗓子。

"您已经造成了十分恶劣的影响，且这件事还是发生在教堂里，在孩子们的面前。对他们而言，神父和教堂都具有特殊意义。"

"有特殊意义？那就更不能让他们再听这种东西了。你自己也听到了。"

女校长深吸了一口气，望向另一边，对我说道：

"杜舍依科女士，您说的不对。我们的生活中有一些固有的规矩和传统。我们不可能就这样摒弃一切……"很明显她现在准备行动了，我也已经猜到她要说些什么。

"我不希望像你说的那样摒弃一切。我只是不允许他们教唆孩子作恶，教导他们伪善。赞美杀戮是一种恶行，这是再简单不过的道理。"

女校长双手托着下巴，低声说：

"我必须与您解除劳动合同。您肯定也已经猜到了。至于这学期，您最好争取休病假，那我就感激不尽了。正好您之前也的确生病了，现在可以继续休病假。请您理解，我也没有别的办法。"

"那英语课呢？以后谁教英语？"

她面红耳赤。

"我们的宗教课老师上过英语学校。"她说着,同时用奇怪的眼神看着我,"何况……"她迟疑了一下,说道,"之前我就听到过传言,说您用非常规方法教外语。您是不是带着孩子们点蜡烛、放烟花,后来其他老师反映教室里有烟。家长们担心这是撒旦教,是某种撒旦教的仪式。他们就是如此简单天真的人……您还给孩子们吃奇怪的东西。榴梿糖,是什么东西?要是哪个孩子食物中毒了,谁能负责?您考虑过吗?"

她的这些论点让我无力反驳。我一直争取给孩子们制造惊喜,以此激发他们的兴趣。我感到身体的力量已经枯竭,不想再多说什么了。双脚拖着身体,我一声不吭地离开了。我用余光看到她慌张地整理着办公桌上的纸张,双手一直在颤抖。可怜的女人。

我需要的东西"武士"里都有。眼前的日暮正于我有利。对我这种人来说,它始终都是有利的。

※

芥末汤做起来很快,且不费工夫,一会儿就准备好了。先在平底锅里放上一点黄油,再加入面粉,就像做贝夏梅尔酱一样。

面粉把化开的黄油充分吸收，然后满满地膨胀开，这时候按一比一的比例加入牛奶和水。面粉和黄油的嬉戏就这样遗憾地告终了，但汤汁也随之而成。现在，得往这尚且清澈、纯净的液体里加点盐、胡椒和葛缕子，煮沸后就可以关火了。这时候再加入三种形态的芥末：法式第戎颗粒芥末酱、光滑的奶油状萨列普塔芥末酱或甜芥末酱，还有芥末粉。重要的是不要把芥末煮沸，那样的话汤会失去本身的味道，还会变苦。我一般会再配上油炸面包块，我知道迪迦很是喜欢。

他们三人一起来了，我还在想是否带来了什么惊喜。他们的模样是如此严肃，我甚至还想着是不是自己过生日。迪迦和"好消息"穿着一模一样的漂亮冬衣，使我忽然想到他俩正好可以凑成一对。两个人都长得精致，像是路边娇小的雪钟花。鬼怪看起来阴沉沉的，双脚磨蹭了许久，还不停地搓着手。他带来一瓶自己酿的野樱莓酒。我从来喝不惯他酿的酒，他总是舍不得加糖，连他酿的利口酒回味起来都带着一种苦涩。

他们坐在桌旁，而我还在炸着面包块。看着他们所有人都在一起，这可能是最后一次了。是时候该分别了——我的脑海中萦绕着这个想法。突然，我开始用另一种方式看待我们四人，仿佛我们有许多共同点，仿佛我们是一家人。我意识到，我们都属于那种被世界认作无用的人。我们没做过任何惊天动地的事,既没提出什么重要的思想,也没产出有用的东西和粮食,我们不会耕种,更没有推动经济。除了鬼怪之外,我们其余人都未曾繁衍过后代。即便那是"黑大衣",鬼怪也总归有个儿子。目前为止我们没有为世界带来任何有用的东西,没有任何的发明创造。我们没有权力,除了自己的一亩三分地,其他什么也没有。我们做着对别人而言无足轻重的工作。即使我们消失,也不会发生任何变化。根本没人会注意到。

透过夜晚的宁静和厨房炉火的咆哮,警笛的轰鸣声随着狂风从下面的村子传来。我在想,他们是否也听到了这不祥的声音。但他们正轻声讲话,靠在一起,很是安静。

当我把芥末汤倒进小碗里时,情绪突然翻涌起来,眼泪汹涌而下。幸好他们聊得起劲,并没有注意到。我拿着锅退到窗前的操作台后,在那里偷偷地看着他们。我看到鬼怪苍白而蜡黄的脸,脸颊的胡子刚刚刮过,灰白的头发整齐地梳在两边;我看到"好消息"的侧脸,鼻子和脖子线条优美,头上系着彩色的丝巾;我还看到迪迦的背影,瘦小的他弓着腰,穿着一件针织毛衣。他们将来会怎样?这些孩子们能应付得来吗?

我能应付自如吗?毕竟我也和他们一样。我一生所获未给任何事物带来价值,过去如此,现在如此,将来亦是如此。

可我们为何要做有用之人,对谁有用?是谁把世界划分为有用和无用,又有什么依据?难道飞廉就没有活着的权利?在仓库里偷吃粮食的老鼠呢?还有黄蜂、雄蜂、野草和玫瑰,它们都没有权利活着吗?谁有这样的智慧去评判孰优孰劣?一棵大树蜿蜒曲折,满身树洞,却能免遭砍伐而屹立百年,只因无法用来制作任何东西。像这样的例子使我们这样的人受到不少鼓舞。人人皆知有用之用,却不知无用之用。

"下面的村子里有一片火光。"鬼怪站在窗边说,"是什么东西着火了吧。"

"你们过来坐下吧。油炸面包块好了。"直到确认眼泪已干,我才敢请他们上桌。但他们都站在窗前,沉默着,之后又看向了我。迪迦——一脸痛苦,鬼怪——一副难以置信的表情,"好消息"——眼神悲伤地看着我,这眼神使我的心碎。

就在这时,迪迦的电话响了。

"别接!"我喊道,"这里是捷克的网络,漫游费很高的。"

"我必须得接,毕竟我还在警察局工作着呢。"迪迦说道,随后接起电话说,"喂?"

我们急切地望着他。芥末汤已经凉了。

"我这就来。"迪迦说完,一阵恐慌向我袭来,一切都将逝去,"现在"永远不会再回来。

"神父宅邸着火了。沙沙神父死了。"迪迦说完,却并没有起身离开,反倒开始坐在桌旁,僵硬地喝着汤。

我正处于水逆时期,此时更适合书面表达,而非言语。我本可以成为一个不错的女作家,但又不善于表达自己的情绪和行为动机。我必须告诉他们,但同时又不知应该如何表达。怎么把这一切组织成语言?纯粹出于忠诚,我必须要告诉他们我做了什么,在他们从别处得知之前。可迪迦却先开了口。

"我们知道是你。"他说,"所以我们今天才过来的。就是为了想出个办法。"

"我们是想来带你走的。"鬼怪哀伤地说着。

"但我们没想到你会故伎重演。是你干的吗?"他把没喝完的汤推到一边。

"是。"我答道。

我把锅放回厨房,脱下了围裙,然后站在他们面前,准备接受审判。

"知道董事长也死了之后我们才想到这一点。"迪迦低声地说,"那些甲虫。只有你能做到。波罗斯也可以,但波罗斯已经离开很久了。我还特意给他打了电话确认此事。他不相信是你,但却坦承他那宝贵的信息素确实无故丢失了。他当时在原始森林里,因此有不在场证据。我想了很久,为什么你会和董事长这种人有瓜葛。后来我猜到,这肯定与小姑娘们有关。况且你也没有掩盖他们打猎的事实,对吧?他们每一个人都如此。现在看来,沙沙神父应该也打猎。"

"他是他们的随队神父。"我嘀咕道。

"之前看到你车里装的东西,我就已经有所怀疑。但我没对任何人说起。可你有没有意识到,你的'武士'就像一辆突击车一样?"

我突然感觉两条腿不听使唤,一下坐在了地板上。一直支撑着我的力量已经离开了我,像空气一样蒸发掉了。

"你认为他们会逮捕我吗?他们现在是想把我再抓到监狱里去?"我问道。

"你杀了人。你知道吗?你明白吗?"

"别急,"鬼怪说道,"慢慢来。"

迪迦侧过身来,抓着我的双臂使劲摇晃着我的身体:

"到底怎么回事?你怎么做到的?为什么?"

我跪着挪动到了餐具柜前面,从蜡布下面拿出一张照片,这正是我从大脚家拿来的那张。我把照片径直递给了他们,自己没再看一眼。它已经刻在了我的脑子里,照片上的一丝一毫我都已经无法忘记。

第十六章　照片

"愤怒的老虎比驯服的马匹更聪明。"

照片里一切都一清二楚,它是我能想到最具说服力的犯罪证据。

他们身着制服在草地上站成一排,动物的尸体在他们面前一字排开——野兔、一大一小两只野猪、几只鹿,还有许多野鸡和鸭子,有绿头鸭,也有绿翅鸭,微小如句点。动物的尸体如同写给我的长句,那些鸟则构成了省略号,代表着无尽的延续。

但照片角落里的那团东西使我眼前一黑,差点昏过去。鬼怪,你当时一直忙着处理大脚的尸体,没有注意到这些。在我挣扎着对抗剧烈的恶心时,你还说了句什么。谁会认不出这白色的毛发与这黑色的斑点呢？照片的角落里躺着三条狗的尸体，摆放得整整齐齐，是他们的战利品。其中一只我并不认识，而另外两只——正是我的"小姑娘们"。

男人们穿着制服威风凛凛，面带微笑地摆好姿势拍照。我能一眼认出他们是谁。中间是警察局长，他旁边是董事长。福南特沙克穿成突击队员的样子，站在另一侧，沙沙神父戴着罗马领站在他身边。还有医院院长、消防队长、加油站老板。一个个都是家中的父亲，模范公民。照片中，他们的帮手和赶猎物的人稍稍靠边，没有摆出姿势，站在了这排重要人物的后面。大脚半个身子转向一侧，像是刚停下手中的活，在最后一刻才跑进照片里。还有一些留着大胡子的人抱着树枝，因为它们正要点燃狩猎的篝火。要不是他们脚下那些躺着的尸体，看到这照片还真会以为这些人在庆祝一件喜事呢，如此欢呼雀跃。一锅又一锅的酸菜香肠炖肉，串在棍子上的香肠和肉串，一瓶又一瓶在水桶里冰镇着的伏特加。在这些鞣制皮革、上过油的猎枪、酒精和汗水里透着男性气味。这是一种掌控的姿态、权力的徽章。

我甚至不需要仔细研究，一眼便准确地记住了照片中的每一处细节。

当时我感到的是一种解脱，这一点也不足为奇，因为我终于知道"小姑娘们"的下落了。之前我一直四处找寻着它们，直到圣诞节后我才最终放弃了希望。我去过各个山间旅馆,问了很多人,还到处张贴告示。"杜舍依科女士的狗丢了,有人见过它们吗?"学生们也帮着四处打听。两只狗就这样消失得无影无踪、如石沉大海般杳无音讯。没人见过它们——都已经死了,哪还会有人瞧见呢?现在我已经能猜到它们的尸体在哪儿了。有人曾告诉我,福南特沙克总是把打猎后剩下的东西带回养殖场喂狐狸。

大脚一开始便知道这件事,他一定还在嘲笑我的悲痛。他看着我如何声嘶力竭地喊着它们,甚至跨到了国境的另一边。可他却不曾透露一个字。

在那个不幸的夜晚,他把偷猎来的鹿煮来吃了。说实话,我一直不理解"偷猎"和"狩猎"之间的区别,两者都是杀戮。第一种是隐匿而违法的;第二种却是在法律冠冕堂皇的庇护下光明正大地进行。他就这样被骨头卡住,受到了应有的惩罚。这是惩罚——这种想法已在我脑海中挥之不去。鹿要惩罚他,因为他用如此残忍的手法杀害了他们。它们用自己的身体把他噎住了,用骨头卡住了他的喉咙。为什么猎人们对大脚的偷猎行为放任不管呢?我不知道。我认为,关于狩猎后发生的那些事,大脚知道得太多了。而沙沙神父却一直试图让我们相信,每次狩猎过后他们都会进行道德的辩论。

西弗彦托派乌克,当你在搜索手机信号时,我找到了这张照片。我把鹿头收了起来,好将这些残躯碎片予以安葬。

在那个可怕的夜晚,我给大脚换过衣服,清晨我回到家里,这时就已经知道自己要做什么了。在大脚屋前的那些鹿告诉了我要做什么。它们在这么多人里选中了我,也许是因为我不吃肉。而且它们也希望我能以它们的名义继续行动。它们就像休伯特遇见的那只麋鹿一样出现在我面前,让我在隐匿的角落,成为正义的惩罚之手。不仅是为了鹿,也是为其他所有动物讨回公道,因为它们在议会里没有发言权。它们还给了我一个精巧的工具,没人能猜到是什么。

我跟踪了警察局长好几日,这给我带来了极大的满足感。我一直在观察他的生活,他的生活索然无味。我发现他常去福南特沙克开的非法妓院,还发现他只喝绝对伏特加。

那天我和往常一样在路边等着他下班回家。我开车跟在他后面,他和以前一样,始终未注意到我。没人会注意一个拿着兜子到处乱逛的老太太。

我在福南特沙克家门口等了许久也不见他出来,当时风雨交加,我被冻坏了,就回了家。但我知道他每次喝酒后都会穿过山隘走小路回来。我当时也不知道自己要做什么。我想和他站着面对面谈一谈,并且这次得我说了算,而不能像在警察局时那样,我只是一个普通的报案人,一个大惊小怪的疯子,一个成事不足的可怜、可笑之人。

也许当时我想吓唬他。我穿了一件黄色的雨衣,看起来就像是一个巨型的小矮人。我看到之前挂在屋前李子树上那只装鹿头的塑料袋。里面积满了水,已经完全冻住。我把它从挂钩上摘了下来,带在了身上。至于有什么用途,当时我自己也不是很清楚。事情发生的时候,人们不会考虑这些。我知道迪迦那天晚上要来,所以我不能在警察局长家等待太久。正当我开到山隘时,他的车开了过来。我想,这也许也是一个信号。我下车走到路上,挥着双臂。这就对了,他被吓了一跳。我摘下帽子,好让他看清我的脸。此时的他已怒不可遏。

"您又想干什么?"他探出车窗冲我喊道。

"我想给您看样东西。"我说道。

我也不清楚下一步要怎么办。他虽有所迟疑,但因为已经喝得酩酊大醉,此时更热衷于冒险。他于是下了车,晃晃悠悠地,跟着我走了一小段。

"你想给我看什么?"他问道,对我以"你"相称。①

---

① 按照波兰的传统习俗和礼仪,不熟悉的人互相之间称呼为"您"以示尊敬。面对不熟悉的人称呼"你"可被视为不礼貌的表现。

"一个与大脚之死有关的东西。"当时想到什么我便直接说了。

"大脚?"他不解地问道,之后一下便明白过来,不怀好意地笑着,"哦,对,他的脚确实很大。"

他好奇地跟着我往左走了几步,朝着灌木丛和那口井走去。

"你为什么没告诉我,是你开枪打死了我的狗?"我突然转向他问道。

"你想给我看什么?"他愤怒地试图掌控局面,好让我知道这里应该谁来发问。

我的食指像手枪枪管一样瞄准他,朝他肚子推了一下。

"是你开枪打死了我的狗?"

他笑了一下,然后立刻放松下来。

"你在说什么?我怎么听不明白?是不是有什么我不知道的事?"

"是。"我说道,"回答我的问题。"

"不是我打死的。可能是福南特沙克,也可能是神父。"

"神父?神父打猎?"我惊愕失色,一时说不出话来。

"为什么不打猎?他是随队牧师,跟着打猎呗,就是这样。"

他的脸浮肿难看,双手一直在摆正裤腰带。我没想到他那里藏着钱。

"转过去,老太婆,我要尿尿。"他突然说道。

"他开始瞎摸裤子拉链时,我们已经站在井边了。我想都没想,就拿起装满冰块的塑料袋,像是要掷链球一样。当时我的脑子里一闪而过:这就是'die kalte Teufelshand[①]',对了,这句话出自哪儿?我有没有跟你们说过?我的那些奖牌就是掷链球掷来的。我拿了1971年的全国亚军。我的身体立刻找回了熟悉的姿势,积蓄了全身的力量。啊,人体是多么的聪明。可以说是它做出了决定,击打了过去。"

我只听到了碎裂的声音。警察局长还站了一会儿,摇摇晃晃地,脸上立刻开始流血。这冰冷的一击打中了他的头部。我的心怦怦直跳,只听见血液在体内流动的声音,大脑一片空白。我看到他倒在井边,慢慢地,缓缓地,甚至稍显优雅。他的肚子堵住了井口。不需要多大力气就可以把他推到井里,真的。

一切就是这样。我没再多想这件事。我确定是我杀了他,而且我并没觉得这有什么。我没有受到一点良心的谴责,甚至感到如释重负。

我还有一件事要做。我从口袋里掏出"上帝的手指"——我在大脚家找到的那只鹿蹄。我把鹿头和三条鹿腿埋好了,留

[①] 德语,意为"冰冷的恶魔之手"。

了一只鹿蹄在身边。我也不知为何。我用它在雪地上制造了很多混乱的蹄印。我本以为这些蹄印能留到早上，以此证明鹿来过这里。但是只有迪迦你看到了它们。天上下起了雨，把蹄印抹掉了。这也是一个信号。

我回到家，然后开始做我们的晚饭。

我知道自己很幸运，也正是这份幸运给了我勇气。这难道不正是表明我遇上了行星赋予的好时机吗？周遭的罪恶蔓延却没有人去干预，这是怎么一回事？如同我写给政府机关的那些信一般吗？他们应该给予反馈，却没有任何回音。难道我们要求他们介入的理由不够充分吗？我们可以容忍那些仅带来些许不快的琐碎之事，但却不应忍受如此普遍的毫无意义的暴虐。其实很简单，幸福的人也会给我们带来幸福，这是世上最简单的经济学。在带着"冰冷的拳头"开往狐狸养殖场的路上，我想象着自己正启动一项推翻一切罪恶的进程。那一夜，太阳进入白羊座，崭新的一年开始了。如果是恶创造了世界，那么善就一定要将之摧毁。

因此，去找福南特沙克，我是经过谨慎思考的。我先给他打了个电话，跟他说我们必须得见一面。说我曾见过警察局长，在他死之前，局长有话托我转达。他立刻同意了，那时我还不知道警察局长身上带着一笔钱。现在我终于明白了，福南特沙克是想把钱拿回来。我告诉他,我去找他时,养殖场里最好只有他一人。他同意了。警察局长的死把他吓坏了。

那天下午,见他之前,我做了一个捕猎陷阱。我从大脚的棚子里拿来了金属线做的圈套。这种圈套我已经拆除过多次,因此清楚地知道它的构造和使用方法。首先要选一棵枝条纤细、弹性好一些的树,把它压到地面上。接着把结实一些的树枝固定住,将金属线套在上面。当动物被金属线缠住时,便会开始挣扎,这时树就会直起来,把它的脖子拧断。我吃力地把一棵高低适中的桦树压弯,同时把金属套索藏在了一堆蕨类植物里。

夜里本来也没有工人会留在养殖场,通常灯是灭的,大门紧锁。而现在大门是开着的,为我敞开。我们在他的办公室里见了面。见到我的时候,他笑了一下。

"我好像认识您。"他说。

他不记得我们在小桥上曾见过。没人会记得见过一个像我这样的老太太。

我告诉他,我们必须出去一趟,我把警察局长留下的东西藏在森林里了。他拿上钥匙和外套就跟我走了。我领他走过潮湿的蕨类植物丛时,他开始不耐烦起来。但我的角色扮演得极好,三言两语就搪塞住了他没完没了的问题。

"哦,就是这里。"最后我说道。

他犹疑地东张西望,然后看着我,一副终于明白了的样子。

"什么这里?这儿什么都没有。"

"这儿。"我指着,他迈了一步,一条腿踩进了套索。我想,从旁观者的角度来看应该会很有趣——他像幼儿园的孩子一样听我的话。我曾想象自己的陷阱能像扯断鹿脖子一样把他的脖子拧断。我希望能如我所愿,因为他把我的"小姑娘们"的尸体喂了狐狸,因为他打猎,因为他剥动物的皮。我认为这是公正的惩罚。

可惜我并不擅长谋杀。金属线缠在了他的脚踝,树干直起来时只是把他弄倒了而已。倒下之后他开始号叫,金属线肯定割破了他的皮肤,可能也割到了肌肉。我还有塑料袋作为应急预案。这一次我完全是有备而来,提前把塑料袋放在了冷冻柜里。对老妇人来说,它是完美的犯罪工具。像我这种老太婆总是随身带着几个塑料袋,不是吗?整个过程很简单——当他正要起身时,我用尽浑身力气砸向他,一下、两下,也许更多。每砸一次,我都等上一会儿,听听他的呼吸。最后,他终于安静了。在黑暗与寂静中,我站在尸体旁,什么都没想。又一次,我只感到了解脱。我从他的外套里拿出了钥匙和护照,把他的尸体推到了采完黏土后留下的土坑底下,用树枝盖上。之后我悄悄回到养殖场,走了进去。

我想要忘掉自己在那儿看到过的景象。我一边哭着,一边试图打开笼子把狐狸们都赶出来。但我发现福南特沙克的钥匙只能打开第一个房间,只有穿过这个房间才能到达别处。我几近绝望地在剩下的钥匙堆里找了许久,柜子和抽屉里的东西都被我扔了出来,最后总算找到了。我当时想,一定得把这些动物放生了我才能离开。打开所有的笼子花费很长的时间。这里的狐狸已经变傻,变得好斗,脏兮兮、病恹恹的,有些腿上还有伤。它们不想出去,不知自由为何物。如果朝它们挥手,它们就会叫唤。最后我想到了一个主意——让门朝外大开,我则回到车里。就这样,最终它们都逃走了。

回家的路上,我把钥匙扔了。记下这个恶魔的出生日期和地点后,我在锅炉房把他的护照烧掉了。那个空塑料袋也烧掉了,虽然我从来都尽量避免烧塑料垃圾。

回去的路上无人注意到我。在车上我已忘了一切。我很累,浑身骨头疼,吐了一整晚。

有时我会回想起这件事情。我很诧异,为什么还没人发现福南特沙克的尸体。我猜测,应该是狐狸把他吃掉了,吃到只剩下骨头。骨头最后被扔到了森林里。但实际上,它们完全没有动过他。尸体发了霉,我认为这正好可以证明他根本不是人类。

从那时起,我把所有可能用到的工具都放在"武士"里。便携冰箱里的冰袋、鹤嘴锄、锤子、钉子,甚至还有注射器和注射用葡萄糖。我准备好了随时开展行动。当我跟你们一遍又一遍地说着,是动物在向人类复仇的时候,我并没有撒谎。事实本来就是这样。我只是这些动物的工具而已。

你们会相信我是在不完全清醒的状态下做了这些事吗?会相信我会立刻忘了一切,就像是被强大的保护机制保护着一样吗?我是不是应该把这些事归因于我的疾病,因为我时不时就会变成博日格涅娃①、娜沃亚②,而不再是雅妮娜。

我甚至不知道自己是何时、用什么方法从波罗斯那儿拿到装有信息素的小瓶子的。为此他后来还给我打过电话,我却没有承认。我肯定地说,一定是他弄丢了,还对他粗心大意丢了东西表示同情。

所以,当我说要送董事长回家那一刻,我就已经知道将要发生的是什么。星辰开始倒计时了,我就像被线牵着一样往前走。

他靠墙坐着,双眼无神地看着前方。当我走进他的视野时,他好像完全没注意到我。他咳嗽了一声,然后阴森地说:

---

① 波兰语 Bożygniewa,与男名 Bożygniew 对应的女名,意为"上帝之怒";其另一男性形式为 Borzygniew,意为"愤怒的战士"。
② 波兰语 Nawoja,与男名 Nawoj 对应的女名,意为"最优秀的战士",此名也是作者托卡尔丘克的中间名。

"杜舍依科女士,我不舒服。"

这是一个正在受罪的人。"不舒服"不仅是指喝多之后的状态。他浑身都不舒服,所以我会感觉与他更加亲近。

"您不该喝那么多酒的。"

我已经准备好做出我的判决了,但还没有做出最终的决定。我想如果自己是对的,就一定能清楚地判断接下来要做什么。

"帮帮我。"他呼哧呼哧地喘着气,"送我回家吧。"

这句话听起来很悲伤,我开始同情他。是的,他说的对,我的确应该送他回家,把他从自己身体里,从他残忍、糟糕的生活中解放出来。这就是信号,我立刻明白了他的意思。

"您等一下,我马上回来。"

我走到车里,从冰箱里拿出了装着冰的塑料袋。即使有目击者看到这一幕也只会想,我是要给他冰敷。但实际上却没有任何目击者。大部分车都已经开走了。门口还有人在喊着什么,能听见有人提着嗓子喊话。

我的口袋里装着从波罗斯那儿拿来的小瓶子。

等我回去的时候,他正坐在那儿仰头大哭。

"您要是再这么喝下去的话,以后容易得心脏病。"我说道,"咱们走吧。"

我用手臂夹住他,把他架起来。

"你为什么哭?"我问道。

"您人真好……"

"我知道。"我答道。

"那您呢? 您为什么哭?"

我不知道为什么。

我们走进了森林,我推着他越走越深,直到消防站的灯光快看不见时,我才放开他。

"你试试吐出来,会好受些。"我说,"然后我送你回老家。"

他眼神迷离地看着我。

"怎么是'老家'呢?"

我拍了拍他的后背,安慰他道:

"快,吐吧。"

他靠在树上,往前探下身子,嘴里淌出一沫口水。

"你想杀了我,对吧?"他喘着粗气说。

他开始咳嗽起来,接着我又听到咕噜一声,他吐了出来。

"哦。"他羞愧地说。

就在那时我给他喝了一点波罗斯的信息素。

"你会立刻感觉好一点的。"

他眼睛眨都不眨一下,就喝了下去,然后开始抽搐。

"你给我下毒了?"

"对。"我说。

那时我觉得时辰已到,把塑料袋的提手在手上缠了几个圈,好让击打的力量达到最大。我向他扔去,击中了他的后背和脖子。他虽比我高出许多,但这一下伤得很重,直接让他跪倒在地。一切只是顺其自然,我只是顺势而为,于是又第二次朝他扔去,这一击直接命中。我听见碎裂的声音,他呻吟着倒在了地上。我想,他会因此而感激我。黑暗中,我把他的头摆好,使嘴巴微微张开。之后,我把剩下的信息素洒在了他的脖子和衣服上。回去的路上,我把冰扔在了消防站附近,把塑料袋揣在了口袋里。

事情就是这样。

他们一动不动地坐着。芥末汤早就凉了。没有一个人说话,于是我穿上羽绒服走出了屋子,往山隘方向走去。

村子那边传来警笛声,它的哀鸣随风飘过整个普瓦斯科维什高原。随后一切都安静了下来,只看到迪迦的车灯渐渐远去。

第十七章　处女座

> "每只眼中的每滴泪
> 都会变成永恒中的一个孩子，
> 在光明处女的怀抱中，
> 重获喜悦。"

迪迦一定是一大早就过来了，我吃了药，当时正睡着。在历经这许多事后，除了这样我还能怎么睡着呢？我没有听到他敲门，我不想听到任何声音。他为什么没能再等一会儿，为什么没去敲窗户？他很着急，一定是有什么重要的事情想跟我说。

我迷茫地站在门廊上，只看到门前的垫子上放着一本《布莱克书信集》，这正是我们从捷克买来的那本。为什么他把这个留给了我？他这么做是想告诉我什么？我打开了书，漫不经心地翻了起来，但一张纸片都没有从书里掉出来，我也没注意到里面有任何信息。

那天阴沉潮湿,我走起路来很吃力。我去给自己泡了杯浓茶,直到那时我才看到,书中有一页用草做了标记。我读了一遍我们还没翻译过的内容,是布莱克写给理查德·菲利普斯信里的一段话,那段话用铅笔画了线(迪迦并不喜欢在书里做记号):

"我曾在1807年10月13日的一篇文章《先知与真正的不列颠人》里读到过,"在这里迪迦用铅笔在旁边写着:"《黑大衣先生》","一位愤恨罗伯斯庇尔的外科医生设计使警察扣押了一位占星学家及其财产,将其投入监牢。能够解读星象的人,常受星象影响之苦,这不亚于那些相信牛顿学说的人,他们不去解读星象也不懂得解读星象,却因自己的推理和实验而苦恼。我们每个人都是犯错的主体,谁又能说我们不是罪犯呢?"

我用了十几秒才真正领会这段话的含义,之后我变得虚弱起来。肝脏生硬地叫喊,愈发的疼痛。

我拉开背包的拉链,往里面装上自己的物品和电脑。外面传来汽车发动机的声音,至少有两辆车。没什么好考虑的了,我拿上所有东西跑到楼下的锅炉房里。有那么一瞬间,我以为妈妈和外婆会在那儿等着我,还有我的"小姑娘们"。或许对我来说,加入她们是我最好的归宿。但是却无人在那里。

锅炉房和车库中间有一个存放水表、电线和拖把的小暗室。每个房子都应该有这么一个可以躲避迫害和战争的藏身之处。每个房子皆应如此。我穿着睡衣和拖鞋,背着背包蜷缩在里面,胳肢窝下面还夹着笔记本电脑,肚子的疼痛感加剧。

先是听到了一阵敲门声,然后是前门的吱嘎声和大厅里的脚步声。我听见他们上了楼,打开了所有的门。听见了黑大衣的声音,还有那个当时与警察局长在一起,后来又给我录口供的年轻警察。另外还有一些我不认识的人。他们四处分头寻找,喊着我的名字:"公民杜舍依科!雅妮娜女士!"就凭这一原因,我已不想回应。

他们上了楼,肯定把泥带了进来,他们一定以为看过了所有的房间。之后,其中一个人走下了楼,过了一会儿锅炉房的门被打开了。有人走了进来,仔细看了一圈,然后穿过锅炉房进了车库。当他离我只有几十厘米时,我感受到了空气的流动。我屏住了呼吸。

"亚当,你在哪儿?"我的头顶传来一个声音。

"这儿!"他就在我耳边喊道,"这里没人。"

楼上有人骂了一句脏话。

"咦——什么破地方。"锅炉房里这个人自言自语着,之后上了楼,没有关灯。

我听见他们在大厅里站着说话,商议对策。

"她肯定从这儿跑了……"

"但是她的车还在这儿。很奇怪,不是吗?她是走路离开这里的?"

这时传来了鬼怪气喘吁吁的声音,他似乎是跟着警察跑到这里来的:

"她跟我说要去什切青的朋友那儿。"

他是怎么想到什切青这么个说法的,太好笑了!

"父亲您之前怎么不告诉我?"

鬼怪没有回答。

"去什切青?她在那儿有认识的人?父亲您都知道些什么?""黑大衣"若有所思地问。

儿子这样训斥自己,鬼怪一定很难过。

"她怎么去的那里?"他们开始热烈地讨论起来,我又听到了年轻警察的声音:

"哎,没办法,我们来晚了。她耍了我们这么久,差一点就能抓住她了。简直不敢相信,我们竟然这么多次让她在我们眼皮子底下溜走了。"

所有人都站在大厅里,我在这儿都能感觉到有人在抽烟。

"得立刻往什切青打个电话,另外查查她怎么去的那里。大巴车、火车,还是搭便车?得下一个通缉令。""黑大衣"说道。

那个年轻警察说:

"我们还不至于动用反恐小队来找她吧?她只是一个发疯的老女人罢了,小菜一碟。"

"她很危险。""黑大衣"说了一句。

他们走了。

"得把门封上。"

"还有下面的那个门。好了,开始行动吧。"他们互相议论着。

我突然听到鬼怪高声说:

"等她出狱,我就跟她结婚。"

"黑大衣"愤怒的声音传来:

"父亲您是在这荒无人烟的地方彻底失去理智了吗?"

他们走了以后,我在这片漆黑的角落里蜷缩了许久,甚至听见他们汽车发动机的轰鸣声后,我又等了一个小时,只听得见自己的呼吸声。我不用再做梦了,我在锅炉房里,这个死人常常出现的地方,就如同在我的梦里一样。我好像听到他们的声音从车库里,从山丘深处传来,像是一个在地下的庞大游行队伍。但这其实只是风声,普瓦斯科维什高原就是这样。我像小偷一样偷偷摸摸地上了楼,迅速穿戴好准备出门。我只有两个随身小包,阿里若是看到一定会表扬我。这个房子当然还有第三个出口,得穿过木棚,我正是从那边溜走的。而这房子,就留给死人吧。我在教授夫妇家的棚子里一直等到夜幕降临。我只随身携带了最重要的东西——我的笔记本、布莱克的书、药和存着占星资料的笔记本电脑。当然,还有《星历书》,假若将来我流落荒岛,它一定能派上用场。我踏着潮湿的薄雪,离家越远,我的灵魂越轻。我在边境望着我的普瓦斯科维什高原,这让我回想起第一次看到它的场景——当时我感到欣喜与沉醉,但却没有想到有一天自己会住在这里。这世界程序的设计中最可怕的错误,就是我们不知道将来会发生什么。应该以最快的速度修正这个错误。

普瓦斯科维什高原后面的山谷里,黄昏已至。我从高处看到了大城市的霓虹,那是地平线远处的莱韦诺和弗朗克斯坦因,北边则是科沃兹克。空气清新,灯光闪烁。在这儿,在山上,夜幕还未降临,西边的天空仍是橙棕色的,只是天色渐渐暗下来。我并不怕黑,一直朝着桌山方向走去,在冻住的地面和干草地上磕磕绊绊。我穿着羽绒服,戴着帽子和围巾,身体发热。但我知道只要跨过边境,这些便不再需要。捷克总是暖和一些,那边全是南坡。

就在那时,处女座在捷克那一侧的天空中亮了起来。

它越来越亮,仿佛天空阴沉的脸上露出了笑容。我可以确定自己选对了方向,正走在正确的道路上。它在天上闪耀着,我则顺利地穿越了森林,神不知鬼不觉地越过了边境。是它一路指引着我。我在捷克的田野里行走,朝着它的方向。而它也越来越低,好像在鼓励我随它往地平线走去。

它领着我走到公路上,我已经能看到纳霍德市了。我轻松愉快地沿着公路走着——现在无论发生什么,都将是应该的、美好的。虽然这座捷克城市的街道已空无一人,但我却一点都不害怕。难道在捷克还有什么可怕的吗?

当我站在书店的橱窗前时,并不知道接下来会发生什么。虽然房顶遮挡了处女座,使我看不清晰,但它仍然和我在一起。尽管夜已深,却还有人在里面。我敲了敲门,宏扎把门打开,竟没有一丝惊讶的神情。我说需要在这儿借宿。

"好啊。"他什么都没问就让我进去了。

过了几天,波罗斯开车来接我,还带来了"好消息"为我精心准备的衣服和假发。我们看上去就像一对要去参加葬礼的老夫妻,从某种意义上讲,也确实如此——我们要去参加我的葬礼。波罗斯甚至还买了一个漂亮的花圈。虽然车是从学生那儿借来的,但他总算有车了,他自信满满,开得飞快。我们经常在停车场停下来休整——我真的感到虚弱无力。旅途确实又长又累。等我们到达目的地时,我的双脚已无法站立,波罗斯不得不把我抬进屋里。

如今,我住在比亚沃维扎原始森林边上的昆虫观测站。自从感觉身体好些之后,我就尽量每天绕一小圈散散步。但我走起路来已经开始有些困难了。况且这里也没什么需要我照看的,这片森林禁止外人进入。有时当气温升高接近零度时,雪地上就会出现慵懒的双翅目昆虫、弹尾目昆虫和瘿蜂,我已经学会叫它们的名字了,还经常看见蜘蛛。我还得知,其实大多数昆虫都会冬眠。蚂蚁在深深的蚁穴中抱成一大团,一直睡到春天的来临。我希望人与人之间也能有这般信任。可能是空气和以前不同,再加上最近经历的事情,我的疾病加重。所以更多的时候,我只是坐在那里,望着窗外。

波罗斯每次来,都会在保温杯里装上一种新奇的汤。我已经没有力气再做饭了。他还会给我带来报纸,鼓励我多读,但这些东西只会让我感到厌恶。报纸总是让我们保持着焦虑的状态,让我们的情绪偏离对我们来说真正重要的东西。我为什么要屈服于它们,按它们要求的方式思考呢?我绕着屋子转圈,一次朝这个方向踩出一条小道,一次又朝着另一个方向。有时我常常认不出自己在雪地里留下的脚印,那时我便会问自己:是谁往这个方向走了?谁留下了这些足迹?我想,无法辨认自己是一个好的信号。我一直在努力完成我的研究。我自己的星盘是我的第一千个研究对象,我常对它进行钻研,试图理解它的含义。例如,我是谁?但是有一点是可以肯定的——我知道自己的死期是哪一天。

我会想念鬼怪,今年冬天他就要一个人在普瓦斯科维什高原过冬了。我会想到那条水泥小路,它能不能挨过严寒呢。大家会怎样度过又一个冬天。还有教授夫妇家地下室里的蝙蝠、鹿和狐狸。"好消息"在弗罗茨瓦夫上大学,住在我的公寓里。迪迦也在那里,两个人互相依靠,生活容易一些。我后悔没能让他相信占星术。我经常借波罗斯之手给他写信。昨天我给迪迦写了一个小故事。他会明白这个小故事的寓意的:

中世纪曾有一位修道士,他同时也是一个占星学家(那时圣奥古斯汀还没有禁止通过占星预知未来)。他通过星盘预见了自己的死亡。石头将会落在他的头上,将他砸死。从此,他便在修道士帽子里面再戴上一顶铁帽子。直到某年耶稣受难日,他把两顶帽子一起摘了下来,这主要是怕引起教堂里众人的注意,而不是出于对上帝的爱。这时候,一块小石头落到了他裸露的头颅上,但他只是受了点轻伤。然而,修道士却认定预言已成真,便打点好了自己的一切,没过一个月就死了。

迪迦,事情就是这样的。但我知道,我还有很多时间。

诺贝尔文学奖授奖辞

尊敬的国王和王后陛下,尊敬的各位殿下,尊敬的诺贝尔奖得主们,女士们,先生们:

波兰文学在欧洲上空熠熠生辉——数次荣膺诺贝尔奖,如今,又出现了一位享誉全球、博识非凡、诗情与幽默并蓄的诗人。作为欧洲大陆的交会地——或许是心脏地带——波兰向奥尔加·托卡尔丘克展现了屡遭列强凌辱的受难历史,同时也暴露了自身的殖民主义和排犹主义历史。面对难以接受的真相,她没有退却,哪怕受到死亡的威胁。

她运用观照现实的新方法,糅合精深的写实与瞬间的虚幻，观察入微又纵情于神话，成为我们这个时代最具独创性的散文作家之一。她是位速写大师，捕捉那些在逃避日常生活的人。她写他人所不能写：世间那痛彻人心的陌生感。《云游》笔法变化多端，精彩地描写了人们来往中转大厅和宾馆的经历，与素昧平生者的相逢，还有大量来自字典、神话和文献的元素。她围绕着自然-文化、理性-疯狂、男人-女人的两极旋转，像短跑运动员一样跃过社会和文化虚构起来的边界。

她的文风——激荡且富有思想——流溢于其大约十五部的作品中。她笔下的村落是宇宙的中心，在那里，主人公独特的命运交织于寓言和神话的图景中。我们在他人的故事中生生死死，举例说，卡廷既是生养不息的森林，也是惨绝人寰的屠场。

"我写作是将意象诠释成文字。"从这些意象里衍生出毁灭性的历史和世俗的经历片段，构成了她的伟大作品《雅各布之书》，使其成为一部流浪汉小说以及展现1752年前后动荡时期的全景式作品。

这部作品是不同观念的历史，也是宗教的历史，是时间和玄学、迷信和疯狂的强烈结合。作品中沙龙、祷告会和人物如此生动鲜活，仿佛托卡尔丘克刚在街上与之相遇。她极尽笔墨描写乡间庄园、修道院和犹太人家的室内装饰,衣服、园艺、菜单应有尽有。特别是,她让默默无闻的女人成为活生生的个体,让悄然无踪的仆人发出自己的声音。

宗派领袖雅各布·弗兰克是位极富魅力的神秘主义者、操纵者、骗子,也是反抗上帝的叛乱者。他挑战当前的秩序,尤其质疑女性的屈服。他率领跟随者——弗兰克派众——想要打造一个新世界。这也正是纳粹要消灭波兰的根本原因。乌托邦是取代我们历史记忆的危险诱惑。然而,我们从未见过弥赛亚,见到的只有伪造者和骗子。

这部作品中蕴含着托卡尔丘克对犹太传统的继承,透露出她对欧洲知识无国界的期望。通过十八世纪的波兰,她看到了可与后来时代的纳粹主义和其他主义类比的现象,甚至看到和当前右翼民粹主义者一样的人,用她的话来说,这些人就像儿童读物讲英雄和叛徒的故事那样说起一个国家的过去。但是,她说:"没有历史,只有人的生存。"

《雅各布之书》讲述了非凡的故事。关于邪恶、上帝和未来的重大问题交织在看似平淡的描写中,托卡尔丘克运用她感性的想象力,反复打磨咖啡研磨器,使它成为时间的磨床、现实的自转轴。后来人会重识奥尔加·托卡尔丘克的千页奇迹,去发现其中我们当今尚未能全然探知的丰富宝藏。我看见阿尔弗雷德·诺贝尔在天堂友好地点头称许。

　　托卡尔丘克女士,瑞典学院向您表示祝贺。请从国王陛下手中接过您的诺贝尔文学奖。

(吕洪灵译)

温柔的讲述者

——在瑞典学院的诺贝尔文学奖受奖演讲

一

我有意识以来记住的第一张照片是我母亲的照片,那时的我还没有出生。那是张黑白照,上面的好多细节都模糊了,只剩下些灰色的形状。照片上的光很柔和,有些雨雾蒙蒙的感觉,可能是透过窗户的春日光线,在勉强可见的光亮中营造出一室宁静。妈妈坐在一台老旧的收音机旁,收音机上有个绿色的圆形开关和两个旋钮——一个用来调节音量,另一个用来搜索频道。这台收音机后来成了我的童年玩伴,我就是从那里获得了关于宇宙存在的最初认知。转动硬橡胶旋钮，就可以轻轻地拨动天线指针，找到好多个电台——华沙、伦敦、卢森堡或者巴黎。不过有时候声音会消失，就好像布拉格和纽约之间、莫斯科和马德里之间的天线掉进了黑洞。这时我就会颤抖。那时的我认为，是太阳系和其他星系在通过电台跟我说话，它们在那些吱吱啦啦的杂音中给我发来讯息，可我却不会解码。

那时，我还是个几岁的小姑娘，看着这张照片，我觉得妈妈拨动旋钮的时候就是在找我。她就像个敏感的雷达，在无穷无尽的宇宙空间里搜索，想要知道，我什么时候、从哪儿来到她的身边。从她的发型和穿着（大大的船形领）可以看出，照片是二十世纪六十年代初拍的。她微微驼着背，望向镜头之外，仿佛看到了一些看照片的人看不到的东西。那时，作为孩子的我觉得，她已超越了时间。照片上什么也没发生，拍摄的是状态而非过程。照片上的女人有点忧伤，若有所思，又有点不知所措。

后来我问起过妈妈这份忧伤——我问过好多次，就为了听到同样的答案——妈妈说，她的忧伤在于，我还没有出生，她就已经想念我了。"可是我都还没来到这个世界，你又怎么想念我呢？"我问妈妈。"那时候我就知道，你会想念你失去的人，也就是说，思念是由于失去。"

"但这也可能反过来。"妈妈说，"如果你想念某人，说明他已经来了。"

这些发生在二十世纪六十年代末波兰西部乡村的简短对话,我的妈妈和她的小女儿的对话,永远地印刻在了我的记忆中,给予我一生的力量。它使我的存在超越了凡俗的物质世界,超越了偶然,超越了因果联系,超越了概率定律。它让我的存在超越时间的限制,流连于甜蜜的永恒之中。通过孩童的感官我明白,这世上存在着比我想象的更多的"我"。甚至于,如果我说"我不存在",这句话里的第一个词也是"我在"——这世界上最重要,也是最奇怪的词语。

就这样,一个不信教的年轻女人,我的妈妈,给了我曾经被称为灵魂的东西——这世上最伟大的、温柔的讲述者。

二

世界是一张大布,我们每天将讯息、谈话、电影、书籍、奇闻、轶事放在一架架纺布机上,编织到这张布里。现如今,这些纺布机的工作范围十分广阔——互联网的普及让我们每个人都可以参与到这个过程中去,无论工作态度是否认真,对这份工作是爱还是恨,为善还是恶,为生还是死。当这个故事发生了改变,这个世界也随之改变。就此意义而言,世界是由言语组成的。

我们如何思考世界,以及也许更为重要的,我们如何讲述世界——有着巨大的意义。如果没有人讲述发生的事,那么这件事情就会消失、消亡。关于这一点,不仅历史学家清楚,而且(或许首先)所有的政治家和独裁者都清楚。有故事的人、写故事的人,统治着这个世界。

我们认为,今天的问题在于,我们不仅不会讲述未来,甚至不会讲述当今世界飞速变化着的每一个"现在"。我们语言匮乏,缺乏观点、比喻、神话和新的童话。我们见证着那些不合时宜的、老旧的叙述方式在如何试图进入未来世界,也许人们会认为,老的总比没有来得强,或者用这种方式应对自己视野的局限。一言以蔽之,我们缺乏讲述世界的崭新方式。

我们生活在一个多主角的第一人称叙述的现实之中,身边充斥着四面八方的杂音。我说的"第一人称",指的是一种叙事方式,创作者或多或少地只写自己,将故事置于一个以"我"为中心的狭小范围之中。我们把这种个人化的视角、这个"我"当作是最自然、最人性化、最真实的表达,哪怕这种表达放弃了更为宽广的视域。以这样的第一人称来讲故事,就好像在编织一种与众不同的花纹,独具一格。在这个时候我们觉得自己是独立自主的,对自己和自己的命运都无比清醒。但这也是在把

"我"同"世界"对立起来,这种对立使得"我"被周遭世界边缘化。

我想,第一人称叙事是一种颇具特色的叙事方法,反映了个体成为世界的主观中心这一现代观念。很大程度上,西方文明建立于对"我"这个现实最重要的维度之一的发现。人在这里是主角,而人的观点被认为是最重要的。用第一人称写作故事是人类文明的最重要发现之一,充满着仪式感,令人信服。我们以"我"的眼光看世界,以"我"之名听世界,这样的叙事在读者和讲述者之间建立起联系,把讲述者放置在了一个独特的位置之上。

但是我们也不能过度评价第一人称叙事为文学和人类文明做出的贡献。以前的叙事将世界描述为一个英雄和神灵活动的场所,对此我们毫无影响力。而第一人称叙事讲述普通如我们的人的故事。此外,我们这样的人之间很容易相互认同,因此在故事的讲述者与读者或听众之间,便产生了基于共情的情感共识。第一人称叙事很容易拉近作为讲述者的"我"和读者的"我"之间的距离,而小说更寄希望于消除这种距离,让读者因为共情在某一段时间里成为讲述者。文学成了交换经验的园地,一个像罗马广场一样的地方,每个人都可以表达观点,或是让第二个"我"替我发声。人类历史上恐怕从未有过这么多人同时写作和讲述。这一点我们只要看看统计数据就够了。

每次去参观书展,我都能看到很多以第一人称写作的书。表达的本能——也许和其他构建着我们生活的本能一样强大——最完整地出现在了艺术之中。我们希望被关注,希望自己是独一无二的。"我告诉你我的故事""我告诉你我家的故事",抑或"我告诉你,我去过哪儿",这样的讲述方式在今天是最流行的文学形式。人们之所以热衷于这种叙述方式,还在于今天我们每个人都会书写,很多人掌握了写作这个曾经只是少数人用语言和故事表达自己的技能。矛盾之处在于,这看起来如同一个由众多演唱者组成的合唱团,彼此的歌声相互遮盖,大家争着求关注,做同样的动作,走类似的路,最后相互遮蔽。尽管我们知道他们的一切,对他们的经历感同身受。然而读者的体验却常常出人意料地不完整和令人失望,因为作者"我"的表达并不能保证尽显文字的普遍性。我们缺少的似乎是故事的隐喻维度。隐喻小说的主人公是他自己,一个生活在一定的历史或地理条件下的人,同时又远远超出了这个特定的范围,变成了无处不在的人。当读者阅读小说中描写的某个人的故事时,他可以认同这个人的命运,并将他的处境视为自己的处境。在隐喻小说中,读者必须完全放弃自己的个性,并成为这个人。这是一个对人的心理要求很高的过程。在这个过程中,隐喻小说找到了各种命运的共同点,使我们的体验普遍化。遗憾的是，当今的文学缺乏这种隐喻性，这恰恰证明了我们的无能为力。

许是为了不被湮没在题目和名字里，我们开始将如利维坦般庞大的文学划分为不同的体裁，就像我们区分体育项目一样，而作家们则是不同项目的运动员。

文学市场的商业化把文学分成了不同的门类，培育出了热爱侦探故事、奇幻文学、科幻小说的读者群体，由此产生了各种各样内容完全独立的书展、文学节。这种局面原本是为了方便书店店员和图书管理员有条不紊地摆放书架上的大量图书，便于读者从浩如烟海的书籍中找到自己感兴趣的作品，现在这却成了一种抽象的分类法。不仅现有的图书被人为地划分，作家也开始按照这种分类法写作。作品的类型化越来越像制作蛋糕的模具，产出的都是类似的产品。它们的可预见性为人称道，即使缺乏新意也被当作成功。读者知道他会读到什么，也的确会读到他想读的东西。我在潜意识里就反对这样的秩序，因为它限制了写作的自由，抑制了实验性的、打破常规的念头，而这些才是创作的本质。这种秩序还将离经叛道赶出了创作过程，但是一旦没有了离经叛道，就没有了艺术。一本好书，不是必须要与某种体裁相符合。对文学作品进行分类是文学商业化的后果，是将文学当成品牌、目标等当代资本主义市场化运作产物的结果。

应该感到满意的是，我们见证了系列电影这种新的讲述方式的诞生，它的隐藏任务就是将我们带入忘我之境。诚然，这种叙事方式早已存在于神话和荷马史诗当中，赫拉克勒斯、阿喀琉斯和奥德修斯毫无疑问就是最早的系列剧的主角。只是在以前，这种模式从未有过如此广大的空间，也未对集体想象产生过如此重要的影响。二十一世纪的前二十年是属于这种模式的。它对我们讲述世界、理解世界的方式产生了革命性的影响。

今天，系列故事不仅通过生发各种节奏、分支和角度，延长了叙事的时间轴，还构建了新的秩序。很多时候，系列故事的任务就是尽可能长时间地黏住读者——系列叙事会不断增加线索，把这些线索以一种不可思议的方式交织在一起，在陷入迷局之时又回归到古老的叙事方式，就好像古希腊歌剧中的"天降神兵"。设计接下来的剧集的时候，往往为了同正在发生的事件相符，需要临时改变人物的整个心理状态。一开始温和、冷淡的人物，最后会变得仇恨、暴戾，配角会成为主角，而我们密切关注的主角却不再重要或者干脆令人无比惊愕地消失了。

总是会有下一季，于是故事结局必须得是开放式的，读者永远没机会感受到神秘主义的"卡塔西斯"①，无法体会内心变

---

① 宗教术语，意为"净化"或"净化说"。

化、自我实现和参与小说情节所带来的满足感。复杂的、无尽的、"卡塔西斯"式的情绪"净化"所能带来的满足感不断被延迟,这样的观感令人上瘾和痴迷。这种"寓言连载"的方法很早以前在《天方夜谭》里就被使用过,现在又回到了系列作品的叙事之中,改变了我们的敏感度,带来了奇怪的心理反应,使我们脱离了自己的生活,痴迷于"追剧"带来的兴奋感。同时,系列作品进入了崭新广阔而又混乱的世界节奏之中,成为这个世界混乱的交流、不稳定性和流动性的一部分。这种叙事方式可能正在最具创造性地寻找今天新的艺术公式。从这个意义上讲,系列作品正在认真研究未来的叙事,使故事适应新的现实。

然而最重要的是,我们生活在一个信息相互冲突、排斥、针锋相对的世界之中。

我们的祖先认为,知识不仅会给人带来幸福、繁荣、健康和财富,而且会创造一个平等和公正的社会。他们认为世界缺乏的是知识带来的普遍智慧。十七世纪一位伟大的教育家扬·阿莫斯·考门斯基[1]创造了"泛智主义"这个概念,表示可能获得的全知和普遍知识,这种知识包括所有可能的认知。最重要

---

[1] 扬·阿莫斯·考门斯基(1592—1670),捷克教育家、哲学家和文学家,一生有二百余种著述,主要文学作品有《世界的迷宫和心灵的天国》等。

的是,这也是有关每个人都能获得知识的梦想。获取有关世界的信息是否会让大字不识的农民变成一个有意识地反思自己和世界的人？唾手可得的知识是否会使人们理智而富有智慧地生活？互联网的产生令我们觉得,这些想法似乎终于可以完全实现。我很赞同并且支持的维基百科在考门斯基以及很多同一流派的思想家看来,似乎就意味着人类梦想的实现——我们几乎在世界的任何地方创造并获取不断被补充、更新和可用的大量知识。

但是梦想成真常常使我们失望。我们发现自己无法承受如此巨大的信息量,它们并未经历从总结、概括、释放到区别、分割和封闭的过程,而是创造了许多彼此不相容甚至敌对的、令人反感的故事。

此外,互联网不假思考地遵从市场进程的影响,替垄断玩家控制着庞大的数据量。这些数据并未被广泛用于知识的获取,而是为研究用户行为的程序服务,剑桥分析公司(Cambridge Analytica)[1]丑闻就充分说明了这一点。

与期盼之中的世界和谐相反,我们听到的多是刺耳之声。

---

[1] 英国一家大数据分析公司。2018年3月17日,《纽约时报》和《观察家报》等一齐爆出消息,该公司曾效力于特朗普总统竞选,并将大量用户隐私用于影响大选。这一丑闻使得该公司声名狼藉。

我们在难以忍受的杂音中拼命寻找那些最柔和的旋律,甚至是最微弱的节奏。莎士比亚的名言比以往任何时候都更符合这种尖锐的现实:互联网如痴人说梦,充满着喧哗与骚动。

政治学家的研究却与扬·阿莫斯·考门斯基的直觉背道而驰。考门斯基认为,政治家对世界的了解越广泛,就越会理性地做出审慎的决定。但是看起来事情并不是这么简单。知识可能是压倒性的,但它的复杂性和模糊性塑造出了各种各样的防御机制——从否认、压制逃脱到简化的、意识形态化的、党派化的思考原则。

假新闻和捏造事实等种类的文字提出了一个新的问题——什么是虚构。多次被欺骗、误导的读者正在慢慢获得一种特殊的、神经质的敏感特质。非虚构小说的巨大成功可能正是人们对这种虚构文学产生的疲劳反应。在今天如此巨大的信息混沌之中,非虚构文学在我们的头顶呐喊:"我来告诉你们真相,只有真相。""我的故事源于事实!"

谎言成了大规模杀伤性武器,虚构小说因此失去了读者的信任,即使它仍然是一种原始的艺术工具。我经常遇到质疑我作品真实性的问题:"您写的都是真的吗?"每当这个时候我都会觉得,这个问题本身就预示着文学的终结。

从读者的角度来看,这是一个无辜的问题,但作家听起来确实很可怕。我又该如何回答？我该怎么解释汉斯·卡斯托普①、安娜·卡列尼娜或维尼熊的本体论地位呢？

我认为读者的这种好奇心是文明的退化。它损害了我们多维度地（具体的、历史的、象征的、神话的）参与由一系列事件构成的生活的能力，参与被称为生活的事件链的能力。生活是由事件创造的，但只有当我们能够解读它们，尝试理解并赋予它们意义时，它们才会成为经验。事件是一种事实，经验却是一种难以言表的其他东西。是经验，而非事件，构成了我们生活的素材。经验是一种被解读并留存在记忆中的事实。它还意指我们心中的某种基础的、有意义的深层结构，我们可以在这种结构的基础上，扩展自己的生活并对此仔细研究。我相信，神话就发挥着这样的结构性作用。众所周知，神话从未发生过，但它总在发生着。今天，神话不仅存在于古代英雄的历险记中，还体现在现代的电影、游戏和文学作品之中。奥林匹斯山众神的生活被移至王朝之中，而主角们的英雄事迹则由劳拉·克劳馥②演绎。

在真假的尖锐对立之中，由文学创作讲述的我们经验的故

---

① 托马斯·曼长篇小说《魔山》中的主人公。
② 著名动作冒险类电子游戏《古墓丽影》系列及相关电影、漫画、小说中的人物。

事，具有其自身维度。我从不热衷于对虚构和非虚构进行简单划分，除非我们认为这种划分是口号性的。在浩如烟海的关于虚构小说的众多定义中，我最喜欢的是最古老的、亚里士多德的定义：虚构总是某种事实。

我也非常信服作家、散文家爱德华·摩根·福斯特对情节和报道的区分。他曾经写道，当我们说"丈夫死了，然后妻子死了"时，这是一种报道。当我们说"丈夫死了，然后妻子伤心而亡"时，这就是小说。每种情节化的处理都是我们从"接下来发生了什么"这个问题过渡到试图根据人类经验来理解"为什么会这样"。

文学开始于"为什么"，即使我们习惯于不停地用"我不知道"回答这个问题。因此，文学提出了维基百科无法回答的问题，因为它不仅限于事实和事件，还直接涉及我们的经验。

但是，在其他叙事方式面前，小说和文学可能已经整体上变得相当边缘化了。影像、电影、摄影、虚拟现实和增强现实体验等新型直接传播体验的媒介，将成为可以替代传统阅读的一系列重要形式。阅读是一个非常复杂的心理感知过程。简单地说，首先，将最难以捉摸的内容概念化和口头化，转换为文字和符号，然后从语言"解码"回到经验。这需要一定的智能。最重要的是，它要求我们的关注和专注，而在当今这个注意力极度分散的世界中,这项技能变得越来越罕见。

在传递和分享自己的经验方面,人类走过了很长的路。起初人们依赖鲜活的文字和人类记忆进行口头表达,到古腾堡革命①时,故事通过写作广泛传播并得以编纂和永久保存。这一变化的最大成就在于,我们开始通过写作来认识思维,思想、类别或符号成为这一过程中的特定方式。如今,当无须借助印刷文字就可以直接传递经验的时候,我们明显面临着一场同样重大的革命。

当我们可以拍照并将这些照片上传到社交网站,或者发送给这世界上的每一个人的时候,我们就没有写旅行日记的需要了。当打电话变得容易,我们就不再写信了。如果能看电视连续剧,为什么还要读大部头的小说呢?与其出去和朋友玩耍,不如自己玩游戏。看某人的自传?没意义,因为我在"照片墙"(Instagram)上关注名人的生活,而且了解他们的一切。

二十世纪的我们还在担心电影电视的影响,而今天图像已非大敌。这已完全是另外一个维度的经验在直接影响着我们的感官。

---

① 指德国发明家约翰·古腾堡(1398—1468)发明的活字印刷术导致的媒体革命。

三

关于世界的讲述正面临着危机,我不想对此勾勒任何整体看法。但我常常感到,这世界缺点什么东西。我们透过屏幕、通过应用程序感知世界,尽管获得每个具体信息都不可思议地便利,但这个过程变得虚幻、遥远、双重维度、难以描述。如今,人们爱用"某人""某物""某处""某时"这样的表述,这其实比我们绝对肯定地讲出具体观点更危险。哪怕我们说,地球是平的,疫苗会杀人,气候变暖是胡扯,民主在很多国家并未受到威胁。"某处"淹没了某些试图穿越大海的人。"某段时间"以来,"某场"战争在"某处"发生着。在信息的洪流中,个别化的消息失去原本的轮廓,消失在我们的记忆中,变得不再真实。

泛滥成灾的暴力、愚蠢、残酷和仇恨被各种"好消息"中和,但它们无法掩盖一种难以形容的感觉:这个世界出了问题。这种感觉曾经只属于神经质的诗人,如今却已成为人群中普遍存在的一种不确定性和焦虑感。

文学是为数不多的使我们关注世界具体情形的领域之一,因为从本质上讲,它始终是"心理的"。它重视人物的内在关系和动机,揭示其他人以任何其他方式都无法获得的经历,激发读者对其行为的心理学解读。只有文学才能使我们深入探知另一个人的生活，理解他的观点，分享他的感受，体验他的命运。

讲述总是要围绕着意义进行。即使讲述没有明确地表达意义，甚至有些时候程式化地逃避对意义的探求而专注于形式和实验，有时候会进行形式上的反叛并寻找新的表达方式。哪怕当我们阅读那些最行为主义的、词句简洁的故事，我们也不能不问："为什么会这样？""这是什么意思？""这有什么意义？""这会带来什么后果？"我们的思想可能会演变成一个故事，仿佛环绕着我们的数百万个刺激点被赋予了意义，即使在睡觉的时候也一直在不停地继续着我们的讲述。所以，讲述就是排列组合无穷无尽的信息，建立它们与过去、现在和未来的联系，发现它们的重复性，并将它们按因果分类。在这一过程中，理智和情感同时在工作。

讲述最早的发现之一就是命运，这一点不足为奇。命运虽然让我们觉得恐惧和不人性，但它将秩序和稳定带入现实。

四

女士们，先生们，照片上的女人，我的妈妈，在我出生前就想念我的人，几年后开始给我讲童话故事。

其中一个故事是汉斯·克里斯蒂安·安徒生写的。一个被扔到垃圾箱的茶壶抱怨自己受到了人类的残酷对待——只不过是壶把掉了，人们就把它给扔了。如果人类不是如此苛刻和追求完美，它就还能派上用场。接着其他一些坏掉了的物件挨个儿讲自己的故事，一个真正的史诗故事就这么诞生了。

我小时候听这个童话的时候，脸上沾着点心渣儿，眼睛里满是泪水，那时的我深信，每个物件都有自己的问题、感情，甚至与人类一样的社会生活。餐具柜中的盘子会相互交谈，抽屉里的刀叉是一个大家庭。动物是神秘、智慧和有自我意识的生物，精神的联系和深刻的相似性一直将我们与它们联结在一起。河流、森林、道路也有它们的存在——它们是有生命的，勾勒出我们生活空间的地图，为我们构建起一种归属感，一个神秘的空间。我们周遭的景观有生命，太阳、月亮和所有天体有生命。整个可见和不可见的世界都有生命。

我是从什么时候开始对此产生怀疑的？我在生活中寻找着这样的一个时刻，只需一个单击，一切就变得不同，变得更细微，更简单。世界的浅吟低唱被城市的喧嚣、计算机的杂音、凌空而过的飞机的轰鸣，以及信息海洋中那令人厌烦的白色纸片给取代了。

一段时间以来，我们在生活中开始碎片化地看待世界，一切都是独立的,彼此之间隔着星系间的距离,而我们所生活的现实更向我们证明了这一点:医生分专科治病,税收与清理我们每天上班要走的路上的积雪无关,午餐和大农场无关,新衬衫和亚洲的某个破烂工厂也没什么关联。一切都是彼此独立的,毫无联系。

为了让我们接受这种现状,有了号码、身份标签、卡片、粗糙的塑料标识,这些东西让我们不再注重整体,而只关注其中的某个部分。

世界正在消亡,而我们甚至没有注意到这一点。我们没有注意到,世界正在变成事物和事件的集合,一个死寂的空间,我们孤独地、迷茫地在这个空间里行走,被别人的决定控制,被不可理喻的命运以及历史和偶然的巨大力量禁锢。我们的灵性在消失,或者变得肤浅和仪式化。或者,我们只是成为简单力量的追随者——这些物理的、社会的、经济的力量让我们像僵尸一样。在这样的世界里,我们确实是僵尸。这就是为什么我想念那个茶壶所代表的世界。

五

我一生都对相互联系和影响的网络着迷,虽然我们常常意识不到这种联系和影响,对它们的发现纯属偶然。这就好比我在《云游》中写到的那些时间、地点和命运的惊人巧合,所有的桥段、插件、衔接和黏合。我着迷于对事实的反应和对秩序的探求。我相信,实际上,作家的思想在于合成,他们坚持收集所有碎屑信息,重新将其粘合成一个整体。

那么作家该如何写作,如何构建一个足够支撑星群般庞大世界的故事呢?

当然,我知道我们无法像过去那样,通过口口相传的神话、童话和传说讲述世界。今天的讲述必须是更加多维的、复杂的。我们对世界的了解显然更多,我们深知,看似遥不可及的事物之间有着惊人的联系。

让我们看看世界历史上的一个时刻。

这一天是1492年8月3日,一艘名为"圣玛丽亚"的小帆船在西班牙巴罗斯港的岸边格外显眼。帆船的掌舵人是克里斯托弗·哥伦布。阳光普照,水手在码头四周闲逛,港口工人将最后一批装着储备食物的箱子搬到船上。天气炎热,但从西部吹来的微风缓和了相互告别的家人们别离的伤感。海鸥在坡道上庄严地漫步,小心翼翼地追随着人类的行为。

我们现在穿越时光看到的这一刻,造成了后来五千六百万美洲原住民的死亡。那时这些原住民的总数接近六千万,占当时地球总人口的百分之十。欧洲人在不知不觉的情况下，带来了致命礼物——美洲原住民无法免疫的疾病和细菌。同时发生的还有残酷的奴役和杀戮。屠杀持续了很多年，造成了国家更迭。在那片曾经有豆类、玉米、土豆和西红柿生长的地方，在精心灌溉的耕地上，出现了野生植被。近六千万公顷的耕地随时间流逝变成了一片丛林。

植被生长和再生的过程吸收了大量的二氧化碳，削弱了温室效应，降低了地球的温度。

这是对欧洲小冰河时代出现的情况的一种科学解释。小冰河时代在十六世纪末造成了长期的气候变冷。

小冰河时代还改变了欧洲的经济。在接下来的几十年中，寒冷漫长的冬季、凉爽的夏天和大量降雨，降低了传统农业的生产率。西欧生产粮食自给自足的小型家庭农场效率低下，出现了饥荒，生产开始需要专业化发展。英国和荷兰受气候变冷的影响最大，农业无法成为经济的主要支柱，因此开始发展贸易和工业。暴风雨的威胁促使荷兰人抽干圩田，将湿地和浅海地区转变为陆地。鳕鱼生长的范围南移，这对斯堪的纳维亚半岛造成了灾难性的打击，对英国和荷兰却是有利的——它们开始发展为海洋和贸易大国。斯堪的纳维亚国家的降温尤为严重。同绿色格陵兰岛和冰岛的连接中断，严寒的冬季致使收成减少,造成了持续多年的饥荒和匮乏。因此,瑞典对其南边的地区垂涎三尺,开始了与波兰的战争(特别是自波罗的海成为冷海以来,军队越海而至变得容易),并参加了欧洲三十年战争。

科学家们试图更好地理解我们的现实,它是一个相互关联、紧密联系的影响网络。这不仅是著名的"蝴蝶效应",即认为如我们所知,在某个过程中,最初的微小变化,在未来会产生巨大且不可预测的结果,而现在这里还有无数的蝴蝶及其翅膀在扇动,从而形成穿越时空的强大生命波。

在我看来,"蝴蝶效应"的发现标志着一个时代的结束。在那个时代,人们坚定不移地相信自己的能力、控制力,对世界的掌控力。"蝴蝶效应"并没有消减人类作为建造者、征服者和发明者的力量,却令我们意识到,现实比我们任何时候想象的都要复杂。而人不过是这些过程的一小部分。

越来越多的证据表明,在全球范围内存在着独具个性的,甚至有时令人惊讶的关系。

我们所有人——我们和植物、动物、物体——都沉浸在受物理定律支配的一个空间里。这个共同空间有着自己的形状,物理定律在其中雕刻出不计其数的、不断相互参照的形式。我们的心血管系统类似于江河的流域系统,叶片结构类似于人类的通信系统,星系的运动类似于洗脸池中水流动的漩涡,社会的演进类似于细菌菌落的变化。这个系统在微观和宏观尺度上都展示出了无限的相似性。我们的话语、思维和创造力不是抽象的,与世界分离的东西,而是其不断转变过程在另一个层次的延续。

六

我一直在想,今天我们是否可能找到一个新型故事的基础,这个故事是普遍的、全面的、非排他性的,植根于自然,充满情境,同时易于理解。

是否有这样一种讲述出来的故事,能够跳脱"我"自己缺乏沟通的封闭性,揭示更大范围的现实并展现相互关系?能够使我们远离那些普遍存在的、显而易见的、"毫无创见的观点"的中心,并且能够从中心以外的角度来审视非中心的问题?

我很高兴文学出色地保留了所有怪诞、幻想、挑衅、滑稽和疯狂的权利。我梦想着高屋建瓴的观点和远远超出我们预期的广阔视野。我梦想着有一种语言,能够表达最模糊的直觉。我梦想着有一种隐喻,能够超越文化的差异。我梦想着有一种流派,能够变得宽阔且具有突破性,同时又得到读者的喜爱。我还梦想着一种新型的讲述者——"第四人称讲述者"。他当然不仅是搭建某种新的语法结构,而且是有能力使作品涵盖每个角色的视角,并且超越每个角色的视野,看到更多、看得更广,以至于能够忽略时间的存在。哦,是的,这样的讲述者是可能存在的。

大家是否想过,这位出色的讲述者,在《圣经》中大喊着"太初有道"的人是谁?是谁写下了创世的故事、混乱与秩序分离的第一天?是谁追寻宇宙诞生发展的过程?谁了解上帝的思想,知道他的疑惑,坚定不移地在纸上写下"上帝承认这是好事"?那个知道上帝在想什么的人,是谁呢?

抛开所有神学上的疑问,我们可以认为,这个神秘而敏感的讲述者是神奇而独特的。这是一个观点,可以从中看到一切。看到所有这些,就是承认现有事物相互关联成一个整体的最终事实,即使我们还不知道这些关系具体是什么。看到所有这些也意味着对世界的完全不同的责任,因为很明显,每个"这里"与"那里"的姿态是相关联的,在某处做出的决定会对另一个地方产生影响,意即区分"我的"和"你的"开始引起争议。

因此,我们应该诚实地讲故事,以便在读者的脑海中激发整体感觉和将片段整合为一个模块的能力,以及从事件的微小粒子中推导出整个星群的能力。我们应该讲这样的故事,明确表明所有人和所有事物都能够沉浸在一个共同的想象之中，随着星球的每一次旋转，我们的脑海中都会产生这样的思想。

文学就具有这种力量。我们必须能够感知并不复杂的文学分类，高雅的和低俗的，流行的和小众的，我们要有能力不费吹灰之力地划分作品类型。我们应该放弃"民族文学"一词，因为我们深知文学世界是一个跟一元宇宙一样的单一世界，一个人类经验统一的共同的心理现实，在这个现实中作者和读者通过创作和解读，发挥出同样重要的作用。

也许我们应该相信碎片，因为碎片创造了能够在许多维度上以更复杂的方式描述更多事物的星群。我们的故事可以以无限的方式相互参照，故事里的主人公们会进入彼此的故事之中，建立联系。

我想，我们需要重新定义今天我们用现实主义理解的东西，需要寻找一种能够使我们越过自我边界、穿透我们看世界的镜像的概念。如今，媒体、社交网络和直接的在线关系，满足了现实的需求。摆在我们面前的不可避免的也许是一些新的超现实主义和重新被布局的观点，这些观点不惧悖论，面朝简单的因果关系逆流而上。哦，是的，我们的现实已经变成了超现实。我也确信，许多故事都需要在新的科学理论的启发下，在新的知识环境中重写。但是不断探索神话和整个人类想象似乎同样重要。回归到神话的紧凑结构中，可能会在今天这种不确定性中带来某种稳定感。我相信神话，这是我们心理的基石，不容忽视（顶多有可能我们没意识到它的影响）。

也许很快就会出现一个天才，他将构建一个完全不同的、今天的我们难以想象的叙事，所有重要内容都被囊括其中。这种讲述方式肯定会改变我们，令我们放弃旧的观念，向新的观点敞开怀抱。这些观点一直存在于此，但我们曾经对它视而不见。

托马斯·曼在《浮士德博士》中描写了一位作曲家，他提出了一种能改变人类思维的全新的音乐类型。但是曼没有具体描写这种音乐是什么样的，他只是提出，这种音乐听起来是什么感觉。也许这就是艺术家所扮演的角色——预先体验一下可能存在的艺术，然后用这种方法让它变得可以想象。而可以想象到的，就是存在的第一阶段。

七

我写小说，但并不是凭空想象。写作时，我必须感受自己内心的一切。我必须让书中所有的生物和物体、人类的和非人类的、有生命的和无生命的一切事物，穿透我的内心。每一件事、每一个人,我都必须非常认真地仔细观察,并将其个性化、人格化。

这就是温柔的作用——温柔是人格化、共情以及不断发现相似之处的艺术。

创作一个故事是一场无止境的滋养,它赋予世界微小碎片以存在感。这些碎片是人类的经验,是我们经历过的生活,我们的记忆。温柔使有关的一切个性化,使这一切发出声音、获得存在的空间和时间并表达出来。是温柔,让那个茶壶开口说话。

温柔是爱的最谦逊的形式。是没有出现在经文或福音书中的爱。没有人对这份爱发誓,也没有人提及这份爱。这份爱没有徽标或者符号,不会导致犯罪或嫉妒。

当我们小心地凝视非"我"的另一个存在时,它就会在那里出现。

温柔是自发的、无私的,远远超出共情的同理心。它是有意识的,尽管也许是有点忧郁的对命运的分享。温柔是对另一个存在的深切关注,关注它的脆弱、独特和对痛苦及时间的无所抵抗。

温柔能捕捉到我们之间的纽带、相似性和同一性。这是一种观察世界的方式,在这种方式下,世界是鲜活的,人与人之间相互关联、合作且彼此依存。

文学正是建立在对自我之外每个他者的温柔与共情之上。这是小说的基本心理机制。这种神奇的工具、最复杂的人际交流方式，使得我们的经验穿越时空，走向那些尚未出生的人。有一天他们会去阅读我们所写的内容，我们对自己和世界的讲述。

我不知道他们的生活会是怎样，他们会成为什么样的人。想到他们的时候，我常会感到羞愧和内疚。

今天，我们努力在气候和政治危机中找寻自己的位置，并试图通过拯救世界来与之抗衡。这危机并非毫无缘由。我们常常忘记，这不是什么运势抑或命运的安排，而是非常具体的经济、社会和世界观（包括宗教）的决定带来的结果。贪婪、不尊重自然、利己主义、缺乏想象力、无休止的竞争、责任感缺失，使世界处于可以被切割、利用和破坏的境地。

所以我相信，我必须讲述这样一个世界，这个世界在我们的眼中是一个鲜活的、完整的实体，而我们在它的眼中——是一个微小而强大的组成部分。

（李怡楠译）

PROWADŹ SWÓJ PŁUG PRZEZ KOŚCI UMARŁYCH
Copyright © Olga Tokarczuk 2009
This edition arranged with Olga Tokarczuk c/o Rogers, Coleridge and White Ltd.
Through BIG APPLE AGENCY, INC., LABUAN, MALAYSIA.
Simplified Chinese edition copyright:
2020 ZHEJIANG LITERATURE AND ART PUBLISHING HOUSE
All rights reserved.
本书中文简体字版版权,浙江文艺出版社独家所有。
版权合同登记号:图字:11-2019-78号
托卡尔丘克受奖演讲合同登记号:图字:11-2020-159号

图书在版编目(CIP)数据

糜骨之壤/(波)奥尔加·托卡尔丘克著;何娟,孙伟峰译.—杭州:浙江文艺出版社,2021.1
ISBN 978-7-5339-6296-8

Ⅰ.①糜… Ⅱ.①奥… ②何… ③孙… Ⅲ.①长篇小说—波兰—现代 Ⅳ.①I513.45

中国版本图书馆 CIP 数据核字(2020)第 215156 号

统　　筹	曹元勇
策划编辑	李　灿
责任编辑	李　灿
封面设计	compus·汐和
责任印制	吴春娟

糜骨之壤

[波兰]奥尔加·托卡尔丘克　著
何　娟　孙伟峰　译

出版发行	浙江文艺出版社
地　　址	杭州市体育场路 347 号
邮　　编	310006
电　　话	0571-85176953(总编办)
	0571-85152727(市场部)
印　　刷	浙江新华数码印务有限公司
开　　本	880 毫米×1230 毫米　1/32
字　　数	190 千字
印　　张	10.75
插　　页	1
版　　次	2021 年 1 月第 1 版
印　　次	2021 年 1 月第 1 次印刷
书　　号	ISBN 978-7-5339-6296-8
定　　价	56.00 元

版权所有　侵权必究
(如有印装质量问题,影响阅读,请与市场部联系调换)